U0076119

小書痴的下剋上

為了成為圖書管理員不擇手段！

第五部 女神的化身 III

香月美夜——著
椎名優 繪 許金玉 譯

本好きの下剋上

司書になるためには
手段を選んでいられません

第五部 女神の化身 III

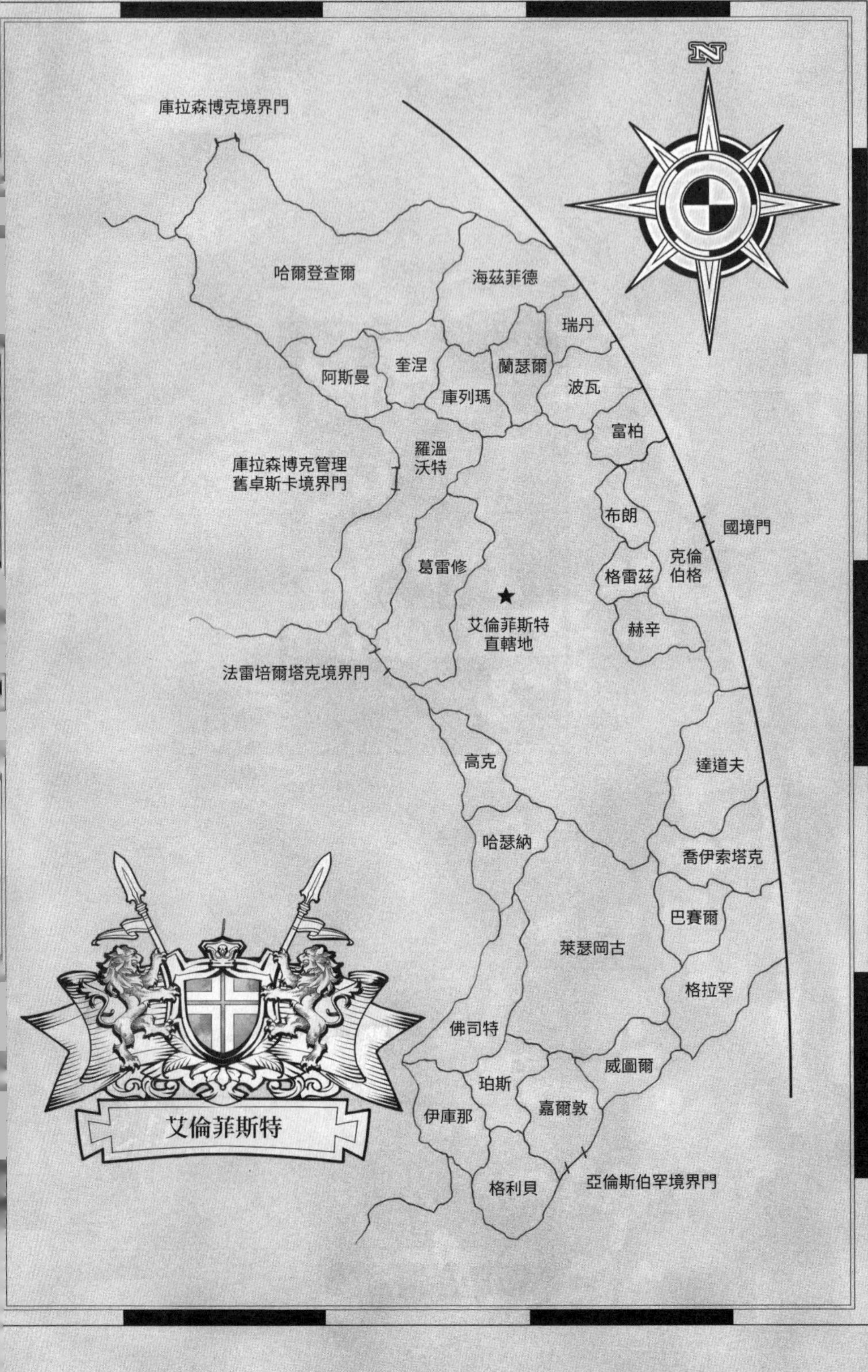
庫拉森博克境界門
哈爾登查爾
海茲菲德
瑞丹
阿斯曼
奎涅
庫列瑪
蘭瑟爾
波瓦
富柏
羅溫
沃特
庫拉森博克管理
舊卓斯卡境界門
布朗
國境門
克倫
伯格
葛雷修
格雷茲
艾倫菲斯特
直轄地
赫辛
法雷培爾塔克境界門
高克
達道夫
哈瑟納
喬伊索塔克
巴賽爾
萊瑟岡古
格拉罕
佛司特
威圖爾
珀斯
嘉爾敦
伊庫那
格利貝
亞倫斯伯罕境界門
艾倫菲斯特

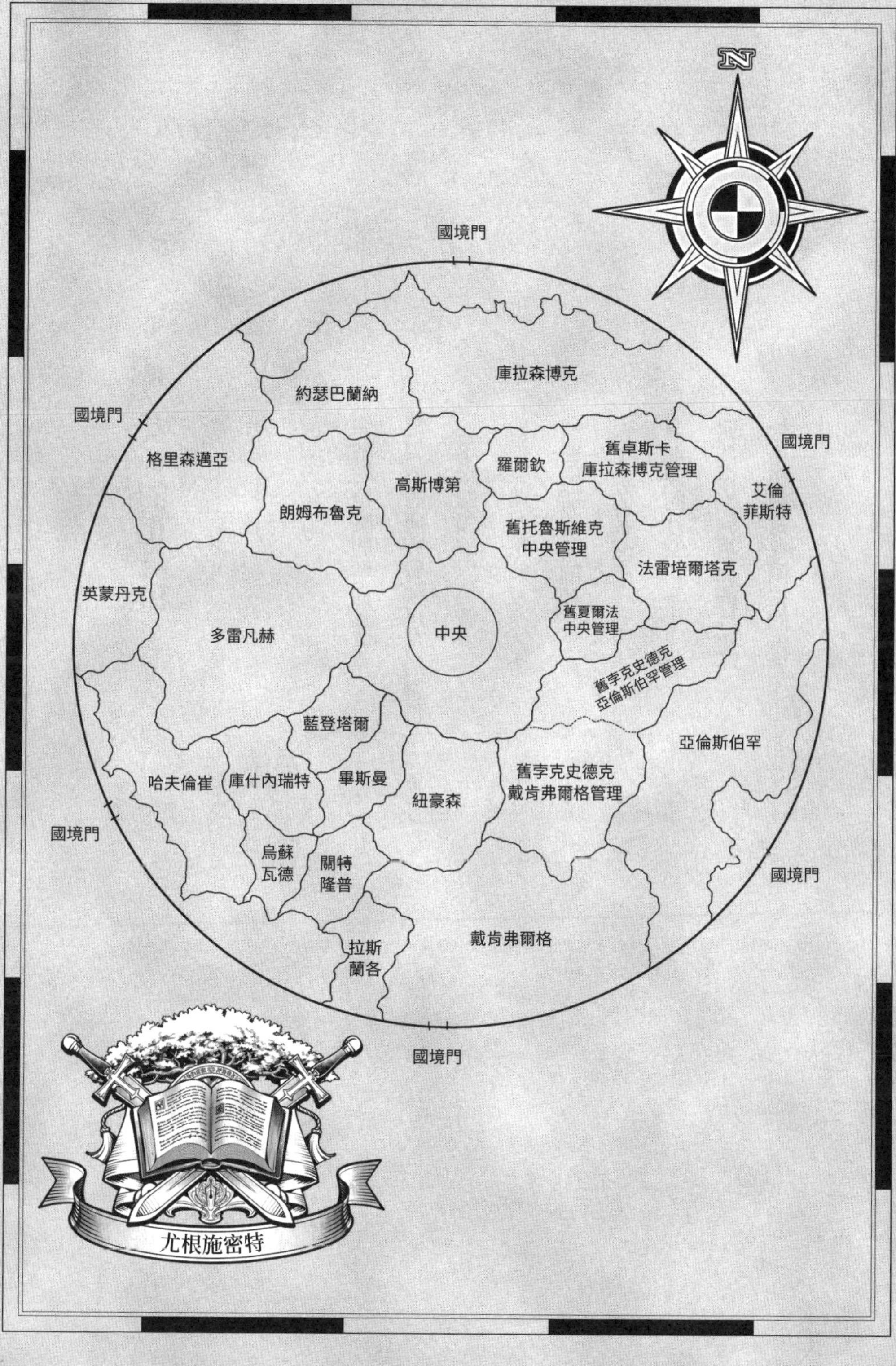
國境門
庫拉森博克
約瑟巴蘭納
國境門
格里森邁亞
羅爾欽
舊卓斯卡
庫拉森博克管理
國境門
艾倫
菲斯特
高斯博第
朗姆布魯克
舊托魯斯維克
中央管理
法雷培爾塔克
英蒙丹克
多雷凡赫
中央
舊夏爾法
中央管理
舊孛克史德克
亞倫斯伯罕管理
藍登塔爾
亞倫斯伯罕
哈夫倫崔
庫什內瑞特
畢斯曼
紐豪森
舊孛克史德克
戴肯弗爾格管理
國境門
烏蘇
瓦德
關特
隆普
國境門
戴肯弗爾格
拉斯
蘭各
國境門
尤根施密特

CONTENTS

第五部　女神的化身III

登場人物

第四部劇情摘要

進入貴族院就讀後，羅潔梅茵既是問題兒童，也是連續兩年的最優秀者。在學期間，她因為釋出祝福成了魔導具的主人，還與大領地比了迪塔、為王族提供戀愛方面的建議，更打倒了黑色魔物、治癒採集場所……與此同時，因知曉斐迪南出生秘密的中央騎士團長所提出的建言，國王下令要斐迪南入贅至亞倫斯伯罕。斐迪南於是奉命前往了亞倫斯伯罕……

艾倫菲斯特的領主一族

羅潔梅茵

本書主角。稍微長高後，外表看來約九歲左右，但內在還是沒什麼變。到了貴族院，依然是為了看書不擇手段。現為貴族院三年級生。

韋菲利特

齊爾維斯特的長男，羅潔梅茵的哥哥。貴族院三年級生。

齊爾維斯特

收養羅潔梅茵的艾倫菲斯特領主，羅潔梅茵的養父。

芙蘿洛翠亞

齊爾維斯特的妻子，三個孩子的母親。羅潔梅茵的養母。

夏綠蒂

齊爾維斯特的長女，羅潔梅茵的妹妹。貴族院二年級生。

麥西歐爾

齊爾維斯特的次男，羅潔梅茵的弟弟。

波尼法狄斯

齊爾維斯特的伯父，卡斯泰德的父親，羅潔梅茵的祖父。

斐迪南

艾倫菲斯特的領主一族。奉國王之命前往亞倫斯伯罕。

黎希達

首席侍從。熟知三名監護人孩提時期的上級貴族。

莉瑟蕾塔

貴族院六年級生，中級見習侍從。安潔莉卡的妹妹。

布倫希爾德

貴族院五年級生，上級見習侍從。

谷麗媞亞

貴族院四年級生，中級見習侍從。已獻名。

繆芮拉

貴族院五年級生，中級見習文官。已獻名。

羅德里希

貴族院三年級生，中級見習文官。已獻名。

菲里妮

貴族院三年級生，下級見習文官。

萊歐諾蕾

貴族院六年級生，上級見習護衛騎士。

馬提亞斯

貴族院五年級生，中級見習騎士。已獻名。

勞倫斯

貴族院四年級生，中級見習騎士。已獻名。

優蒂特

貴族院四年級生，中級見習護衛騎士。

泰奧多

貴族院一年級生，中級見習護衛騎士。貴族院限定的近侍。

羅潔梅茵的近侍

哈特姆特 上級文官，也是新任神官長。奧黛麗的么子。

柯尼留斯 上級護衛騎士。卡斯泰德的三男。

安潔莉卡 中級護衛騎士。莉瑟蕾塔的姊姊。

達穆爾 下級護衛騎士。

奧黛麗 上級侍從。哈特姆特的母親。

艾倫菲斯特舍

赫思爾 艾倫菲斯特的舍監。文官課程的教師。

奧斯華德 韋菲利特的首席侍從。

伊西多 貴族院六年級生，韋菲利特的上級見習侍從。

伊格納茲 貴族院四年級生，韋菲利特的上級見習文官。

亞歷克斯 貴族院六年級生，韋菲利特的上級見習護衛騎士。

巴托特 貴族院五年級生，韋菲利特的中級見習文官。已獻名。

瑪麗安妮 貴族院四年級生，夏綠蒂的上級見習文官。

娜塔莉 貴族院五年級生，夏綠蒂的上級見習護衛騎士。

托勞戈特 貴族院五年級生，上級見習騎士。曾是羅潔梅茵的近侍。

他領學生

克拉麗莎　戴肯弗爾格的上級見習文官，貴族院六年級生。
奧爾特溫　多雷凡赫的領主候補生，貴族院三年級生。
瑪蒂娜　亞倫斯伯罕的上級見習侍從，貴族院五年級生。
法緹亞　亞倫斯伯罕的上級見習文官，貴族院六年級生。
雷蒙特　亞倫斯伯罕的中級見習文官，貴族院四年級生。赫思爾的弟子。
蕊兒拉娣　約瑟巴蘭納的上級見習文官，貴族院三年級生。

漢娜蘿蕾
戴肯弗爾格的領主候補生，貴族院三年級生。

藍斯特勞德
戴肯弗爾格的領主候補生，貴族院六年級生。

蒂緹琳朵
亞倫斯伯罕的領主候補生，貴族院六年級生。喬琪娜的女兒。

貴族院其他相關人士

洛飛　戴肯弗爾格的舍監。騎士課程的教師。
賈鐸夫　多雷凡赫的舍監。文官課程的教師。
傅萊芮默　亞倫斯伯罕的舍監。文官課程的教師。

艾格蘭緹娜
領主候補生課程的教師。第二王子的第一夫人。

他領貴族

特羅克瓦爾　國王。亦稱君騰。
席格斯瓦德　中央的第一王子。
錫爾布蘭德　中央的第三王子。
勞布隆托　中央騎士團長。
歐斯溫　亞納索塔瓊斯的首席侍從。
齊格琳德　戴肯弗爾格的第一夫人。
柯朵拉　漢娜蘿蕾的首席侍從。
海斯赫崔　戴肯弗爾格的上級騎士。
阿道芬妮　多雷凡赫的領主一族。
喬琪娜　亞倫斯伯罕的第一夫人。齊爾維斯特的姊姊。
萊蒂希雅　亞倫斯伯罕的領主候補生。
賽吉烏斯　斐迪南的侍從。
康絲丹翠　法雷培爾塔克的第一夫人。齊爾維斯特的二姊。

亞納索塔瓊斯
中央的第二王子。

艾倫菲斯特的貴族

卡斯泰德　騎士團長，羅潔梅茵的貴族父親。
艾薇拉　卡斯泰德的第一夫人，羅潔梅茵的貴族母親。
艾克哈特　斐迪南的護衛騎士。卡斯泰德的長男。
尤修塔斯　斐迪南的侍從兼文官。黎希達的兒子。
妥斯登　韋菲利特的文官，莉瑟蕾塔的未婚夫。
薇羅妮卡　齊爾維斯特的母親。現正受到幽禁。

第五部

女神的化身Ⅲ

序章

與戴肯弗爾格比的迪塔總算結束了。儘管發生了不少意料之外的事情，比如中央騎士突然的擾亂、王族的問話等，但比賽最終由艾倫菲斯特獲得勝利，羅潔梅茵也不需要嫁去戴肯弗爾格。能夠成功守住主人，馬提亞斯如釋重負。

但現在還不能完全放心，覺得一切都已結束。因為在訓練場接受問話的時候，馬提亞斯發現了一股氣味，而且多半只有他一人察覺到。

「包括問話在內，關於這次的迪塔我有事情想與大家討論。等一下能請你們移步到會議室嗎？」

晚餐時間，馬提亞斯在餐廳裡叫住了勞倫斯、萊歐諾蕾、優蒂特，以及參加了這次迪塔的布倫希爾德。

「我不用一起去嗎？」

稚氣未脫的泰奧多插嘴問道。但是，他只有在貴族院就讀時才擔任護衛騎士，原本的主人是基貝．克倫伯格，因此討論重要的事情時不能讓他參與。只是馬提亞斯也曉得他經常咳聲嘆氣說：「就只有我被大家排擠在外！」所以被他當面這麼一問，馬提亞斯有些支吾起來。

「今天只需要參加過迪塔的人……」

「不需要有人提供在看臺上看到的情況嗎？」

馬提亞斯暗暗苦惱，不曉得該怎麼開口才能不傷人地請他迴避。這時，萊歐諾蕾一臉無奈地緩緩吐氣。

「泰奧多，你既然只有在貴族院時才擔任護衛騎士，就該明確劃清界線。因為要避免我們這邊的情報傳到基貝・克倫伯格耳中……你不打算成為羅潔梅茵大人的護衛騎士吧？」

身為騎士，泰奧多資質很好。如今羅潔梅茵的護衛騎士人手不足，為免情報有外流的可能，其實近侍們也都希望泰奧多能夠正式成為近侍。但是泰奧多想了一會兒後，最終拒絕萊歐諾蕾的招攬。

「……因為我的目標是成為克倫伯格的騎士。」

晚餐過後，參加過迪塔比賽的五名近侍便到會議室集合。進到屋內以後，首先確認房門是否關好。

「布倫希爾德，羅潔梅茵大人還好嗎？」

一開始，馬提亞斯先向見習侍從布倫希爾德詢問了羅潔梅茵的情況。馬提亞斯是異性，不能進入主人房間所在的三樓。但是，羅潔梅茵被帶離訓練場時，一直是慘白著臉在下達指示，那副模樣始終在他腦海裡揮之不去。他期待得到一些可以了解她現況的資訊，比如現在已經好一點了，或是雖然還不能離開房間但已經醒了之類。

然而，布倫希爾德說出來的話語，卻與他期待的截然相反。

「……一點也不好。由於病倒的原因之一是回復藥水飲用過量，所以黎希達也說現在不能再讓羅潔梅茵大人喝藥，只能等她自己醒來。其實就在我們剛才用餐的時候，羅潔梅茵大人還發起高燒……呼吸非常痛苦的樣子。」

她說現在換黎希達去用餐，由莉瑟蕾塔與谷麗媞亞準備冰涼的濕布放在羅潔梅茵額頭上，為她擦拭汗水。說著說著，布倫希爾德的臉色越來越蒼白。

「如果我沒有在比迪塔途中暈倒的話，應該就能阻止羅潔梅茵大人飲用過量的回復藥水了……」

布倫希爾德的話聲中充滿苦惱與懊悔，但馬提亞斯覺得這不能怪她。畢竟身為上級見習侍從的她沒有接受過正式的戰鬥訓練，當時卻要面對戴肯弗爾格的見習騎士中實力最強的勞爾塔克釋出的攻擊，會怕得暈過去也很正常。而且原先就預計她會一直待在羅潔梅茵變出的風盾裡，因此幾乎沒有接受過防禦與閃避攻擊這方面的訓練。因為見習侍從參賽時該負責的，是回復藥水的管理與記住攻擊用魔導具有哪幾種。

「照妳這麼說，應該是護衛騎士要負責任才對吧。因為那時候我不僅讓藍斯特勞德大人闖進風盾裡，還沒能保護好羅潔梅茵大人。要是我當時沒有變出武器，就不會被彈到風盾外了……」

優蒂特神情灰暗地搖搖頭說。但是，馬提亞斯覺得這也無可厚非。眼看主人面臨危險，沒有一個護衛騎士會不變出武器來。因為護衛騎士接受的訓練，就是要能反射性地採取這些行動。

「即使當時在場的人不是優蒂特，大概也會被彈到舒翠莉婭之盾外吧。因為處在那種情況下，若不為了保護主人採取行動，那才是失職的護衛騎士。」

馬提亞斯說完，勞倫斯也點點頭。

「況且就算沒有變出武器、也成功趕跑了藍斯特勞德大人，羅潔梅茵大人還是會喝下回復藥水吧。畢竟若想抵擋擾亂者們的攻擊、讓騎士們有地方可以恢復，還是需要有羅潔梅茵大人的風盾。」

勞倫斯這些話本想安慰優蒂特，布倫希爾德聽了卻皺起眉頭。

「勞倫斯，這就是我們應該要阻止的事情。斐迪南大人如果還在，肯定會罵我們是失職的近侍喔。」

馬提亞斯與勞倫斯無法理解這是什麼意思。這件事有嚴重到會被說是「失職的近侍」嗎？記得去年的領地對抗戰上，軔拿斯巴法隆出現後，羅潔梅茵也曾為了保護學生而變出舒翠莉婭之盾，但當時並未因此遭到斥責。

為了抵擋鬧事者們釋出的攻擊，也為了讓比迪塔時受了傷的騎士們能專心復原，更為了讓看臺上的非戰鬥人員有地方能避難，舒翠莉婭之盾可說是不可或缺。

「為什麼？要是沒有舒翠莉婭之盾，大家就……」

「戴肯弗爾格可沒有舒翠莉婭之盾喔。居然沒有羅潔梅茵大人的風盾就無法復原，也無法保護好非戰鬥人員，說到底是艾倫菲斯特的見習騎士們依賴成性了吧。」

布倫希爾德眼神凌厲，批評艾倫菲斯特的見習騎士們。但是，當時是羅潔梅茵自願變出風盾，並且努力維持。布倫希爾德這麼說，讓馬提亞斯覺得她完全無視了羅潔梅茵想保護大家的一番心意。

「但羅潔梅茵大人也是出於善意，才變出了風盾想要幫助大家。她這番心意與行動不是很值得尊敬嗎？」

「是呀。可是，我們近侍應該以羅潔梅茵大人的安全與健康為優先，這點絕不能與其他事情混為一談。」

目光鋒利的蜜糖色雙眼接著看向馬提亞斯與勞倫斯。

「比迪塔時的情況，跟之前因為抑止不了過多的魔力而分給大家並不一樣。這次是我們艾倫菲斯特的所有學生，逼得羅潔梅茵大人不得不勉強自己，明明已經超過主治醫師斐迪南大人的規定用量，卻還是喝下回復藥水。大家明知道羅潔梅茵大人的身體虛弱到了會在茶會上暈倒，為什麼還要勉強她呢？為什麼對此一點也沒有後悔或反省，還視為理所當然？」

布倫希爾德這番指責，讓馬提亞斯受到了後腦杓彷彿遭人痛毆的衝擊。她說得沒錯。羅潔梅茵身體虛弱是眾所皆知的事實。而且即使擁有比他人要多的魔力，也不代表就能用之不竭。大量消耗以後，魔力當然也會歸零。

然而，明明當時羅潔梅茵已經處在不喝回復藥水就無法維持風盾的狀態，對於主人仍要給予祝福、使用魔力，馬提亞斯卻一點也不擔心。儘管他會擔心主人和紙一樣蒼白的臉色，卻也視為理所當然地依賴在那種狀態下的主人。

「布倫希爾德，對不起喔。都怪我擬定作戰計畫的時候，便認定需要有羅潔梅茵大人的風盾才能獲勝……」

「畢竟羅潔梅茵大人自己也打算這麼做，況且為了獲勝，確實需要風盾吧。而且要不是有風盾，我也不會決定參加迪塔……可是，在漢娜蘿蕾大人離開陣地的那一瞬間，迪塔就已經分出勝負了吧？那應該在那時候就建議羅潔梅茵大人消除風盾，優先考慮她的身體狀況。身為侍從卻沒能做到這一點，這讓我非常後悔。」

一旦比賽分出了勝負，見習騎士們就算要離開訓練場也沒關係，所以大可移動到不容易受到攻擊的地方等待恢復。看臺上的人們基本上也該懂得自保，否則為何要上共通的術科課、練習如何變出盾牌。至於夏綠蒂，則是在迪塔分出勝負後，由她的護衛騎士前去保護即可。對於這次的迪塔，布倫希爾德站在侍從的立場所提出的該反省之處，都與騎士大不相同。

「布倫希爾德，我也很後悔喔。早知道不該讓羅潔梅茵大人去治癒那名掉下來的戴肯弗爾格見習騎士。明明那時候羅潔梅茵大人的臉色看起來更糟糕。」

萊歐諾蕾擔心地抬起頭來，看向羅潔梅茵房間所在的方向。看到身為護衛騎士的她竟對布倫希爾德表示贊同，馬提亞斯眨眨眼睛。實現主人的心願，應該是近侍的本分吧。

……為什麼她們會有這種想法？

不管是萊歐諾蕾還是優蒂特，都對布倫希爾德的看法表達贊同。這並非是侍從與騎士的職責不同所造成的差異，而是根本上觀念就不一樣。服侍羅潔梅茵時心態上若有不同，可能會導致日後的摩擦與失和，他必須趁現在先了解她們到底在想什麼。馬提亞斯說出了讓他焦慮到喉嚨陣陣發乾的疑惑。

「但這也是羅潔梅茵大人自己想做的，況且那名騎士確實需要治癒吧？實現主人的心願不是近侍的本分嗎？」

「未必每次都是這樣。」

布倫希爾德聲色俱厲地回答。萊歐諾蕾思索片刻後，先是低喃：「既然你們是已經獻名的近侍，最好也該知道吧。」接著說了：

「這是發生在我們當近侍前，柯尼留斯告訴過我的事情……四年前，護衛騎士們行動時也曾只想著要完成主人的要求。」

她說當年夏綠蒂被喬伊索塔克子爵擄走時，羅潔梅茵立刻衝出去救人。為了完成主人的要求，護衛騎士們也依令行事、離開主人身邊。然而就在那短短的時間裡，羅潔梅茵就被另一個人擄走了。

「正是因為護衛騎士優先實現主人的心願，導致羅潔梅茵大人在尤列汾藥水裡沉睡了兩年的時間。」

縱使夏綠蒂與她的近侍們，以及領主夫婦再怎麼表達感謝，自己的主人始終都沒有醒來。甚至隨著時間流逝，存在感還益發薄弱，逐漸被人遺忘。

「主人終於醒來後，卻因為兩年都沒有成長、也沒有學習到應有知識，惶惶不安得覺得只有自己被拋在了原地。然而，貴族社會不可能停下腳步來等她。結果羅潔梅茵大人還來不及適應與做好調整，就被送到了貴族院來。看著這樣的她，當時沒能盡到保護之責的護衛騎士們都在想些什麼，你們能明白嗎？」

光是想像他們會有多麼懊悔，苦澀的心情便翻湧而上。馬提亞斯與勞倫斯一句話也說不出來。

「我們絕對不能重蹈覆轍。所以請兩位要知道，主人的心願並不能毫無限度地為其實現。尤其羅潔梅茵大人的創意源源不絕，衝勁與執行力非常高，體力卻完全跟不上。再加上她因為在神殿長大，不太了解貴族的常識，常常以為雙方都達成了共識其實並沒有。」

比起羅德里希提供的「舊薇羅妮卡派貴族在服侍時的注意事項」，現在這是更根本的「服侍羅潔梅茵這名主人時該有的心理準備」。馬提亞斯與勞倫斯認真傾聽。

「還有，也要小心韋菲利特大人。那位大人總是沒把羅潔梅茵大人放在心上。」

隨後，布倫希爾德滔滔不絕地抱怨起來。這是近侍以外的人無法看見的一面，但原來韋菲利特讓羅潔梅茵的近侍十分生氣。儘管每一件都是小事，但所謂積少成多，現在似乎形成了一種惡性循環，心裡的不耐又引得她們對韋菲利特更加厭惡。

……很多事情都有跡可尋哪。

「在韋菲利特大人接受比迪塔的時候，我還對他有些另眼相看，結果從迪塔後半段開始直到與王族的談話，他滿口都是漢娜蘿蕾大人吧。」

「不，那是……因為漢娜蘿蕾大人本來是一個人待在敵陣裡，讓她離開陣地後才導致艾倫菲斯特獲勝，所以需要稍微顧及她的感受……」

「要顧慮她的感受是沒關係，但同樣也該關心一下臉色蒼白的羅潔梅茵大人吧。他知道要關心獨自一人被留在陣地裡的他領領主候補生，卻一點也不擔心獨自一人在自領努力保護大家的未婚妻，這點讓我非常生氣。」

「但我想韋菲利特大人並不是不擔心……」

勞倫斯開口想為韋菲利特說話，卻被布倫希爾德狠狠一瞪。萊歐諾蕾安撫似地拍拍

她的肩膀，再交互看向勞倫斯與馬提亞斯。

「晚餐席間，韋菲利特大人曾宣布迪塔的勝利，和大家一起分享喜悅吧？還表示幸好沒有遭到王族刁難，問話很順利就結束了吧？然而，對於為了保護大家而變出風盾、最後還不得不勉強自己的未婚妻羅潔梅茵大人，他卻沒有半句感謝與擔心……只說了就和平常一樣。」

重新回想起來，確實如她所說。馬提亞斯的確也很擔心羅潔梅茵。可是，明明親眼看到主人已經無法站在王族面前、不得不提早離開，不知為何內心深處卻也存有著「就和平常一樣」、「過幾天就會醒了吧」的念頭。發現自己不知不覺間已經有了這種刻板印象，馬提亞斯倒吸口氣。

「不過，這可能也是韋菲利特大人表達關心的一種方式，不想讓大家太擔心吧。這點我也可以理解。因為總不能詳細向大家報告，羅潔梅茵大人昏睡時都處在怎樣的狀態……」

優蒂特說到一半，布倫希爾德便打斷似地開口：

「可是，對於為了艾倫菲斯特而勉強自己的羅潔梅茵大人，韋菲利特大人成為未婚夫都已經超過一年以上了，卻從沒有準備過半份慰問禮吧。我真的好生氣……尤其羅潔梅茵大人這次是因為比迪塔，消耗了過多的魔力與回復藥水才病倒的，根本就和平常不一樣。你們不這麼認為嗎?!」

布倫希爾德的情緒再次變得激動。想必是因為她很重視主人吧。平常鮮少表現出這一面的她現在都是這副模樣了，那個哈特姆特要是知道了主人此刻的狀態，又會多麼怒不可遏呢？

……真是不敢想像。

馬提亞斯隨即把與哈特姆特有關的思緒逐出腦海，試著提議可以如何改善與韋菲利特的關係。

「那不然透過侍從，請韋菲利特大人表達慰問之意……」

「慰問不該等到有人催促了才做。再說了，雖然布倫希爾德對此感到生氣，但慰問的有無對我來說卻是無關緊要。因為男士又不能走上宿舍三樓，一般也不想讓策略聯姻的對象看到自己虛弱無力的模樣吧？」

萊歐諾蕾的話聲中透著對另一件事的怒火，就連馬提亞斯也感覺到勞倫斯整個人嚇得一震。

「我不滿的是，在迪塔因為有人擾亂而莫名其妙分出了勝負後，韋菲利特大人竟然為此感到苦惱。明明戴肯弗爾格都已經接受落敗的結果了，那位大人居然覺得不該就此決定勝負……甚至當著王族的面想要再比一次。我簡直不敢置信。」

萊歐諾蕾的藍色雙眸盈滿怒意。這點馬提亞斯也贊成她的看法，不語地微微點頭。既然韋菲利特平常總說「我不想提出反對意見」、「我們就該服從上位者的決定」，那種時候更該安靜遵從才對。

「都已經比過迪塔比賽，我沒想到他竟如此愚蠢，完全感受不到敵我雙方的戰力差距。那位大人真的有心想守護羅潔梅茵大人嗎？不管用了什麼手段，最終只要可以獲勝就好，這件事無論如何都該擺在第一順位。」

「可是身為騎士，這種混亂中得來的勝利……」
……笨蛋！勞倫斯，不要說了！
然而，馬提亞斯的心聲並沒有傳達出去。勞倫斯才剛有袒護韋菲利特的發言，萊歐諾蕾立刻盈盈一笑。
「勞倫斯，由於你不適合擔任護衛騎士，我會麻煩波尼法狄斯大人，請他對你加強訓練。」
「咦？」
勞倫斯一臉茫然地猛眨眼睛，萊歐諾蕾便別開目光去看優蒂特。
「優蒂特，護衛騎士的守則！」
「凡事都要以主人的安全為優先！不擇手段也要保護主人！」
優蒂特神色凜然地回答。從她在面對勞爾塔克釋出的攻擊時，曾張開披風保護主人到最後一刻的行動來看，可以知道她並不只是嘴上說說。
「請每天都要複誦一遍護衛騎士的守則。直到不管獲勝方式為何，只要能守住羅潔梅茵大人就好的想法深入骨髓為止。即便已經獻名，但若沒有命令就不懂得保護主人的護衛騎士簡直毫無用處呢。」
儘管萊歐諾蕾面帶笑容，說出來的話語卻嚴厲至極，還犀利得彷彿舉劍揮來。遭到怒火波及，勞倫斯縮成一團道歉。
「是我沒有貫徹護衛騎士的守則，對不起……可是，韋菲利特大人並不是羅潔梅茵大人的護衛騎士啊……」

「即便不是護衛騎士，好歹也是未婚夫吧。而且當初這個婚約還是為了韋菲利特大人才訂下。若不是與羅潔梅茵大人訂婚，他也不會成為下任奧伯，身為有汙點的舊薇羅妮卡派領主候補生，這次的肅清更不知道會受到多少影響。這些事情他真的都理解了嗎？」

「嗯，就是說呀。正因是策略聯姻的對象，給人留下的印象才格外重要。明明只要寫封慰問信或送一本書，便能輕易贏得羅潔梅茵大人的好感……」

兩人都說多虧有這樁婚約，才有了基礎可以拉攏萊瑟岡古的貴族為同伴，韋菲利特也才能當上下任領主。然而在舊薇羅妮卡派內部，卻是完全不一樣的說法。親眼目睹了派系不同，看法會有多大的差異後，馬提亞斯忍不住開口。

「原來萊瑟岡古的貴族都這麼認為嗎？但在我們派系裡，大家都說是因為薇羅妮卡派的勢力被削弱太多，為了保持平衡，才由韋菲利特大人成為下任領主……」

馬提亞斯這麼說，是希望兩人能夠意識到派系不同所造成的想法差異，不料萊歐諾蕾與布倫希爾德只是失望嘆氣。

「哎啊……說這種話還真是天真呢。倘若舊薇羅妮卡派的貴族們當真如此認為，韋菲利特大人的那個態度大概永遠也不會變吧。」

「那個態度是指……？」

「便是就連王族問話的時候，韋菲利特大人也只照著奧斯華德他們說的去做，毫不理會我們的意見，僅會唯唯諾諾地服從命令。我指的就是這個態度。」

「他總是只聽自己近侍們的意見，卻對我們的意見不屑一顧。明明多少也該對我們表現出願意傾聽的姿態，比如問問理由，或是回說等問過羅潔梅茵大人的想法後再作答覆……難道我這麼想不對嗎？」

聽完兩人所說，馬提亞斯吞了吞口水。王族問話的時候，眼看戴肯弗爾格提出了要求，萊歐諾蕾也曾希望可以出席鬧事者們的審問會。當時馬提亞斯在心裡也同意這麼做。然而，韋菲利特卻選擇了照著奧斯華德說的，「在上位者面前最好別多說話」。

……對了，那時候我也曾對韋菲利特大人的反應感到奇怪，只是在意的點和她們不一樣。

由於後來又被更重要的事情吸引了注意力，馬提亞斯便徹底忘了韋菲利特有過的舉止。他正試圖回想時，優蒂特冷不防想為他與萊歐諾蕾調停。

「布倫希爾德、萊歐諾蕾，妳們冷靜一點！馬提亞斯與勞倫斯都不知所措了喔。雖說已經獻名，但馬提亞斯畢竟隸屬舊薇羅妮卡派，聽人當面數落韋菲利特大人的不是，心裡當然會不太舒服吧。對不對？」

「優蒂特，這種時候好像不該向我們徵求同意……」

看見勞倫斯一臉尷尬，馬提亞斯揚起苦笑。接著他再向沒有察覺現場氣氛的優蒂特投以微笑，開口說了：

「雖然和萊歐諾蕾她們在意的點不一樣，但我當時也對韋菲利特大人的反應感到奇怪，剛才只是在回想而已，並不是不知所措。」

「哎呀，那馬提亞斯是對哪一點感到奇怪呢？」

布倫希爾德訝異地眨眨眼睛，馬提亞斯遂說出自己的答案。

「就是對於藍斯特勞德大人的要求，韋菲利特大人卻說他覺得沒有那麼嚴重這一點……」

當時中央騎士團可是沒有國王的命令就擅自行動。為什麼會有騎士行為脫序？就連只是一介騎士的馬提亞斯，也覺得應該查清楚原因。然而，韋菲利特卻反駁了。他身為下任領主難道都沒有考慮過，日後艾倫菲斯特的騎士團也可能沒有奧伯的命令就擅自行動嗎？想像不出這件事的嚴重性與危險性嗎？這讓馬提亞斯匪夷所思。

「還有，王族問話的時候，你們有沒有聞到一股甜香？」

馬提亞斯問出了這次開會他最想問的問題，這也是他集結眾人來此的原因。似乎是看他眼神認真，大家都開始回想。勞倫斯最先抬起頭來。

「……馬提亞斯，該不會你說的甜香是指女性在用的絲髮精？是有某個人的香氣讓你特別在意嗎？」

「勞倫斯，我不可能在這種情況下問這種事情吧。」

不知道勞倫斯是在說笑，還是經過認真的思考後得出這種疑惑。讓他閉上嘴巴後，馬提亞斯看向其他人。目光與他對上的布倫希爾德搖了搖頭。

「我並沒有聞到什麼甜香。就算真的聞到了，除非香味非常強烈，否則我應該不會留意到以前從沒聞過的香氣。」

「……難不成……」

低頭沉思的萊歐諾蕾猛然抬起頭。在她的注視下，馬提亞斯點點頭。

「很可能有人在中央騎士團內部使用了圖魯克。」

「你說什麼?!」

「上前向亞納索塔瓊斯王子告退的時候，我聞到了一股甜香。正當我納悶著是哪裡飄來的香味時，一轉頭就看見了倒在地上的那幾名騎士。當下我還不確定那是什麼香味，但回到宿舍看見暖爐的瞬間，腦海中倏地浮現出喬琪娜大人的笑容。」

剎那間，馬提亞斯腦海中的記憶與那股甜香串連起來。但是，其他人誰也沒有察覺。這樣的危險性讓他不寒而慄。布倫希爾德與優蒂特聽了也臉色僵硬。

「因為肅清的關係，艾倫菲斯特的人應該都已經知道圖魯克是種危險的植物。可是，從沒有人聞過味道，也不知道實際上長什麼樣子吧。這次也是除了馬提亞斯，並沒有任何人察覺。」

「就算有人在我面前焚燒，我恐怕也不會注意到。這實在太危險了……」

「馬提亞斯，現在這個季節和你覺得奇怪的夏季尾聲不同，暖爐就算點著也很正常，要焚燒圖魯克更是再簡單不過了吧？」

勞倫斯說完，馬提亞斯點了點頭。現在可以毫不引人懷疑地焚燒圖魯克。

「關於圖魯克，我也沒有相關知識。只希望中央的人在調查那三名騎士時可以察覺到……」

看她們平常對舊薇羅妮卡派的人總是疾言厲色，馬提亞斯本以為自己說的話不會被採信，因此萊歐諾蕾的毫不懷疑讓他大感驚奇。她完全以有人在中央騎士團內使用了圖魯克為前提，接著繼續討論。

「可是，圖魯克也有可能是我誤會了。」

馬提亞斯倒希望只是自己誤會了。因為他全然不敢想像圖魯克已經入侵中央騎士團的可能性。然而，萊歐諾蕾遠比他實際得多。

「不僅曾想謀害羅潔梅茵大人的喬琪娜大人他們使用過，如今在賭上了羅潔梅茵大人婚約的迪塔上，也有人在來擾亂的騎士們身上用了圖魯克喔。如果是為了某些目的，與羅潔梅茵大人為敵的勢力們在暗中有了勾結也不奇怪吧。」

比起有人在中央騎士團內使用了圖魯克，萊歐諾蕾更在意的，是有人在與主人羅潔梅茵有關的事情上使用了這種植物。她切入的角度與馬提亞斯截然不同。這也許就是護衛騎士該具備的危機處理能力吧。

「馬提亞斯，幸好你沒有在問話的時候就提起圖魯克。因為王族與戴肯弗爾格有可能反而懷疑艾倫菲斯特也參與其中……現在沒有主人下判斷，我們不能擅自行動。只能等羅潔梅茵大人醒來並恢復健康了。」

身為在貴族院的首席見習護衛騎士，萊歐諾蕾一向是依自己心中定下的標準，盡可能優先實現主人的要求。馬提亞斯點點頭，遵從她的決定。

清醒與報告

一睜開眼睛，眼前便是黎希達如釋重負的表情。

「大小姐，您感覺如何？如果覺得吃得下東西，我便讓人準備水果。」

我在黎希達的攙扶下起身，喝了她遞來的水後，再度躺下。雖然現在有辦法喝水了，但腦袋因為發燒的關係還昏沉沉的，一點食慾也沒有。

「這下我總算放心了。這次因為不能使用回復藥水，只能等著大小姐您自己醒來，我心裡真是難受極了。」

她說我在昏迷的時候發起高燒，侍從們什麼忙也幫不上，全都不知如何是好。儘管嘴上說什麼忙也幫不上，但四周到處殘留著她們努力為我降溫的痕跡。

「黎希達，對不起讓妳擔心了。」

「今後不管發生什麼事情，請您絕對不能喝下超過規定用量的藥水。」

我不確定自己是否有點頭回應。冰涼冷水在體內浸潤開來的感覺太過舒服，我再一次閉上眼睛。

接著睜開雙眼的時候，我感覺到有人握住自己的手。是黎希達嗎？全身依然非常倦怠，一時間還無法動彈。我稍稍轉過頭，發現不是黎希達，而是布倫希爾德。她臉上布滿苦惱與懊悔，跪在床邊握著我的手。平常總是極有貴族風範的她，難得會把情緒顯露在臉上。和黎希達那時一樣，為了讓她放心，我緩慢地眨著眼睛，開口說了：「我沒事。」

然而，布倫希爾德並沒有露出安心的表情，反而緊閉雙眼開始向我道歉。

「羅潔梅茵大人，對不起，都是我的錯。如果我沒在比迪塔途中失去意識的話，事情就不會變成這樣了。沒能阻止羅潔梅茵大人飲用過多的回復藥水，是我這個侍從太過失職。」

沒想到飲用過多的回復藥水，會讓布倫希爾德這麼自責。因為我當時只是一心不想輸了迪塔。我使力側過身體後，與布倫希爾德對視。

「這不是布倫希爾德的錯吧？是我自己判斷有必要才喝了回復藥水喔。」

「我應該優先考慮您的身體健康、阻止您喝藥，這是我的職責所在。關鍵時刻我卻暈了過去，沒能盡到侍從的本分。」

真要說的話，應該怪我才對。畢竟布倫希爾德是從沒接受過迪塔訓練的侍從，我卻僅因魔力量多就選了她參加迪塔。

「布倫希爾德，要我說多少次都沒關係，這不是妳的錯。我是因為自己不想輸，才喝了回復藥水。」

「可是……」布倫希爾德似乎還是無法接受，剛要開口反駁時，莉瑟蕾塔掀開布幔走了進來。

「布倫希爾德，妳別再說了。我知道妳心裡非常懊悔，但只會讓剛醒來的羅潔梅茵大人感到疲憊唷。」

布倫希爾德恍然清醒似的鬆開手，斂起表情站起來。後悔想必仍在她的心頭盤踞不去吧。但布倫希爾德沒有表現出來，讓我喝了水後，為渾身全是黏答答汗水的我施展洗淨魔法。

「布倫希爾德身為侍從非常優秀喔，我從不覺得妳失職。我反而很擔心會不會因為我的關係，讓布倫希爾德在工作上留下汙點。」

「您別這麼說，怎麼可能留下汙點呢。我只是自己感到後悔罷了……但是，請您今後別再飲用超過規定用量的藥水了。」

感受到了布倫希爾德的痛苦憔悴，我答應她：「我不會再擅自喝藥了。」我也不想讓自己的近侍們露出這種表情。就在我這麼心想的時候，意識再度遁入黑暗。

後來即便意識完全清醒了，大家還是和往常一樣，在徹底退燒前不准我下床。這次我似乎讓大家格外擔心，侍從們服侍得比以往還要殷勤周到。我也沒有任性地開口說想看書，只是靜靜接受大家的叮嚀與照料。就在這時，莉瑟蕾塔拿來了一隻蘇彌魯布偶。布偶的毛是藏青色的，有一雙金色眼睛，肚子鑲有魔石。

「羅潔梅茵大人，您覺得成品如何？我個人覺得十分可愛……」

「莉瑟蕾塔，妳做得真是完美！」

布偶裡裝了雷蒙特設計的錄音魔導具。我準備用這個布偶錄下要說給斐迪南聽的留言。其實我個人更偏好製作小熊貓布偶，奈何贏不了莉瑟蕾塔對蘇彌魯的愛，所以這個提議慘遭駁回。畢竟我自己沒有能力製作，只能全權交給莉瑟蕾塔，但沒想到完成得這麼快。

我躺在床上，試著抱了抱莉瑟蕾塔遞來的蘇彌魯布偶。柔軟的觸感與大小都讓人覺得很舒服。外表也非常可愛，看得出來充滿了莉瑟蕾塔對蘇彌魯的熱愛。

「這邊的魔石是錄音魔導具吧。」

我往藏青色蘇彌魯肚子上的魔石登記了魔力後，馬上試著錄音。

「斐迪南大人，您有沒有好好休息呢？工作之餘也要適度休息喔。」

「不管再忙，不用餐就沒有力氣。不可以太過依賴藥水，請記得按時用餐。」

錄好以後，我再檢查蘇彌魯能否發出聲音。太完美了，簡直一百分。有了這個蘇彌魯，斐迪南在亞倫斯伯罕肯定也能過上規律的生活。

……不對，斐迪南大人鐵定不會拿來用。

之前在神殿的時候，不管我和侍從們對他說了什麼，基本上他只會回說：「別來打擾我。」

「就算送給斐迪南大人，大概也只會被他扔在箱子裡吧。是不是該送給尤修塔斯，讓他有必要的時候拿出來使用呢？」

我抱著蘇彌魯布偶，認真地思考起這個問題。這時，菲里妮拿了幾封信走來。

「羅潔梅茵大人，有艾倫菲斯特的來信，另外亞倫斯伯罕的萊蒂希雅大人寫的信也一起被轉送過來了。據說您最好在領地對抗戰之前看過這封信。」

莉瑟蕾塔與布倫希爾德稍微退開後，菲里妮便走到床邊來。菲里妮是見習文官，在把書信交給我之前都會先察看內容。她輕笑起來說：

「這好像是斐迪南大人出給萊蒂希雅大人的作業之一唷。」

聽說斐迪南要萊蒂希雅練習寫封不直接交給個人的，而是得經由境界門送給他領貴族的信。這項作業似乎是想訓練她的表達能力，在知道內容會經過自領內不同派系的貴族、境界門與他領文官等層層檢閱的情況下，也寫得出能向對方表達自己主張的信件。

……哦哦，一般的領主候補生在進入貴族院就讀前，都得完成這種作業嗎？

如果我沒在尤列汾藥水中沉睡，肯定也會被要求完成同樣的作業，藉此學習貴族該有的交流與遣詞用字吧。

「這封信好像也是出給羅潔梅茵大人的作業喔。信上寫著，您必須以貴族特有的措辭，寫下可以供萊蒂希雅大人當作範本的回信。」

「菲里妮，不好了。我好像又開始發燒了。」

……居然在我身體狀況不好的時候拿來斐迪南大人的作業，太過分了！還是我最不擅長的「用貴族特有的措辭寫回信」！

完全感受得到斐迪南想同時訓練我們兩人的用心良苦。感激歸感激，我卻一點也高興不起來。看到我為突如其來的作業抱頭苦惱，近侍們都輕笑出聲。

「給萊蒂希雅大人的回信，等今年的貴族院結束後再寫也不遲吧。」

「哎呀，可是斐迪南大人為了護送未婚妻，會在畢業儀式時來到貴族院，若想親手交給他，還是早點寫好回信比較好吧？」

原本還很擔心我的身體、個個皆因自責而面色凝重的近侍們，此刻全都綻開笑容，說話語氣也輕快起來。我高興得先拿起了萊蒂希雅的來信。「喀沙」一聲攤開信件後，先是稍微沉浸在紙張與墨水的氣味裡，然後看起內容。

「那我先看這封信吧。這也是為了趕快完成斐迪南大人出的作業嘛。呃……羅潔梅茵大人芳鑒。」

【您看到這封信的時候，不知今年的貴族院是否已經結束了呢？前些日子學習的時候，斐迪南大人告訴我，說您好像很快就修完所有的課了。他還十分擔心，說您現在這時候多半已經病倒在床，不知道您身體還好嗎？

聽說羅潔梅茵大人非常優秀。我每天也都在認真學習，努力完成斐迪南大人出給我的作業。】

到這裡我都能順利看懂。然而，由於接下來出現了與神有關的譬喻，我忍不住皺著眉歪過頭。

「斐迪南大人出的作業很多都充滿了艾爾瓦克列廉的指引……？我記得這是引導之神吧？應該和教育者、指導者之類的培育有關，但這句話是什麼意思呢？如果結合這句妃亞唐蓮娜的來訪使得季節變換，意思是萊蒂希雅大人很高興現在的環境和以前不一樣，有斐迪南大人出作業給她嗎？所以這邊其實是拐著彎在炫耀？不對，從用了冬之眷屬神的這句話來看，好像也可以理解為正對環境的變化感到苦惱。」

看著萊蒂希雅的來信，我煩惱著不知該如何解讀，不知何時黎希達已經來到了我身旁。

「大小姐，我們一起解讀吧。萬一解讀錯誤，到時候回信可是不堪設想。」

「……麻煩妳了。」

我一點也不相信自己的解讀能力，馬上就向黎希達尋求協助。貴族用語總是有好幾種解讀方式，我又非常不擅長從上下文解讀出正確的意思。對話時還能從語氣和表情獲得一些提示，但光靠文字根本看不出對方的情緒起伏。

與黎希達以及布倫希爾德一起解讀後，我終於看懂了原來萊蒂希雅在說斐迪南本人非常優秀，也感覺得出他是能幹有為的教育者，還很佩服我能夠跟上他的指導；但如果要求她達到和我一樣的水準，實在是強人所難。而在斐迪南嚴厲的指導下，唯一能夠撫慰她心靈的就是我提供的那些點心，她為此向我表達了感謝。

……原來是一封在訴說斐迪南大人有多麼嚴厲的信！

萊蒂希雅似乎希望我能給她一些意見，面對大量的作業與嚴峻的目光，究竟該如何度過令人煎熬的每一天。我深深可以理解。

……我懂，我懂！斐迪南大人出的作業簡直無窮無盡，而且難度全都很高對吧。雖然作業之間會穿插一點閱讀時間，讓人勉強還有動力，但真的麻煩得想要一把拋開對吧！

既然我早已答應過萊蒂希雅，若斐迪南太過嚴格便會提醒他，那我必須想辦法幫幫她才行吧。

「布倫希爾德，請幫我叫莉瑟蕾塔過來。」

「您有什麼吩咐嗎？」莉瑟蕾塔進來後，我便請她再做一隻蘇彌魯布偶。

「根據這封信，斐迪南大人太嚴厲了，萊蒂希雅大人似乎不知如何是好。為了萊蒂希雅大人，最好也錄些可以制止斐迪南大人的留言。」

我開始思考要錄怎樣的留言。「講話不可以太嚴厲喔」「偶爾請稱讚說做得很好」「今天請說妳已經很努力了」——只要錄下這些話，斐迪南多少也會發現自己太嚴厲了吧。

「那我可以去秘密房間看斐迪南大人的來信，寫回信給他嗎？」

眼看近侍們的態度開始軟化，正好我也湧起幹勁，立刻想要下床。瞬間，黎希達那張笑臉忽然充滿壓迫力。

「大小姐，等您完全退燒，才能進入秘密房間寫回信。」

「現在還是請您先好好休養。而且男性近侍們因為無法上樓來，都非常擔心您喔。」

結果，比完求娶迪塔後便昏睡不醒的我，過了將近三天才離開床鋪。

「您真的沒事了嗎？可以再休息一陣子沒關係。」

「我已經退燒了，而且我也想吃平常的飯菜。此外，雖然大家好像都不肯告訴我，但其實關於迪塔和王族，還有很重要的報告吧？」

為了展現自己已經恢復健康，我先到餐廳與大家一起用餐，接著和近侍們一起前往會議室，好聽取昏睡期間錯過的報告。韋菲利特、夏綠蒂以及兩人的近侍們也跟著移動。

「由於中小領地和中央騎士團跑來擾亂，儘管艾倫菲斯特判定這場迪塔是無效的比賽，但戴肯弗爾格似乎認為既然裁判不曾有過指示，那比賽就算還在繼續。所以他們表示，在漢娜蘿蕾大人離開陣地、躲進妳的風盾裡避難時，比賽就分出勝負了。可是，這種贏法好像騙了漢娜蘿蕾大人一樣，我非常不能苟同……」

韋菲利特一臉不滿地交抱手臂，但我一點不滿也沒有。

「既然對方都覺得自己輸了，這樣不是很好嗎？畢竟那樣的迪塔，艾倫菲斯特可沒有力氣再比第二甚至第三次。只不過，韋菲利特哥哥大人說得也沒錯，這種贏法確實不太光彩。只要取消漢娜蘿蕾大人得嫁來艾倫菲斯特這件事，再請他們徹底打消想讓我們解除婚約的念頭，這樣應該就沒問題了吧？」

聽完我的提議，韋菲利特安心地放鬆下來。

「嗯，這是最妥當的解決方式吧。雖然藍斯特勞德大人不斷強調迪塔比賽是神聖的、已經談妥的條件就要履行，但領地對抗戰時直接與奧伯進行交涉就好了吧。」

迪塔在戴肯弗爾格人們心中有著神聖的地位，要與他們交涉感覺會非常麻煩，但既然我們已經贏了，應該可以藉由交涉達到圓滿的結果吧。

「此外，亞納索塔瓊斯王子嚴厲地警告我們，以後不能再惹出這樣的麻煩。還說了如果下次又發生類似紛爭，便由王族負起監護之責……我深刻體會到了自己根本沒有足夠的力量保護妳。」

「什麼？」

韋菲利特整個人垂頭喪氣，但我完全不明白為什麼王族會突然冒出來插一腳。我看向眾人尋求說明時，目光與夏綠蒂對上。

「姊姊大人，您昏睡的時候，我們接到來自中央的通知。聽說關於此次的迪塔，其實錫爾布蘭德王子曾向中央騎士團告知過。」

據說錫爾布蘭德在告知時表示，戴肯弗爾格正試圖搶走國王已指定未婚夫的艾倫菲斯特聖女。後來亞納索塔瓊斯曾開導過，說國王並未下令，只是同意了這樁婚約，因此奧伯可以自行解除，王族無權干涉過問。

「所以是錫爾布蘭德王子下了命令嗎……？」

意思是，錫爾布蘭德因為我與漢娜蘿蕾在圖書館地下書庫裡說過的話，就向騎士團下了命令嗎？

「不是的。聽說錫爾布蘭德王子告知此事以後，當下中央騎士團便勸阻了他，所以他並未出手干預這場迪塔。好像就連近侍與貴族院的老師都能證明這一點。據說他與跑來鬧事的那幾名騎士也素未謀面。但可以肯定的是，似乎確實有人利用了錫爾布蘭德王子帶來的這項消息，因此亞納索塔瓊斯王子針對這點斥責了他。」

「那麼我與漢娜蘿蕾大人在地下書庫裡說過的話，可能也是導致這件事的原因之一吧。」

沒想到不經意的發言與小小的正義感竟招來這麼驚人的後果，我打了個哆嗦。

「我越來越不想與王族扯上關係了。可是，為什麼王族想得到我呢？明明我只是個會不停闖禍的麻煩人物……」

明明亞納索塔瓊斯那麼常把我叫到離宮去，對我耳提面命，為什麼會演變成王族要收養我呢？真教人難以理解。

「畢竟國王先前還親自參加了在貴族院舉行的奉獻儀式。大概是艾倫菲斯特若決定要讓姊姊大人嫁往他領，王族便希望可以得到您吧。」

只不過，由於在戴肯弗爾格為了得到我而比迪塔時，竟有中央的騎士跑去攪局，王族身為中央騎士團的上司，便不好將我搶走。因為那會完全摧毀王族與戴肯弗爾格之間的信任關係。再加上國王已經下令要斐迪南入贅至亞倫斯伯罕，若讓領主一族的人數繼續減少，會影響到艾倫菲斯特基礎魔法的維持。似乎是考慮到以上種種因素，這次便放棄招攬我。

「但王族也說了沒有下一次。如果再和這次一樣發生了驚動整個貴族院的大事，屆時便由王族保護妳。」

不只韋菲利特十分沮喪、覺得沒能保護好我，我的近侍們也一樣。從我醒來以後，他們就一直自責地說：「實在非常對不起。」「要是我那個時候……」

「既然王族這次放過我了，那我們就樂觀一點向前看，下次別再發生一樣的事情就好了。先不說這個，那中途跑來擾亂的騎士與中小領地後來怎麼樣了呢？」

我這麼詢問後，韋菲利特便正色直起腰桿。

「由於當時的學生以為是奉君騰之命，因此對中小領地不予追究。聽說洛飛老師很努力地在中間幫忙說話。至於煽動中小領地、中途跑來擾亂的那幾名中央騎士，將由君騰給予嚴懲。畢竟他們假借王族的名義煽動學生。而且君騰一直以來都以為他們忠心耿耿，所以好像非常生氣且失望。」

「……但忠心耿耿的騎士們竟然沒有王命便擅自行動，這實在不尋常呢。」

聽見我這句話，馬提亞斯舉起手來請求發言。下達許可後，他先是表示：「其實我並沒有確切的證據……」接著開口說了。

「我懷疑可能有人使用了圖魯克。」

「你說的圖魯克……難道是?!」

圖魯克是種疑似在喬琪娜派的聚會上使用過的植物，我記得具有能夠讓人記憶混淆、看見幻覺的強大作用。

「上前向亞納索塔瓊斯王子告退的時候，我聞到了被綁起來的騎士們身上有股甜香。當下我還不曉得那是什麼香味。但是回到宿舍、看見暖爐以後，我就想起來了……只是，因為平常很少聞到這種香氣，也可能是我搞錯了。」

「馬提亞斯，但你幾乎是已經確定了，才會在這時候請求發言吧？」

馬提亞斯的個性非常謹慎。若不是深思熟慮後相當確定，不可能會說出口。

「若能查看他們的記憶，也許就能確定。」

如果有人對三名騎士使用了可以扭曲記憶的圖魯克，那他們很可能是遭到操控。王族能不能在審問時發現這個線索呢？還是該由我們提供這項消息？

「……圖魯克在貴族院和中央很常見嗎？」

「不。倘若常見的話，應該早就有許多人都知道這種植物有多危險。多半是某個領地特有的植物吧。」

夏綠蒂的見習文官上過藥草學課，搖頭否定說道。如果是某個領地的特有植物，那麼王族與中央不見得聽說過。

「等徵得養父大人同意，再向王族提出也許有人使用了圖魯克的疑慮吧。」

胸口掠過一抹讓人心慌的不安。居然在這麼短的時間內，連續發生疑似有人使用圖魯克的異常情況，這真的只是巧合嗎？有沒有可能中央騎士團裡地位高到足以操控騎士的人，已經與喬琪娜聯手了呢？如果真是這樣，那喬琪娜想回到艾倫菲斯特來一事，會不會遠比我們預想的還要簡單？

我抬手觸碰簪子上的虹色魔石，內心跟著晃動的魔石泛起不安的漣漪。

領地對抗戰的準備

發現喬琪娜有可能與中央的某個勢力聯手後，我正感到不安，萊歐諾蕾便對我投以微笑。

「羅潔梅茵大人，我能明白您的不安，但這件事得交由奧伯決定如何處理。您現在該思考的事情是領地對抗戰才對吧？您昏睡了這麼多天，領地對抗戰已經近在眼前了。」

萊歐諾蕾說完，布倫希爾德也點頭附和。

「是呀。您不僅在奉獻儀式上與君騰有了交流，還有與三個大領地的共同研究。今年的訪客勢必會比去年要多，準備起來可不輕鬆呢。」

「羅潔梅茵，她們說得沒錯。這件事就交給父親大人做判斷，我們應該來準備領地對抗戰吧。妳和亞倫斯伯罕的共同研究怎麼樣了？」

被韋菲利特這麼一問，我稍微轉換心情。大家說得沒錯，現在必須先解決眼前該做的事情。

「與亞倫斯伯罕的共同研究等我看完寄來的信、黎希達也允許我外出後，會繼續著手進行。基本上會由亞倫斯伯罕負責展示與發表，所以沒有什麼我出場的餘地吧。」

我昏睡時不只收到了萊蒂希雅的來信，信封裡同時還有斐迪南的回信。裡頭寫著與共同研究有關的事情。其實我很想趕快進入秘密房間，接著閱讀發光墨水所寫的內容，但情緒一激動起來，體溫也升高了，所以在身體狀況變好前大家都不准我看。

「對了，那與多雷凡赫的共同研究怎麼樣了呢？」

「發表方式已經決定好了。關於艾倫菲斯特魔紙的特性與提升品質的方法，以及至今的使用方式等等，會當作是共通的研究內容一起發表。」

「此外，若有把魔紙當魔導具使用所想出的新發明，則由該領自行發表。」

我發問後，韋菲利特與夏綠蒂便向我說明目前的情況。之前韋菲利特曾一起與戴肯弗爾格討論過共同研究要如何發表成果，所以聽說這次便由他帶頭，和多雷凡赫一起討論發表方式。難怪採用的發表方式會跟和戴肯弗爾格說好的一樣。不過這樣一來，就不會所有研究成果都被大領地搶走，可以由各個領地自行發表，這點真是不錯。

「幸好不是只由多雷凡赫負責發表呢。那艾倫菲斯特有什麼新發明嗎？目前為止我都沒有接到任何報告，所以不太清楚……」

先前我曾建議過，可以製作能夠自動彈奏音樂的樂器，於是看向瑪麗安妮。她一臉困窘地垂下目光。

「……能夠自動彈奏音樂的樂器，現在正由多雷凡赫著手研究。雖然我們也試著研究過了，但他們的能力更出色。」

看來是我們的創意被對方搶走了。瑪麗安妮與伊格納茲一臉過意不去，垮著肩膀向我說明。兩人說就算到時候艾倫菲斯特自己發表研究成果，但與多雷凡赫相比，可能都只會顯得遜色。

「枉費羅潔梅茵大人把與大領地一起研究這種大好機會讓給我們，卻沒能拿出優秀的成果，實在非常抱歉。」

「姊姊大人，請別太責怪他們。畢竟他們也是第一次與大領地進行共同研究，只是努力完成的研究成果還是比不上多雷凡赫而已。」夏綠蒂開口幫兩人說話。

「我沒有要責怪他們喔。」我搖了搖頭。當初我只是想提升魔紙的品質與艾倫菲斯特紙的價值，所以光是兩領共同發表的部分，就已經達到了我的基本目的。

「不過，要是完全沒有引人注目的發明，感覺還是有點空虛呢。不如趁這個機會，來做可以自動移回書箱裡的書籍吧。只要在能力範圍內就好，請盡可能提升南娑扶紙的品質。魔法陣已經畫好了，就等品質足以讓書本移動的南娑扶紙完成。」

只要拿來與雷蒙特教我的魔法陣組合在一起，即便他領的厚重書籍移動不了，應該也移動得了艾倫菲斯特輕薄的書本吧。若能讓一段距離外的書自動回到書箱內，到時候就算只是展示，應該也能引來矚目。

「還有我想想……既然多雷凡赫正在提升魔紙的品質、製作可以自動彈奏樂音的樂器，那我們要不要試著減少魔力消耗量，製作就連平民也能使用的音樂魔導具呢？」

我聽說平民區有石鋪，就連平民也能輕易取得碎魔石。如果使用碎魔石就能讓魔導具像音樂盒一樣演奏音樂，那麼想走高級路線的義大利餐廳就算雇用不到行蹤飄忽不定的吟遊詩人，也能在餐廳裡播放音樂。要是還能像點歌機那樣由客人當場買下魔石、聆聽自己喜歡的歌曲，義大利餐廳甚至不用出到半毛錢，客人便能享受聆聽音樂的樂趣。

……不過，其實也不一定非得製作魔導具，大可直接把音樂盒做出來，但現在要是再訂做這種東西，很可能真的會把約翰累死吧。

等印刷業那邊的工作告一段落，再試著委託看看吧。但是，對於一年有一半以上時間都要在外地教人製作金屬活字與印刷機的約翰來說，還是太勉強了吧。況且比起音樂，我更想讓印刷優先普及開來。

「必須要做到只是裝上樂譜與魔石，就連平民也能夠使用。最好是一顆小小的碎魔石，就能演奏一至兩首曲子。」

和雷蒙特或是薩克討論時一樣，我想到什麼便隨口說出來。這時，韋菲利特忽然輕輕抬手打斷。

「羅潔梅茵，妳突然說這些，兩個人都很為難喔。」

定睛一瞧，我才發現瑪麗安妮與伊格納茲都有些變了臉色。可是，就連三年級的我也想得出幾種做法，我不覺得自己的要求對兩名高年級的上級見習文官來說有這麼難。我不由得轉頭看向自己的見習文官們。

「這些事應該不難吧？只要盡可能使用構成簡單的魔法陣，再搭配輔助魔法陣就能節省魔力；而且也已知只要寫好樂譜，用魔石滑過紙面就能發出樂聲了。」

察覺我的目光，本來在寫字板上做紀錄的羅德里希與菲里妮微微沉思。

「羅潔梅茵大人說的，是將雷蒙特教給您的魔法陣再做活用吧？然後與亞樊紙組合起來，沒錯嗎？一想到要做到連平民都能使用，確實會不由自主想得太過困難，但其實做法相當簡單。」

「如果連寫樂譜用的墨水品質也能提升，應該能再減少魔石需要消耗的魔力吧？」

由於平常在赫思爾的研究室裡，羅德里希與菲里妮都會在旁邊看著我和雷蒙特進行研究，這時也紛紛提出自己的看法。聽完，瑪麗安妮與伊格納茲的臉色徹底不變。

「……我們會試試看。」

如果做得出來，今年的研究成果不至於完全沒有獨創的發明與新發現吧。不知道結果會是如何，真教人拭目以待。

「姊姊大人，那與戴肯弗爾格的共同研究還順利嗎？我聽說在您昏睡的時候，是由您的文官負責處理……」

夏綠蒂一問起，菲里妮與繆芮拉便往前一站。先開口說明的是菲里妮。

「與戴肯弗爾格的共通部分已經整理完畢，剩下的就是艾倫菲斯特儀式的相關資料了。先前夏綠蒂大人幫忙邀請了參加過儀式的人舉辦茶會，我預計把當時蒐集到的感想也補充進去。另外，這是我昨天接到的消息。聽說參加過儀式的人當中，有名上級見習文官成功取得了眷屬神的加護，這件事我也會馬上加到研究成果裡。」

「從奉獻儀式到現在，有人在這段時間內取得了加護嗎？」

夏綠蒂訝聲反問後，繆芮拉微微一笑。

「是約瑟巴蘭納的蕊兒拉娣大人。參加奉獻儀式時，似乎只有蕊兒拉娣大人是還沒有舉行加護儀式的三年級生。聽說在周遭人們的建議下，她在最終測驗之前一直都在祈禱。」

一般上級貴族都滿快就修完課程。因此，當時能夠參加奉獻儀式的上級見習文官當中，似乎除了蕊兒拉娣以外，其他人都已經舉行過加護儀式了。尚未舉行儀式的她，便決定在最終測驗來臨前都努力向神祈禱。

「聽說蕊兒拉娣大人也和多雷凡赫一樣，製作了護身符、認真獻上祈禱……向萌芽女神布璐安法。」

「……很少有人會向這位女神獻上祈禱呢。既然和多雷凡赫一樣都準備了護身符，我還以為文官的話，都會向睿智女神梅斯緹歐若拉獻上祈禱。」

萌芽女神布璐安法在艾薇拉寫的戀愛故事裡經常登場，但在想取得加護時，感覺一般不會以祂作為獻上祈禱的對象。聽了我的感想，繆芮拉面帶苦笑為我說明。

「聽說蕊兒拉娣大人很虔誠地在祈禱，希望可以遇見美好的戀愛故事。」

……居然不是祈禱自己的戀情能萌芽嗎？

聽到蕊兒拉娣比起自己的戀愛，更追求戀愛故事，我不禁覺得找到了同伴。蕊兒拉娣八成也和我一樣，是比起戀愛更為書而生的奇女子。

「也不知道是因為祈禱時太過忠於自己的渴望——不對，是太過專注在同一位神祇上，還是因為上級貴族在祈禱時注入的魔力夠多；但也可能是因為原先就擁有水的適性，才比較容易取得加護吧。蕊兒拉娣大人竟能在這麼短的時間內取得萌芽女神布璐安法的加護，這真是驚人的成果。」

她證明了只要奉獻魔力、虔誠祈禱，即便是他領的上級貴族也能取得加護。這對艾倫菲斯特的研究來說，確實是非常重大的成果。真想向蕊兒拉娣問個清楚，再加到研究成果裡頭。

「身邊的人似乎都希望她能取得其他神祇的加護，但本人對此倒是十分滿意。她還高興得想向羅潔梅茵大人道謝呢。」

雖然個性好像有些奇特，但愛看書的人絕不會是壞孩子。蕊兒拉娣肯定也是個好孩子吧。之前只在茶會上聊過幾句，所以我對她的長相不太有印象，但記得她借給我的書。是本以古文寫成的戀愛故事。書裡出現的神祇比艾薇拉寫的故事還要多，男性在稱讚女性時也使用了與神有關的譬喻，讓我留下了非常難看懂的記憶，搞不清楚那些譬喻到底是指行動還是某種形容詞。

……看來是極度熱愛戀愛故事的女孩子呢。感覺與繆芮拉很合得來。

才剛這麼心想，我便揮開這個念頭。她們多半已經是好朋友了，所以繆芮拉才會得到她取得了眷屬神加護的消息。

「羅潔梅茵大人，為了感謝蕊兒拉娣大人為我們的研究提供協助，我可以把最新的貴族院戀愛故事集借給她嗎？」

繆芮拉戰戰兢兢地提出請求。印象中在茶會上借給蕊兒拉娣的，確實不是最新的貴族院戀愛故事。因為最新出版的書，一定會優先借給上位領地的領主候補生，蕊兒拉娣身為中位領地的上級貴族，很久以後才輪得到。她肯定翹首期盼著能看到最新的貴族院戀愛故事集吧。

我完全能懂那種期待新書的心情，也懂得看完書後與朋友分享感想的喜悅。在麗乃那時候，這是尋常可見的光景。腦海中倏地浮現了繆芮拉與蕊兒拉娣看著同一本書、笑得十分開心的畫面。這對一直以來都在做書的我來說，是件讓人感到幸福，胸口也盈滿暖意的事情。

「當然可以呀。約瑟巴蘭納想必也正忙著準備領地對抗戰，她還特意提供協助。這樣一來，相信她會更加真切地感受到布璐安法的加護吧。」

與共同研究有關的討論結束後，我們說好由韋菲利特負責寫信，把圖魯克這件事寫下來寄回艾倫菲斯特。接著我回到房間。

「菲里妮，請幫我取來斐迪南大人從亞倫斯伯罕寄來的信。」

……在忙著準備領地對抗戰的時候，居然出了以貴族用語寫信這種難題給我……

我有些不滿地鼓起臉頰，但好久沒收到信了，心情還是亢奮起來。之前還在昏睡的時候，由於不被允許進入秘密房間，我便請菲里妮唸了以普通墨水寫成的內容。這部分的回信寫著他對圖表的答覆、要給雷蒙特的指示，以及從領地對抗戰開始直到畢業儀式當天的行程。領地對抗戰當晚，斐迪南預計在艾倫菲斯特的茶會室留宿。

「黎希達，養父大人已經下達許可，可以使用茶會室了吧？」

在菲里妮去拿信的時候，我詢問黎希達。斐迪南、尤修塔斯、艾克哈特與一名亞倫斯伯罕的近侍，總共四人預計要在茶會室過夜。

「由於信件已先在艾倫菲斯特經過檢查，把信傳送過來的時候奧伯也已下達許可。齊爾維斯特大人原想在宿舍裡頭準備房間，但因為還有亞倫斯伯罕的近侍同行，那就沒辦法了。要準備長椅可是大工程。」

目前斐迪南的處境十分尷尬。雖然他已經前往亞倫斯伯罕生活，但由於尚未成婚，嚴格說來仍屬於艾倫菲斯特。聽說蒂緹琳朵就是基於這個原因，指示他回到艾倫菲斯特的宿舍過夜。

……但其實真正的理由，聽說是因為蒂緹琳朵大人在聽過母親大人寫的戀愛故事以後，便對男伴會在儀式當天早上來迎接自己的畫面產生憧憬。

由於如今斐迪南已在處理公務，據說亞倫斯伯罕的貴族們都擔心情報外流，對此非常反對。然而，蒂緹琳朵刻意展示訂婚魔石，堅決不肯退讓地說：「斐迪南大人，你不是說過會實現我的心願嗎？」

「……我當然很歡迎斐迪南大人過來留宿，但只在茶會室裡準備長椅，會不會無法消除疲勞呢？」

「為免被人懷疑斐迪南大人洩露情報，導致他在亞倫斯伯罕的處境變糟，這麼做也是無可奈何。」

亞倫斯伯罕的近侍能夠出入的場所只有茶會室。順帶一提，斐迪南本打算若艾倫菲斯特沒有下達許可，就去赫思爾的研究室打擾一晚。不過他也在信上說了，要是真去了赫思爾的研究室，肯定會徹夜與她討論研究成果，所以還是希望可以避免。

……萬一討論得太起勁，還久違地做起研究的話，肯定會把畢業儀式的護送一事徹底拋到腦後吧。

「除了長椅，其他還需要什麼東西嗎？畢竟要在茶會室的長椅上待一整晚，我想盡可能讓斐迪南大人過得舒服一點。」

我立刻開始思考，黎希達便露出苦笑。

「另外還得準備屏風與放置行李用的木箱，但這方面的準備請交給侍從吧。更重要的是，大小姐您在寫回信的時候，別忘了提醒他們要記得帶保存餐點用的箱子。我會請城堡的廚師做好餐點再送過來。」

如今極少有機會可以見到兒子尤修塔斯，黎希達似乎也很期待，顯得生氣勃勃。現在學生們正忙著準備領地對抗戰，因此迎接斐迪南的準備工作便由黎希達帶頭，動員那些陪著學生來到貴族院的成年侍從。

「羅潔梅茵大人，這是從亞倫斯伯罕寄來的信。」

「菲里妮，那麻煩你們準備要發表的研究成果了。我暫時會待在秘密房間裡。」

「是。我也會努力學習畫圖表。」

根據斐迪南信上的回覆，果然使用圖表的發表方式前所未見。因此他預期，屆時一定會收到許多有關圖表的提問。只不過，我身為領主候補生必須以社交活動為優先，發表工作得交給見習文官他們。所以他提醒我：「要使用圖表是無妨，但只能使用妳的見習文官已經完全理解的。」他還補充說，也許比起原本的研究，反而是圖表會引來更多矚目。

……但我覺得不可能比王族參加過的儀式更引人注目吧。

我這麼心想著，抱著回信興沖沖地進入秘密房間。

雖說之前已經請菲里妮唸過了，但我還是再看了一遍以普通墨水寫成的回信，內容有不少是關於與亞倫斯伯罕的共同研究。請傅萊芮默轉交的報告書似乎在花了很長一段時間後，終於送到斐迪南的手中。

……說是關於共同研究，但其實更多都是與休華茲兩人有關的問題呢。

看來斐迪南對研究非常飢渴。不過，由於我把休華茲與懷斯的研究工作都丟給了赫思爾，所以詳細情況並不清楚。等黎希達同意我可以外出了，在詢問過目前的研究進度後，到時候再寫回信比較好吧。

至於以發光墨水寫成的內容，則寫著：「妳帶王族去圖書館了嗎？妳自己應該沒有進去吧？還有，與戴肯弗爾格以及與多雷凡赫的共同研究現在如何了？自那之後妳再也沒有來信，不會正在做些不敢向我報告的事情吧？」此刻我的腦海中，已經浮現出了正敲著太陽穴的斐迪南。

……糟糕。

認真回想起來，打從帶王族去書庫以後，我好像就再也沒有寫過信了。因為本來的一點小事卻慢慢越滾越大，我完全不知道該如何下筆。

……但確實有一小部分也是因為不想挨罵啦。

「唔～到底要現在老實地寫下來，結果一見面就挨罵；還是等到見面以後，先說明再挨罵呢……不管怎樣都會挨罵嘛。總之，先把可能會被稱讚的事情寫下來吧。」

等領地對抗戰上見到面了，先讓斐迪南稱讚我吧，然後再針對可能惹他生氣的事情好好說明。不然的話，他肯定會從見面開始直到道別都在碎碎唸。

我沒有使用發光墨水，從大家都曉得的事情裡頭，挑出可能會被稱讚的部分寫下來。都是些無關緊要的事情。比如我們在貴族院舉行了奉獻儀式，還把蒐集到的魔力獻給王族；以及我現在可以變出兩把思達普了；還有我們賣力地與戴肯弗爾格比了一場迪塔。另外我不忘黎希達的囑咐，也寫下了領地對抗戰當天要請他們帶來的東西。

「這樣就好了。應該不至於一見面就罵我一頓吧？嗯。」

給萊蒂希雅的回信，得按著貴族的正式程序經由艾倫菲斯特送往亞倫斯伯罕；但給斐迪南的回信，因為需要他們為領地對抗戰作準備，我想請雷蒙特馬上送回去。

……還真是剛好。

明天我原本就預計要去赫思爾的研究室，針對要發表的研究成果與雷蒙特做最後一次討論，也要請赫思爾把休華茲兩人的研究資料還給我。

「沒剩多少時間了，得加油才行呢。」

雷蒙特的研究與赫思爾的警告

隔天早上，艾倫菲斯特便寄來有關圖魯克的回覆。昨天傍晚才寄，今天一早就收到了回信，由此可知他們對這件事的重視。

「韋菲利特哥哥大人，上面寫了什麼？」

「上面寫著……奧伯會負責與王族談話，要我們別擅自行動。還有，既然送信都會經過檢閱，情報也有可能早已悉數傳入使用圖魯克的人耳中。上面還說了，因為我們不曉得可以吐露多少艾倫菲斯特的內情，這件事不能交給我們。」

信上的理由我都十分贊同。就連在艾倫菲斯特，也有文官想起了圖魯克這種植物，倘若是同世代的文官，也許中央裡頭有人對圖魯克更是了解。

「最主要是，假如真的有人對中央的騎士使用了圖魯克，代表在中央騎士團內部，或是能夠接近騎士團的中央高層當中存有危險人物。父親大人說了，要我們別再靠近危險。等到了領地對抗戰，由於需要與王族討論將由妳舉行的星結儀式一事，屆時他會直接稟報。」

韋菲利特唸完信上的內容後，我點一點頭，決定圖魯克這件事就交由齊爾維斯特處理。畢竟王族若問起我們是如何得知圖魯克的存在，確實就得說出與喬琪娜有關的內情。

然而，我們並不清楚今年冬天進行的肅清，也不曉得至今發生的事情可以坦承到哪種地步。萬一多嘴說了不該說的話，感覺會惹怒身邊很多人。

「總之信上提醒了好幾遍，要我們不能擅自行動。羅潔梅茵，妳要小心才行喔。」

「我知道。今天我會去赫思爾老師的研究室，為與亞倫斯伯罕的共同研究做最後確認。」

「嗯。我打算去協助與多雷凡赫的共同研究。因為我聽說如果想提升紙張的品質，有越多魔力越好。」

隨後我帶著要請雷蒙特轉交給斐迪南的信，前往赫思爾的研究室。今天與我同行的有莉瑟蕾塔和谷麗媞亞，以及擔任護衛騎士的泰奧多和勞倫斯。

其他人為了準備領地對抗戰，都正忙得不可開交。布倫希爾德是見習侍從的中心人物，見習文官則是都被找去幫忙與戴肯弗爾格以及與多雷凡赫的共同研究。黎希達則忙著一邊與艾倫菲斯特聯繫，一邊為迎接斐迪南等人作準備。

「今天萊歐諾蕾與馬提亞斯去圖書館研究魔物資料了。畢竟去年多虧了萊歐諾蕾的知識，我們才能勉強打贏。優蒂特則在練習遠距射擊。她的命中率足以改變戰況，所以多練習很重要。」

勞倫斯說完，泰奧多露出了有些自豪的笑容點頭。大家都很努力，那我也要加油才行。

「赫思爾老師在嗎？」

莉瑟蕾塔揚聲呼喊，通知訪客到來。雷蒙特隨即出來迎接，一邊慌忙撫平自己那頭亂糟糟的黑髮。為了領地對抗戰的成果發表，他肯定從早到晚都待在研究室吧。

「真是非常抱歉，請再稍等一下。為免讓各位感到不快，我們正在收拾整理。」

說話的同時，他的目光緊盯著我身後的推車。看樣子已經徹底成為食物的俘虜了。

雷蒙特把門關上後，莉瑟蕾塔輕笑起來。

「昨晚羅潔梅茵大人說要來研究室以後，當時與今天早上我都送出過奧多南茲，看來還是沒有整理好呢。」

他們肯定還是以研究為優先，今早收到奧多南茲後才連忙開始整理吧。

雷蒙特再一次打開門時，兩個人都已是儀容乾淨整潔。進到屋內，我馬上詢問雷蒙特現在的進度。

「我已經收到斐迪南大人的回信了。雷蒙特，你的研究還順利嗎？」

「斐迪南大人已經准許我發表錄音魔導具和圖書館的魔導具了。方便的話，還想請羅潔梅茵大人製作這樣東西。」

除了一到設定時間就會發光的魔導具，他們還設計出了可以搜尋書本與資料的魔導具，而這也是與休華茲兩人有關的其中一項研究。只要不像休華茲他們那樣會動、會說話，似乎就能節省不少魔力。

「其實這部分算是我的研究，但因為艾倫菲斯特今年的研究成果已經很豐富了。」

往年赫思爾都是在艾倫菲斯特發表研究成果，但今年因為我們已經有許多共同研究了，她便決定和雷蒙特一起發表。

「這些雖然是很珍貴的研究，但並不怎麼吸引人。跟取得神祇加護的研究以及使用了艾倫菲斯特紙的新魔導具比起來，不太能夠引來注目。因為就算製作了對圖書館有益的魔導具，圖書館的數量也沒多少。」

赫思爾說，由於整體而言資料不多，管理起來也不費力，所以這種可以搜尋書本和資料的魔導具大概只有研究者會感興趣吧。儘管我很高興能有這種魔導具，但這似乎不是能吸引人目光的熱門研究。

「也就是說，只要增加圖書館的數量就好了吧。那我接下來……」

「這種事順其自然就好了。不說這個了，請快點做試作品吧。」

……居然說「這種事」，太過分了吧。

我都還沒說出自己的圖書館增建計畫，便被赫思爾無情打斷。我沮喪地垮下肩膀，看向雷蒙特。

「雷蒙特，為了與多雷凡赫的共同研究，艾倫菲斯特打算製作可以自動回到書箱的書本。為此我想使用你以前幫忙修改過的魔法陣，請問可以嗎？」

「既然用的是艾倫菲斯特的紙，又是羅潔梅茵大人自己畫的魔法陣，不需要向我徵求許可吧……」

雷蒙特眨了眨那雙藍色眼睛，似乎真心感到納悶。我於是說明，因為當初是雷蒙特幫我簡化了魔法陣，而且並非所有人都擁有這樣的技術。

「我會註明魔法陣的改良者是雷蒙特。如果不藉這種機會讓人記住自己的名字，就吸引不到有眼光的贊助者，也無法成為偉大的研究者喔。」

雷蒙特雖是中級貴族，但他說過自己與家人處不來，所以身上沒有錢，可是又不太重視自己的技術與才能。換作是班諾，肯定會對他大發雷霆說：「不要隨便把技術提供給別人還不收錢！」

「我聽說斐迪南大人就讀貴族院的時候，會把自己研究出來的新技術與魔導具賣給別人，因此賺了不少錢喔。雷蒙特，你也該小心不要賤賣自己的技術。」

「……我會多加小心。」

「羅潔梅茵大人，別再討論錢的事情了。反正只要像我和斐迪南大人一樣，販售自己的研究成果就能賺到研究經費了吧。現在距離領地對抗戰剩沒幾天了，先集中精神在這件事上吧。」

想賺錢時就能拿出研究成果來的赫思爾真是了不起。儘管我總覺得她錢收得太少了，讓人十分在意，但這也不是我能過問的事情。

「那這次是怎麼向傅萊芮默老師報告的呢？」

「我們已經把試作品拿給她看過了，接下來不用再報告任何事情了吧……前陣子為了做最後確認，向傅萊芮默老師報告的時候真是教人心力交瘁。」

聽說傅萊芮默告訴雷蒙特，由於這次的研究是由他負責設計、再由師父斐迪南進行確認，因此沒必要視為是與艾倫菲斯特的共同研究。而且我也沒有幫上什麼忙，不如註明我是協助者就好，不需要當成是共同研究。兩人便強調若沒有我的幫忙，試作品根本做不出來，還暗暗語帶威脅地說：「我們也會找蒂緹琳朵大人與斐迪南大人商量此事。」這才讓談話順利結束。

的名義發表。」

「真是幸好蒂緹琳朵大人站在我們這一邊，直接表明這次的研究成果要以她未婚夫的名義發表。」

聽說堂表親茶會結束後，蒂緹琳朵對傅萊芮默大發脾氣：「都怪舍監沒有確實報告，害得身為下任奧伯的我顏面盡失！」說不定就是因為這樣，傅萊芮默才急急忙忙把報告書送回去給斐迪南。

「對了，雷蒙特。傅萊芮默老師在宿舍裡是什麼樣子呢？她說話這麼蠻不講理，亞倫斯伯罕的學生都能接受嗎？」

「其實只要不提起艾倫菲斯特或羅潔梅茵大人，她並不會那麼愛發牢騷。據說這都是因為她的妹妹被艾倫菲斯特與羅潔梅茵大人所害，下場十分淒涼。我聽說是受到賓德瓦德伯爵牽連，遭到了處罰。而艾倫菲斯特出身的喬琪娜大人為了稍作補償，似乎很多事情都會給予傅萊芮默老師通融。」

……賓德瓦德伯爵是誰啊？哦，我想起來了。就是那個在神殿鬧事、長得很像蟾蜍的貴族。跟他有關的人那沒救了。我們絕不可能和平共處。

知道自己為什麼這般被視為眼中釘後，我也更懂得該如何避開她。

「也因為這個原因，傅萊芮默老師似乎與對艾倫菲斯特抱有敵意的學生們處得很好。比如之前被羅潔梅茵大人的舒翠莉婭之盾擋下，沒能參加儀式的學生……」

當時亞倫斯伯罕的見習文官並不是所有人都被彈開，記得只有兩個人。雷蒙特難以啟齒似地別開目光，向我道來：

「她們說了不少羅潔梅茵大人的壞話。因為她們原是孛克史德克的貴族，對於艾倫菲斯特與羅潔梅茵大人拒絕繼續提供魔力上的援助，感到非常生氣。」

這次她們也氣沖沖地抱怨，說我讓她們在王族面前丟臉。他說後來傅萊芮默一邊貶低我一邊安慰她們，結果一群人的關係就變得更好了。

「但當然，當時順利進去了的見習文官，事後也向大家報告過儀式上發生了哪些事情，以及哪些行為有助於取得神的加護，所以並不是所有亞倫斯伯罕的學生都對您抱有負面印象。不僅如此，之前曾在艾倫菲斯特擔任神官長、了解神殿儀式的斐迪南大人也因此更是受到重視。」

「真的嗎？看來我對斐迪南大人起到了一點幫助呢。」

我不禁有些高興起來，轉頭看向莉瑟蕾塔。莉瑟蕾塔立即上前，將一封信交給雷蒙特。

「這封信請轉交給斐迪南大人。由於信上還列出了領地對抗戰時要請他帶來的東西，所以希望可以盡快送出。」

「知道了。那羅潔梅茵大人調合的時候，我會回一趟宿舍。」雷蒙特這麼說著收下了信。見狀我鬆了口氣，赫思爾卻不解地眨眨眼睛。

「哎呀，斐迪南大人會出席領地對抗戰嗎？不會只出席要護送未婚妻的畢業儀式？現在亞倫斯伯罕沒有能留在領內的領主候補生吧？他能離開這麼多天嗎？」

現在亞倫斯伯罕的領主候補生有蒂緹琳朵與萊蒂希雅，雖說斐迪南負責處理公務，但本籍仍屬於艾倫菲斯特。臥病在床的奧伯與第一夫人喬琪娜如果會出席領地對抗戰，斐迪南便不可能參加。

我跟著歪過頭後，身為亞倫斯伯罕學生的雷蒙特為我們說明。

「這是因為領內還有好幾位原是領主一族的上級貴族，屆時將交由他們留守。在外參加政治活動的時候雖然需要有領主一族的頭銜，但在領內留守的時候並不需要。而且我聽說基礎魔法就算一、兩天不供給魔力，也不會突然發生什麼巨變。難道不是這樣嗎？」

「若只是幾天沒有供給魔力，確實不會對基礎造成太大的影響。但在艾倫菲斯特，為了以防萬一，我們至少會留下一名可以為基礎魔法提供魔力的人。原來就連在這種地方上，亞倫斯伯罕與艾倫菲斯特的做法也不一樣呢。」

……我都已經不清楚貴族的常識了，居然就連領地間也有差異嗎……真是太複雜了。

目送雷蒙特離開後，我動手開始調合。今天要做的，是會和雷蒙特一起發表的赫思爾設計的魔導具。老實說聽到要求時，我還心想：「老師自己做不就好了嘛。」然而一聽到赫思爾說：「等領地對抗戰的發表結束後，我會送給羅潔梅茵大人。反正我又不需要圖書館才會用到的魔導具。」這下子我也只能鼓起幹勁。

……我要為自己的圖書館導入資料搜尋功能！

我將赫思爾準備好的原料放進調合鍋裡，一邊攪拌一邊有一搭沒一搭地與她閒聊。共通話題也就只有斐迪南。

「……所以就是這樣，聽說蒂緹琳朵大人希望斐迪南大人能像貴族院的戀愛故事那樣，在畢業儀式的當天早上前來迎接自己。因此他才無法在亞倫斯伯罕舍過夜，要來艾倫菲斯特的茶會室留宿。」

「哎呀呀，那位斐迪南大人竟願意配合這麼孩子氣的事情……」

赫思爾露出苦笑。正當我嘆著氣嘟囔：「要討好蒂緹琳朵大人還真不容易呢。」赫思爾也在同時說：「看來他是真的很想回艾倫菲斯特吧？」

「咦？」

「否則的話，他大可花言巧語地哄騙蒂緹琳朵大人，便能留在亞倫斯伯罕舍過夜；或者也能來我這裡，一邊做研究一邊悠哉地度過一晚吧。即便只能躺在茶會室的長椅上休息，他還是想回艾倫菲斯特吧。」

赫思爾比我還要了解斐迪南，所以聽到她這麼說，我既高興又難過，心情難以形容的複雜。信上隨處可見的「想要研究」這幾個字，也許對個性彆扭的斐迪南來說，其實就是「我想回去」的意思吧。

「我會竭盡所能好好款待斐迪南大人。」

「那幫我把這些東西交給他吧。這是妳之前借我的有關休華茲與懷斯的研究資料，這是我研究過後追加的資料。」

斐迪南曾在信上說過，他如果在赫思爾的研究室過夜，很可能會整晚都在做研究。現在她居然還要我把研究資料交給他，未免太狠心了吧。

「赫思爾老師，您想剝奪斐迪南大人的睡覺時間嗎？」

「害他沒時間睡覺的是羅潔梅茵大人吧？妳可是做了不少很可能讓斐迪南大人扶額

頭痛的事情。好比邀請王族參加奉獻儀式、賭上婚約與戴肯弗爾格比了迪塔……對妳的說教恐怕一整晚也講不完吧？」

與其讓說教占用到他的睡覺時間，不如讓他做研究還好一點——聽到赫思爾這麼說，瞬間我臉上沒了血色。

「到了領地對抗戰與畢業儀式，眾人絕不可能不提起多位王族皆出席了的奉獻儀式。就連只是從參加過的學生那裡聽聞此事的老師們，也都很期待詳細的成果發表。在今年發表的成果當中，這絕對是最受矚目的研究吧。斐迪南大人肯定也想了解詳情。」

「唔唔……」

一想到從見面開始，自己將會面臨無止盡的說教，我的心情越來越憂鬱。必須想想辦法，至少要讓斐迪南稱讚我一句才行。

見我陷入沉思，莉瑟蕾塔邊為赫思爾泡茶，邊開口發問。

「赫思爾老師，請問其他領地對我們有什麼評語或批評嗎？奉獻儀式過後，夏綠蒂大人出席茶會時，會稱讚我們、或帶著笑容接近我們的領地變多了。只不過，會有領地向我們靠攏示好本就在預料之中。可是，就在我們與戴肯弗爾格比完迪塔以後，突然再也聽不到與領地有關的負面傳聞，甚至到了教人毛骨悚然的地步。」

她說不光是在領主候補生出席的茶會上，就連見習文官與見習侍從在蒐集情報的時候也一樣。莉瑟蕾塔說完，谷麗媞亞點點頭。

「那些沒能參加儀式的中小領地明明之前還一直大發牢騷，迪塔過後卻忽然態度不變。在往我們靠攏的中小領地當中，我也感覺得出有人的笑容中懷有惡意。赫思爾老師身為舍監若知道什麼消息，還請不吝告知。」

赫思爾垂下目光，像在細細思索。

「畢竟奉獻儀式上有幸與君騰交談，還提前得到了如何能取得加護的情報，那些參加了儀式的領地自然很少再當面說你們的壞話吧。為了從與王族有往來的艾倫菲斯特這裡得到好處，這點改變也是正常的。」

赫思爾事不關己般，語氣有些冷淡地說出客觀見解後，接著看向侍從們。

「不過，妳們察覺到了笑容背後的恨意呢。就我聽到的消息，還是有很多領地都在猛烈批評艾倫菲斯特。除了與奧伯有關的那些負面傳聞，奉獻儀式上，艾倫菲斯特還做出了相當於構陷的舉動吧？」

本以為可以參與共同研究了，結果卻得先比迪塔；在負擔無比巨大的情況下比完迪塔、以為可以參加儀式了，結果我的神具卻把判定有敵意的人排除在外。當著王族的面被擋在風盾外後，擔驚受怕的那些人為了挽回自己在王族心中的印象，便回應了中央騎士團的請求；結果卻發現國王從未下令，一切都是遭人操弄。

「而這些事情全與戴肯弗爾格以及艾倫菲斯特有關，當然會對兩領心懷怨恨吧。在我看來，現在恨意都集中在了相對弱小的艾倫菲斯特身上。」

「這樣啊……看來很多事情都得多加提防才行。」

谷麗媞亞低聲說完，赫思爾重重點頭。

「妳們只了解近年來的貴族院，所以可能很難想像，但其實不過數年前為止，艾倫菲斯特都還是排名靠末的下位領地。政變後落敗的領地排名下降，而我們只是因為什麼也沒做，排名就上升了。後來甚至在不知不覺間脫離下位領地，更與王族有了往來。對此眼紅的領地可能比妳們預想的還要多。」

我想起了柯尼留斯曾說過，現在和他低年級的時候完全不一樣。我並不曉得艾倫菲斯特還是下位領地時都受到怎樣的對待。

「直到去年為止，眾人普遍認為艾倫菲斯特推出的新流行不過是一時的熱潮；然而到了今年，卻有許多人在說，艾倫菲斯特是憑羅潔梅茵大人一個人的力量提高了排名。看在旁人眼裡，不管是接連推出的新流行、與大領地的共同研究，還是與王族的往來，全是羅潔梅茵大人一手促成。」

「……但這些都不是我一個人可以辦到的事情喔。」

無論是成績的提升還是印刷業的發展，都不是單憑我一個人可以辦到的事情。全要有人願意幫忙才辦得到。對於我的主張，赫思爾的表情稍稍變得嚴肅。

「是啊，這些事情並非全靠妳一人的力量。但如果沒有妳，也絕不可能辦到。妳必須正確了解他領眼中的自己。」

在他領眼中，我不僅是魔力豐富的最優秀者，知識也足以不斷推出各種新流行與技術，還取得了諸多神祇的加護、與王族有往來。而且儘管我已有婚約在身，戴肯弗爾格仍蠻橫地試圖搶走我這個女性領主候補生。

「我非常樂於見到艾倫菲斯特以羅潔梅茵大人為中心，所有人同心協力。所以，請妳千萬小心。一定要慎重觀察身邊的人。」

「是。」

我一邊回道，一邊繼續攪拌。

「我送完信回來了。」

雷蒙特回來後，一看到桌子已經整理乾淨、赫思爾正在用餐，立即發出了沒出息的吶喊：「啊啊啊啊！」

「雷蒙特，我已經留好要給你的份了。」

但赫思爾一說完，雷蒙特馬上重新恢復精神，坐下來開始用餐。在旁服侍的莉瑟蕾塔也為雷蒙特泡了杯茶，順勢問道：

「雷蒙特大人，有件事我十分好奇。請問錄音魔導具會直接放在會場上展示嗎？若能做成蘇彌魯的布偶進行展示，會不會比較可愛呢？」

我想起了莉瑟蕾塔製作的蘇彌魯布偶。比起直接展示魔導具，裝在布偶身上確實更可愛，而且也能吸引眾人的目光。

……這麼說來，還有要做給萊蒂希雅大人的布偶呢。

「發表成果時，會清楚地標示出這項研究是由傅萊芮默老師主導，設計者是雷蒙特大人，修改者則是斐迪南大人吧？但如果能把魔導具放在蘇彌魯布偶裡頭，大家應該一眼便能看出羅潔梅茵大人也參與了這項研究。畢竟把魔導具裝在布偶裡，很像是羅潔梅茵大人才會有的想法吧？在這間研究室裡，絕不會有半個人想到要這麼做。因為太可愛了嘛。」

赫思爾漫不經心地聽著莉瑟蕾塔的主張，一臉毫無所謂地頷首。

「的確，不管是我還是雷蒙特或斐迪南大人，絕不會想到要把魔導具裝在布偶裡，這招能讓傅萊芮默無法辯駁吧。我們已經決定發表時會註明，製作者是羅潔梅茵大人。只要不需要我們自己動手，就隨妳高興吧。」

得到了赫思爾超級敷衍的許可後，莉瑟蕾塔眼神充滿期待地看向雷蒙特。遞出茶杯時，那張笑臉所施加的壓力相當驚人。成天期待著侍從們帶來食物的雷蒙特，不可能有辦法說不。

「我也沒關係，但來得及趕在領地對抗戰前做好裝有魔導具的布偶嗎？」

「我已經快做好了，等錄好了聲音，當天再帶過去。只要在會場同時展示原本的魔導具與蘇彌魯布偶，相信不論男士還是女士都能看得十分開心。」

莉瑟蕾塔的笑容燦爛無比，自願接下這份工作。儘管她說：「就用可愛的蘇彌魯來向大家昭告羅潔梅茵大人也參與了這項研究吧。」但是在我聽來，我更覺得她只是想展示可愛的蘇彌魯而已。難道是我多心了？

回到房間以後，莉瑟蕾塔很快就完成了一隻白色的蘇彌魯布偶。錄音魔導具在持有者登記過魔力後，便能在持有者灌注魔力的時候錄下聲音。由於要送給萊蒂希雅的布偶預計由我錄留言給她，所以魔導具早就登記好了我的魔力。我抱著白色蘇彌魯，煩惱起來。

「要錄什麼好呢？畢竟要在領地對抗戰的時候進行展示，總不能錄些要說給斐迪南大人聽的叮嚀小語吧。」

要是我敢這麼做，他肯定一見到面就狠捏我的臉頰。這麼顯而易見的下場連我也預想得到。

「羅潔梅茵大人、羅潔梅茵大人，難得完成了這麼可愛的魔導具，您不覺得由男士獻上情話會很讓人心動嗎？」

繆芮拉提議說道，綠色雙眼閃著沉醉的光彩。雖然我聽到這個世界的情話也毫無感覺，但對於會有感覺的女性來說或許能讓心頭小鹿亂撞吧。所有人肯定也會意識到這絕不是雷蒙特的主意。

「這個主意不錯呢。那再請男士幫忙錄音吧。」

「羅潔梅茵大人，那我負責翻閱貴族院戀愛故事集，挑選動人的情話。」

由於我不清楚那些夾雜著神名的情話到底有多讓人心動，便決定交由繆芮拉負責。一起前往多功能交誼廳後，繆芮拉馬上翻開貴族院戀愛故事集，開始篩選書裡的情話，動作之迅速明顯比做其他工作時要快。

「馬提亞斯、勞倫斯，我想請你們其中一人幫個忙，可以往這隻蘇彌魯錄下繆芮拉挑選的情話嗎？」

到了多功能交誼廳後，我這麼詢問兩人。因為泰奧多與羅德里希的嗓音還帶點稚氣，所以我想拜託馬提亞斯或勞倫斯。這種時候我不禁強烈覺得，要是哈特姆特在就好了。他肯定一點也不會害臊或難為情，二話不說就錄音。

聞言，馬提亞斯「咦?!」地僵住不動，勞倫斯則是一口答應：「可以啊。」

「那就麻煩勞倫斯……」

「勞倫斯，等一下。你、你有辦法在這種場合錄情話嗎？」
馬提亞斯指向交誼廳裡的眾人，驚慌失措的模樣甚至讓人有些同情。勞倫斯納悶地聳聳肩。
「又不是對喜歡的女性說，而且這就和朗讀文章一樣吧？有必要這麼慌張嗎……」
「可是，不應該沒有對象就隨便說出情話。」
馬提亞斯連面對這種事情也是一本正經。一來一往的兩人讓我看得興致勃勃，但繆芮拉已經拿著貴族院戀愛故事集，笑容充滿期待地在等著了。
「總之，可以麻煩勞倫斯嗎？」
「……抱歉我這個近侍如此沒用，沒能完成主人的要求。」
馬提亞斯一臉懊悔地說著，往後退了一步。明明這不是需要這麼懊惱的事情，馬提亞斯卻顯得意志消沉。
「馬提亞斯，你只要能在自己擅長的事情上幫到忙就好了喔。畢竟大家都有擅長與不擅長的事情嘛。」
「……感謝羅潔梅茵大人。」
於是我摸著魔導具灌注魔力，錄下勞倫斯的聲音。繆芮拉精選的情話裡出現了大量神祇，我依然有聽沒有懂。由於聽不懂情話，我便在最後錄了一段廣告，藉機向屆時來訪的諸多客人宣傳艾倫菲斯特的書籍。
「無論是想沉浸在各種情話裡的女性，還是想要藉由動人情話來追求心愛女性的男士，貴族院戀愛故事集都能滿足各位的需求。艾倫菲斯特將從夏天開始販賣貴族院戀愛故事集。與此同時，讓人手心冒汗的迪塔故事，還有騎士故事集與戴肯弗爾格的史書也將開始販售。敬請拭目以待。」

……希望會有越來越多人對艾倫菲斯特的書本產生興趣呢。

三年級的領地對抗戰

「我們完成了！羅潔梅茵大人，您看如何？」

領地對抗戰前一天，在即將用午餐之前，伊格納茲與瑪麗安妮帶著魔導具從調合室裡走了出來。幾名見習文官也跟在兩人身後。

「雖然還有好些地方想要改進，但這是我們完成的試作品。請看。」

瑪麗安妮設置好寫有樂譜的紙張，慢慢轉動把手，讓魔導具像音樂盒一樣演奏起音樂。伊格納茲則把南娑扶紙與改良過的小型轉移陣結合起來，讓書本自己移回書箱裡。兩人都成功完成了我出的作業。

「很遺憾，若想繼續改良，將來不及在領地對抗戰上展示，魔力與原料也不足夠。」

「但只是當成試作品進行展示的話，應該可以過關吧？」

似乎一直在協助見習文官的夏綠蒂與韋菲利特紛紛說道，兩人看來也都有些疲憊。但是，所有人臉上都洋溢著成就感。

「成果非常出色喔，居然能在這麼短的時間內具體實現呢。」

「嗯，是呀。上級貴族真的很厲害。就算能夠看著羅潔梅茵大人與雷蒙特大人的研究獲得些許提示與建議，但我根本沒辦法完成調合。」

一起待在調合室裡的菲里妮，用尊敬的眼神看向伊格納茲他們。調合能力會受到魔力量影響，因此菲里妮身為下級貴族，似乎有很多調合都無法完成。

「現在因為在貴族院上課會消耗大量魔力，我打算趁著春天到秋天這段時間努力壓縮魔力……」

「與此同時，我們也會增加更多魔力。」

怎麼能輸給菲里妮你們呢——伊格納茲揚起不服輸的笑容。希望他們能就這樣互相激勵，大家的魔力都有成長。

「那發表的練習沒問題嗎？」

「我們現在才要開始練習，但跟之前不同，這次是我們自己設計、製作出來的東西，所以沒有問題。」

與多雷凡赫的學生一起完成的那些高難度調合和魔導具，他們說自己只能在一知半解的情況下進行發表，但現在完成的魔導具是他們自己從無到有做出來，所以完全不用擔心該如何發表。

「羅潔梅茵大人，關於艾倫菲斯特紙，我還有些問題想要請教。希望您可以在能對外發表的前提下為我解惑。」

我爽快答應了瑪麗安妮的請求，下午便一起為與多雷凡赫的共同研究完成最後的收尾工作。

由於我一整天都待在宿舍裡，見習騎士們似乎也得以整天進行訓練。

「艾倫菲斯特開始送磅蛋糕過來了。我們把磅蛋糕搬去會議室吧。」

布倫希爾德下指示後，見習侍從們同時開始動作。看來委託渥多摩爾商會製作的磅蛋糕和餅乾陸續送到轉移廳了。領地對抗戰上要提供的甜點，已決定好以能夠久放的烘烤類點心為主。但因為預估的訪客人數太多，光靠宿舍的廚房根本準備不了充足的數量，所以今年也拜託了城堡與渥多摩爾商會幫忙。

「現在城堡與神殿的廚房也忙得不可開交吧。」

我原想拜託城堡的廚師烹煮要送給斐迪南的餐點，但聽說為了冬季的社交界與領地對抗戰，城堡的廚房已經忙得人仰馬翻，最後便拜託了神殿神官長室裡的專屬廚師們。相信他們一定會做出符合斐迪南口味的餐點。

眼看所有人都在忙進忙出，宿舍裡彌漫著宛如祭典前夕的熱鬧氣氛，我的心情跟著浮動起來。

「羅潔梅茵大人，《斐妮思緹娜傳》第二集跟著點心一起送來了唷。您不是和漢娜蘿蕾大人說好了嗎？要不要先用奧多南茲通知她一聲？」

莉瑟蕾塔抱著放有新書的木盒走進來。繆芮拉高興得「哎呀！」一聲，綠色雙眼亮起光芒，只可惜見習文官們得先為明天做好準備。

「我來送奧多南茲吧。繆芮拉，妳要等到領地對抗戰結束才能看喔。我也還沒看過呢。」

「大小姐，您在領地對抗戰結束前也不能看。」

被黎希達厲聲警告後，我有氣無力地回道：「是……」繆芮拉也一邊做著準備一邊說：「真想快點看到新書呢。」我們真是心有靈犀。

通知漢娜蘿蕾最新一集的《斐妮思緹娜傳》已經送到後，她以充滿雀躍的嗓音回覆道：「我好期待呢。」

到了領地對抗戰當天，一大早艾倫菲斯特舍內便瀰漫起馥郁的甜香。做好了湯搭配三明治這種可以久放的早餐後，廚房馬上開始製作點心。

學生們比平常要早吃完早餐後，各自開始為領地對抗戰做起準備。見習侍從指示下人們，不斷搬出會議室裡的點心；將參加迪塔比賽的見習騎士們在做最後練習，無法上場的低年級見習騎士們則擔任領主候補生的護衛。

「那我們也出發吧。」

向見習文官們這麼喚道，韋菲利特與夏綠蒂準備移動。儘管我也想去幫忙布置會場，無奈卻被制止說：「羅潔梅茵，妳要是一起過來，只有低年級的見習騎士在，我們不放心。」

「之前我們與戴肯弗爾格比迪塔時，中小領地的人還跑來搗亂，現在也無法預測他們會有什麼行動。今年我已經拜託父親大人多帶點騎士團的人過來，表面上當作是領主夫婦的護衛騎士。在他們抵達之前，妳先乖乖待在宿舍裡吧。」

韋菲利特都這麼說了，我也很難開口說想去，只好應道：「知道了。那就麻煩兩位作準備了。」然後目送韋菲利特與夏綠蒂帶著見習文官們離開。雖然知道這也是為免遇到危險，但總覺得被屏除在外，讓人心裡十分落寞。

雖說忙著準備的人們不停在宿舍內進進出出，但此刻交誼廳裡已經沒有其他人的身影。望著空曠冷清的多功能交誼廳，黎希達像是察覺到了我的心情，輕輕將手搭在我的肩膀上。

「大小姐，您要不要去茶會室看看呢？那裡都已經整理好了，讓斐迪南大人與尤修塔斯能安心歇息。」

「我要去。」

於是我與黎希達一同前往茶會室。離通往廚房那道階梯最近的門扉，後頭就是茶會室。黎希達「喀喳」一聲插入鑰匙，打開大門。一年級時我還曾在這裡邀請全領地的代表舉辦茶會，由此可知茶會室有多麼寬敞。現在茶會室內以屏風隔出了三個空間，看起來就像私人的房間一樣。

「離門口最遠的裡頭那處空間，已經為斐迪南大人準備好了歇息用的長椅。按著大小姐的吩咐，是從艾倫菲斯特送來的東西。」

就是之前向薩克訂做的、加了彈簧墊的長椅。由於要專程從艾倫菲斯特送過來並不容易，當時大家都面有難色。但是，跟只是木板上鋪了塊布、再放上靠墊的長椅比起來，薩克做的長椅睡起來一定更舒服。我伸手按壓長椅，確認裡頭鋪有彈簧後，心滿意足地點點頭。

「被褥已放在這邊的木箱裡。只要告訴尤修塔斯一聲，相信他會做好準備。畢竟在亞倫斯伯罕的近侍面前，很多事情都得確認吧。」

除了放有被褥的木箱，長椅旁邊還有放置行李用的櫃子與照明用魔導具，四周更以屏風包圍起來。

「雖然無法設置頂蓋，但有了屏風，至少斐迪南大人歇息起來能放鬆一些吧。」

裡面這處空間還為值夜班的侍從備好了椅子，完全就是休息用的區域。中間的那處空間則是擺有桌椅。大概是假定了會一起用餐，椅子的數量還不少。

「領地對抗戰結束後，奧伯打算與學生一同用餐、慰勞眾人，所以希望大小姐與韋菲利特小少爺能在這邊款待斐迪南大人。齊爾維斯特大人說等他用完晚餐，也會過來會合。」

一想到能與斐迪南共進晚餐，我的心情便雀躍起來。然而下一秒，我忽然意識到了整個晚餐期間斐迪南很可能一直說教。我馬上參考艾克哈特以前提供過的建議，這次也把研究拿出來當擋箭牌，以避免可能面臨的說教。

「黎希達，我想把赫思爾老師寄放的資料也拿給斐迪南大人。請順便幫忙準備好紙張與墨水吧。」

「早已準備妥當。」

不愧是黎希達，做事真是滴水不漏。吃飯時間就聊研究吧。而且我看斐迪南也對研究十分飢渴，這一定是最好的解決辦法。

「最後，最靠近大門這邊是近侍的休息場所。」

這裡也備有被褥與放置行李用的木箱，但跟斐迪南的休息空間比起來簡樸得多。讓他領的人在這種地方休息沒關係嗎？

「艾克哈特大人是騎士，尤修塔斯又經常自己在外閒晃，因此兩人就算出門在外也睡得著覺。不過，從亞倫斯伯罕跟來的近侍大概會神經緊繃，難以入睡吧。」

黎希達說，畢竟艾倫菲斯特的人可以隨意地從宿舍出入茶會室，他領近侍不可能有辦法放鬆下來入睡。即便對斐迪南他們來說這裡是故鄉，有能夠信任的人在，但對亞倫斯伯罕的人來說卻不是如此。

「因此，近侍們的休息空間不必準備得太過周到。況且早餐過後，會有他領的人來迎接畢業生，所以布置的重點更在於移動的便利性，以及要避免呈現出居家般的閒適氛圍。」

就和斐迪南會去迎接蒂緹琳朵一樣，也有他領的人會來迎接艾倫菲斯特的畢業生。她說等斐迪南他們用完早餐，就得馬上整理場地，準備迎接客人。

「考慮得真是周詳呢。黎希達，謝謝妳，也替我向其他侍從說聲謝謝。」

「遵命。」

確認大致上都做好了準備後，我返回多功能交誼廳。

「羅潔梅茵大人，別來無恙。」

這段時間，畢業生的監護人們開始經由轉移陣陸續到來。學生們的父兄皆盛裝打扮，沒有在宿舍多做停留，直接前往將舉行領地對抗戰的競技場。每年都能看見這樣的景象呢——我看著大家這麼心想時，在從轉移陣出來的人影中發現了柯尼留斯、安潔莉卡與哈特姆特。三個人與學生的親人一樣身穿正裝。

「羅潔梅茵大人，早安。」

「你們三個人怎麼會來貴族院？」

「我來看未婚妻的精采表現啊。而且，我得向克拉麗莎的家人重新報告現在的情況，再次徵得他們的許可。」

如今哈特姆特當上了神官長，她的父母很可能要求解除婚約。這都是我的關係——這個想法剛閃過腦海，哈特姆特便笑道：

「羅潔梅茵大人，請您不必介懷。如今就連君騰也參加了您所舉行的奉獻儀式，神殿儀式也重新受到重視，所以他們不至於堅決反對吧。況且就算他們反對，克拉麗莎多半也會一個人跑來艾倫菲斯特。包括屆時的應對在內，我得與他們好好商議。」

「……這件事確實需要討論呢。」

想到克拉麗莎那股氣勢，我輕笑起來。感覺她很可能不顧一切地跑來艾倫菲斯特，確實需要先採取對策。

「柯尼留斯哥哥大人，您也來為未婚妻加油嗎？來看萊歐諾蕾大展身手？」

我露出促狹的笑容，看向柯尼留斯。既然是來為未婚妻加油，今天應該可以當成家人相處，不需要擺出主人對護衛騎士的姿態吧。

「我收到指示要以此為由，混在人群中增加護衛人數。所以羅潔梅茵，今天我會和妳一起觀賞萊歐諾蕾的表現。」

發現柯尼留斯也以兄長的身分說話，我感到有些開心。到時候要鉅細靡遺地告訴他，萊歐諾蕾今年有多努力才行。

「兩個人是因為有未婚妻，但安潔莉卡在貴族院沒有未婚夫吧？」

「我是來確認托勞戈特的實力是否已足以當我的未婚夫。如果他不夠強大，我就能與波尼法狄斯大人訂下婚約了……」

安潔莉卡神色有些哀傷地說。站在第三者的角度，與其由已相當高齡的波尼法狄斯迎娶安潔莉卡，還是托勞戈特的年紀與她比較匹配。然而站在安潔莉卡的角度，強大的實力才是一切。托勞戈特根本比不上波尼法狄斯。

「……不過，其實這也是表面藉口，安潔莉卡是想趁機逃離學習，不要再背神的名字。」

柯尼留斯一臉莫可奈何地聳聳肩說。顯然安潔莉卡與波尼法狄斯的利害關係正好達成一致。一個是想趁機逃離學習，一個是不想迎娶年紀與孫子相仿的少女。

「安潔莉卡，取得神的加護，可以讓自己變得更強喔……至少最高神祇和五柱大神，以及自己想取得加護的神祇，要努力記住祂們的名字才行吧。」

「只有這些的話，那我會努力看看。」

安潔莉卡似乎稍微湧起幹勁。約瑟巴蘭納的蕊兒拉娣也是一直向萌芽女神祈禱，取得了祂的加護。總之一定要先正確背出欲取得加護的神的名字，然後獻上祈禱。

「對了，達穆爾沒來嗎？」

原本都在城堡留守的護衛騎士當中，只有達穆爾沒出現。由於轉移陣一次最多只能移動三人，我問大家他是不是等一下才來後，柯尼留斯搖了搖頭。

「雖然也是因為達穆爾擅長感知魔力，派他去監視舊薇羅妮卡派的動靜最為合適，但主要是因為他沒有正當的理由可以來貴族院。」

「我曾向他建議，可以結交一個仍在貴族院就讀的戀人，他卻只是嘆著氣說這是不可能的事情。」

「哈特姆特，請不要露出那種爽朗的笑容欺負達穆爾！對著交不到戀人也結不了婚的達穆爾，你居然炫耀自己要來看未婚妻，還對他說想來的話也自己去交一個，這樣未免太過分了吧！」

我狠狠倒抽口氣。聽到哈特姆特這麼說，達穆爾的玻璃心肯定碎了滿地。眼前倏地浮現出面對身為上級貴族的哈特姆特，達穆爾一句怨言也不敢說、只能咳聲嘆氣的樣子。我幫忙抗議後，哈特姆特絲毫沒有要反省的意思，反而看著我輕笑說：

「我認為達穆爾只要有心，應該可以結交到戀人，所以才開口建議他喔。倒是羅潔梅茵大人打從一開始就認定他交不到戀人，是不是更過分呢？」

「啊?!」

……這麼說也是。達穆爾，對不起喔。哈特姆特說得沒錯，我一直在擅自認定。明明我應該相信達穆爾只要有心，一定交得到戀人。我真是失職的主人。

從現在開始，我要相信達穆爾。只要他願意努力，一定交得到戀人也結得了婚。

我正下定決心的時候，突然被人從背後輕敲了一下頭。

「老惹麻煩的養女，妳今天有沒有乖乖聽話？」

一回過頭，只見齊爾維斯特正低頭看我。他眼睛底下出現了黑眼圈，臉頰也有些消瘦，氣色更是不太好。看來肅清行動的善後工作確實很辛苦。

「養父大人，好久不見了……您看起來很疲倦呢。」

「妳以為是誰害的？等回到了艾倫菲斯特，我再好好教訓妳。」

齊爾維斯特邊說邊猛戳我的臉頰，我不禁「唔」地屏住呼吸。看來到時候將面臨不小的怒火。

「那個，要不要我提供斐迪南大人的回復藥水，幫助您消除疲勞呢？」

「妳想給我致命一擊嗎？」

明明我的提議是基於好心，齊爾維斯特卻兇巴巴地瞪過來。

「我不是要提供味道足以致命的藥水喔。是比較容易入口的好心版回復藥水。我們之前用來在奉獻儀式上發給大家的藥水還有剩……」

「沒關係。現在要是喝了回復藥水，我可能會想睡。準備好了就出發吧。」

齊爾維斯特輕拍我的肩膀，這時我才環顧四周。騎士團的騎士們已經從轉移廳移動過來了，但當中不見芙蘿洛翠亞的蹤影。就連在齊爾維斯特身邊擔任護衛的騎士也不是卡斯泰德。

「養父大人，養母大人與父親大人呢？怎麼沒有看見他們……」

「因為若太多人都來參觀領地對抗戰，難保舊薇羅妮卡派不會有什麼舉動，因此我請卡斯泰德與波尼法狄斯負責留守……而芙蘿洛翠亞現在的臉色就和妳之前快要暈倒時差不多，所以我命她今天躺下來歇息。」

「咦?!養、養母大人沒事吧?!」

平常芙蘿洛翠亞總是面帶沉穩的微笑，我從沒見過她的臉色會差到隨時有可能暈倒。我不由得揚聲反問後，齊爾維斯特只是搖頭。

「現在只能多休息。領地對抗戰得不停與他領交流、對她來說負擔太大了，所以便讓她缺席……明天一早我會回去看看情況，如果她的臉色還可以，便帶她出席畢業儀式。因為畢業儀式只要坐著就好，她身體應該支撐得住。」

有了去年的經驗，想也知道今年的訪客一定絡繹不絕，一整天都要接待賓客。我們甚至預估參加過奉獻儀式的領地也會來拜訪。在身體不適的情況下，絕對應付不來。

「今天的接待由妳和我一組，韋菲利特和夏綠蒂一組。今年你們可是一而再、再而三地惹了不少麻煩。光是想像不出會有哪些訪客就讓我頭痛。」

「……對不起。」

我急忙做好準備，帶著自己的近侍們，與齊爾維斯特以及負責保護他的騎士團眾人，一同前往舉行領地對抗戰的會場。一路上我也告訴齊爾維斯特，大家為了共同研究與迪塔有多麼努力，還討論了今天的社交應酬要注意哪些事情。

到了領地對抗戰的會場，入口站著幾名披有黑色披風的中央騎士團團員，要求進出會場的人們出示披風與胸針。聽說是因為去年發動攻擊的恐怖分子們，是以孛克史德克的魔石胸針潛入貴族院。

「請出示披風與胸針。」

由於我與領主齊爾維斯特同行，騎士們只是大略看了一眼，便讓我們進入會場。

進來以後，只見會場到處都有中央騎士團的團員在守衛，場內氣氛遠比去年凝重。看見披著黑色披風的騎士們全都繃緊神經、提高警覺，許多人都顯得十分不自在。除非有人發現孛克史德克的基礎，或是君騰找到古得里斯海得，否則這種人心惶惶的情況恐怕會一直持續下去吧。

「羅潔梅茵，艾倫菲斯特的場地在哪裡？」

「應該就在有很多明亮黃土色披風的地方吧。因為在養父大人過來前我必須待在宿舍，所以還沒來過會場。」

加上我個子不高，此刻被騎士們圍起來後，根本看不見周遭景象。「原來如此。看來妳也懂得保護自己嘛。」齊爾維斯特有些滿意地邁開腳步。

「這不是我提出的要求，還請稱讚韋菲利特哥哥大人吧。其實我本來想一起過來布置場地的。」

「……妳應該多注意自己的人身安全。」

我們在五顏六色的披風之海中移動。到了艾倫菲斯特的會場後，發現大家都已經做好準備。

「奧伯、羅潔梅茵大人，這邊請。」

布倫希爾德為我們帶位。然後，齊爾維斯特告訴大家芙蘿洛翠亞將不會出席領地對抗戰，以及今天接待訪客時要注意哪些事情。

「居然無法出席社交活動，母親大人還好嗎？」

「明天也許就能露面了。妳別太擔心，今天的社交活動要是出了差錯，反而會讓芙蘿洛翠亞更放心不下。一定要好好表現。」

「是。」

接著韋菲利特與夏綠蒂坐在一起，我與齊爾維斯特同坐一桌。齊爾維斯特確保從自己的位置能拍到我的大腿後，說：「我一拍妳就閉嘴。」

艾倫菲斯特的騎士們則是成排站在我們身後。哈特姆特、柯尼留斯與安潔莉卡儼然一副親人的姿態，站在我附近。

「看樣子戴肯弗爾格會第一個過來拜訪吧。他們看著這邊像是隨時要衝過來。」

柯尼留斯環顧四周後，神色警戒地說道。戴肯弗爾格的會場在斜前方，也就是隔著中間的比賽場地在我們對面，所以很容易就能觀察到。我聚精會神、強化視力以後，發現奧伯・戴肯弗爾格和騎士們確實已經衝到了與他領的場地交界處上，漢娜蘿蕾正死命拉住奧伯的藍色披風，極力想阻止他。

……漢娜蘿蕾大人看起來還真辛苦。幸好我不是戴肯弗爾格出身。

這時，一名身型纖細的女子走向兩人說了些什麼，奧伯隨即沒精打采地回到座位上。那名身材纖瘦的女性多半是第一夫人吧。同桌的人還有藍斯特勞德，他身旁坐著一名女性，頭上戴著我無比眼熟的髮飾。是未婚妻嗎？

「那是斐迪南大人嗎？我在亞倫斯伯罕那邊看見了艾倫菲斯特的代表色。」

聽見哈特姆特這麼說，我把目光投向戴肯弗爾格隔壁的亞倫斯伯罕。在一整片淡紫色的披風中，出現了一小塊明亮黃土色。是斐迪南、尤修塔斯與艾克哈特三個人。我按捺住了想要傾身的衝動，凝神注視三人的行動。

在展示研究成果的地方，雷蒙特正拿著蘇彌魯布偶努力在說明什麼事情。只見斐迪南按著太陽穴，尤修塔斯則是掩著嘴角忍笑。看樣子蘇彌魯布偶相當受到好評。儘管我也想過去與雷蒙特一起為斐迪南說明，但落在另外一邊的亞倫斯伯罕太遠了。

「斐迪南大人會過來我們這裡嗎？」

「應該會來打聲招呼吧。他在那裡已開始處理公務，今年也該宣傳自己與蒂緹琳朵大人的婚約。」

齊爾維斯特回應了我的低語。如果會來打招呼的話，那就有機會把海斯赫崔的披風交給他了。我看向黎希達準備好的木盒，微微彎起嘴角。

「現在開始進行迪塔！被叫到的領地請入場！」

洛飛宣布迪塔比賽開始，今年的領地對抗戰便正式揭開序幕。領地排名第一的庫拉森博克上場宣誓後，洛飛接著喊出第一個要上場比迪塔的領地。

與此同時，我看見一大群人從戴肯弗爾格的會場裡走出。由於他們的場地在我們對面，想要過來勢必得繞上一大圈。帶頭走在前方的，是儀態從容優雅的第一夫人，與她同行的則是有些快步走的漢娜蘿蕾。

……咦？奧伯．戴肯弗爾格呢？

剛剛還想馬上衝過來的奧伯，似乎和藍斯特勞德一起留在了會場。目前他仍然坐在座位上。

……是因為擔心他又要求比迪塔嗎？

我正偏頭不解時，見習侍從們已開始為戴肯弗爾格的來訪作準備，齊爾維斯特則是挺胸坐好。

「羅潔梅茵，別發呆。她們要過來了……我們的要求是希望戴肯弗爾格從此別再對妳求婚，並且推掉漢娜蘿蕾大人嫁來一事，沒錯吧？」

「是的！」

站在艾倫菲斯特的立場，我們根本不想再招惹更多麻煩，只要戴肯弗爾格別逼著我們解除婚約就好。之前透過報告書與信件往來，已經與領內達成了這樣的共識。

「韋菲利特、夏綠蒂，我們會負責接待戴肯弗爾格與其他上位領地，其他客人就交給你們了。」

齊爾維斯特說完，韋菲利特與夏綠蒂大力點頭。哈特姆特與文官們皆檢查起紙張和墨水，柯尼留斯與安潔莉卡則站在方便保護我的位置上。

與戴肯弗爾格的社交

「奧伯．艾倫菲斯特，別來無恙了。」

戴肯弗爾格的第一夫人面帶微笑走來。與漢娜蘿蕾如出一轍的紅色雙眼帶著笑意瞇起，但看得出來正在仔細打量我們。跟三句不離迪塔的奧伯．戴肯弗爾格比起來，有種截然不同的恐怖。

「戴肯弗爾格的第一夫人齊格琳德大人，別來無恙了。」

我緊張得喉嚨發乾，與齊爾維斯特一同起身寒暄，邀請對方入座。齊格琳德與漢娜蘿蕾坐了下來。

「今日前來，關於印刷、書籍與儀式……雖然有很多事情想要商議，但還是先討論前些日子比的迪塔吧。」

畢竟事關兩領的未來嘛──齊格琳德微笑道。

「前陣子比迪塔時，雖說中途遭到擾亂，但既然裁判從未下過任何指示，整場迪塔仍是有效的比賽。而這場比賽，便在漢娜蘿蕾自行走出陣地時分出了勝負。」

齊格琳德的語氣沉穩，表情也很鎮定，但話聲中帶有著對漢娜蘿蕾的責怪之意。我不自覺轉頭看向漢娜蘿蕾，只見她低垂著頭，無地自容似的縮著身子。見狀，我幫忙說明了她來避難時的情況。

「當時漢娜蘿蕾大人會自行離開陣地，是因為護衛騎士都不在，太危險了。」

當時她身邊沒有半個護衛騎士，只能獨自一人畏怯地抵擋來自上空的攻擊。我表達了自己對她的同情後，齊格琳德臉上的笑容依然不變。

「是呀。看見襲來的敵人施展攻擊魔法，騎士們為了守住寶物，都飛往上空與之奮戰。儘管如此，漢娜蘿蕾卻自己離開了陣地。對於為了保護她而戰的騎士們來說，兩位不覺得這種行為與背叛無異嗎？」

在不斷有攻擊魔法從天而降的情況下，我倒覺得要求她一個人待在原地硬撐更過分。居然覺得離開陣地、尋求庇護的行為等同背叛，應該加以譴責，這種想法我實在無法苟同。

「……從小大家都告訴我，接受護衛騎士的保護是領主候補生的工作，因此護衛騎士若離開我身邊，我會覺得他們放棄了自己的職責。」

「哎呀……所以在艾倫菲斯特看來，漢娜蘿蕾的行為並無不妥嗎？」

若從比迪塔時該有的行動來看、從戴肯弗爾格的領主候補生該採取的行動來看，漢娜蘿蕾或許應該被譴責。可是，艾倫菲斯特與戴肯弗爾格不一樣。

我正想要反駁，身旁的齊爾維斯特比我快了一步。

「護衛騎士是為守護領主一族而存在。況且比迪塔時，最重要的事情就是守護寶物。沒能守住寶物是騎士失職吧。」

……沒錯、沒錯！都要怪護衛騎士不留在原地。

我用力點頭，贊同齊爾維斯特說的話。聞言，齊格琳德垂下目光沉思。

「……在艾倫菲斯特，都認為主動離開陣地的漢娜蘿蕾沒有過失嗎？」

齊格琳德沒有像奧伯．戴肯弗爾格那樣，提議要比迪塔來作決定，反而以帶著了然的話聲回應道。看來是可以用話語溝通的人。發現能與對方正常對話，我才剛放下心頭重石，齊格琳德忽然揚起嘴角。

「那麼，這大概類似於即便太爾庫斯是因著芙琉朵蕾妮的力量而成長茁壯，最終仍會在德蕾梵庫亞的指引下，前往緋亞弗蕾彌雅身邊吧。」

說話時，齊格琳德還吐出了分不清是遺憾還是安心的嘆息。

……嗯？什麼意思？

我一時間完全聽不懂。首先，我根本不知道太爾庫斯是什麼。是戴肯弗爾格特有的某種生物嗎？還是軼聞裡很少人聽說過的神祇？

……不管太爾庫斯是什麼，總之就是在淡水出生長大以後，時機一到便會前往大海吧。所以延伸出來的意思是……長大後就會前往適合自己的地方，之類的嗎？

我露出模稜兩可的笑容，拚命思考這句話的涵義時，齊格琳德來回看向我與齊爾維斯特。我忽然有種被她那雙紅眼攫住的錯覺，忍不住吞了吞口水。

「既然迪塔已經比完，結果出來了，我們會讓漢娜蘿蕾嫁往艾倫菲斯特。看來漢娜蘿蕾的緋亞弗蕾彌雅是在艾倫菲斯特，這樣應該沒問題吧？」

……等一下。我們都還沒說「漢娜蘿蕾大人不必嫁來艾倫菲斯特」，他們就決定要把她嫁過來了嗎?!

在我們說出自己的希望與想法之前，對方已經完全以漢娜蘿蕾會嫁來為前提在進行談話。我與齊爾維斯特對看一眼後，急急忙忙開口。

「那個，雖然您說是本人如此希望，但漢娜蘿蕾大人真的想嫁來艾倫菲斯特嗎？要當第二夫人喔？」

對於領地排名第二的戴肯弗爾格領主候補生來說，來當艾倫菲斯特的第二夫人簡直荒唐至極。跟滿腦子似乎只想著迪塔的奧伯不一樣，我相信齊格琳德是可以溝通的人。希望她能好好考慮，該怎麼做對女兒才是最好的。

「她是憑自己的意志離開陣地。倘若不想嫁來艾倫菲斯特，不可能做出這種事情吧。戴肯弗爾格的領主候補生竟要嫁往艾倫菲斯特當第二夫人，對我們來說也是始料未及，正為此頭痛不已呢。」

她說得好像這是漢娜蘿蕾任性提出的要求，但我想本人八成從來也沒說過她想嫁來艾倫菲斯特。我偷偷覷向漢娜蘿蕾，發現她只是眼簾低垂。看起來像是想說的話都只能憋在心裡，自始至終不發一言。

……漢娜蘿蕾大人。

就和我們同意比迪塔後，藍斯特勞德要求她閉上嘴巴時一樣。漢娜蘿蕾頭低低的，身體微微顫抖。怎麼看都不像是想嫁來艾倫菲斯特的女孩子。

齊爾維斯特和我一樣注視著漢娜蘿蕾，深綠色雙眼接著看向齊格琳德。

「恕我直言，艾倫菲斯特不過是好不容易剛升到第八名的領地，應對進退還與我們現在的排名並不相稱。實在不適合迎娶戴肯弗爾格的領主候補生。」

齊爾維斯特說完，齊格琳德笑著頷首。

「是呀。現在艾倫菲斯特裡具有價值的，大概就只有羅潔梅茵大人吧。她不僅能夠創造新流行、推動新事業，也精通古文與古老儀式，甚至在有這麼多領主候補生的情況下，還能出色地帶領宿舍裡的所有學生。艾倫菲斯特委實不是戴肯弗爾格的領主候補適合嫁過去的領地。」

被人笑容滿面地予以肯定後，就算是事實，我還是很火大。明明我只負責提出想法，實際做出成品的是工匠他們；韋菲利特也比我更善於領導，鼓勵宿舍裡的眾人實現目標；也多虧有夏綠蒂代替不擅長社交的我出席茶會，大家才能團結一心。

我剛開口想要反駁，就被齊爾維斯特輕拍了下大腿。意思是我不能說話。我只好懷著滿腔的不滿，不情不願地閉上嘴巴。

齊格琳德注視著齊爾維斯特，微微側過臉龐。

「目前艾倫菲斯特的聲勢如日中天，戴肯弗爾格則是歷史悠久。我能理解你們會想求娶我們領地的領主候補生，但為何是想迎娶漢娜蘿蕾為第二夫人呢？」

如果要解釋，就得說明我們與亞倫斯伯罕的糾葛。但究竟可以坦白到哪種地步，這我完全無法衡量。因此，我看向齊爾維斯特為他加油。

「恕我只能回答，這是艾倫菲斯特的私事。」

「哎呀。可是，第一夫人向來負責社交，所以通常會迎娶來自他領的妻子，好妥善利用妻子娘家所提供的援助與因此建立起來的姻親關係；第二夫人則會迎娶自領的女性，用以拉攏與團結領內的貴族。這點常識艾倫菲斯特應該懂得的吧？」

……意思是這並非戴肯弗爾格特有的風俗，而是所有領地都這樣嗎？

雖然我也覺得合情合理，但至今從沒聽說過這種常識。我沒有作聲，一旁的齊爾維斯特則是靜靜望著齊格琳德。

「貴領居然想納毫無地緣關係的漢娜蘿蕾為第二夫人，不讓她出席領地之外的社交場合，更斷絕她與戴肯弗爾格的聯繫，這究竟是有什麼用意呢？我願聞其詳，奧伯・艾倫菲斯特。」

「我們的做法也許與上位領地並不相同，但確實有我們自己的苦衷。」

如今我們已經對舊薇羅妮卡派進行了肅清，不能再與萊瑟岡古起任何紛爭。

「是呀，您說得沒錯。但是，艾倫菲斯特不僅不具備基本的外交常識，甚至也不願遵循，更無意尋求地位的穩定與提升，那麼即便迎娶上位領地的領主候補生也沒有意義吧。不管怎麼說，漢娜蘿蕾是我們可愛的女兒。曾有亞倫斯伯罕的領主候補生也嫁給了原定成為下任領主的貴領領主候補生，我們不希望同樣的不幸發生在自己女兒身上。」

明明迎娶了大領地的女性領主候補生，那名下任領主卻被降為上級貴族；結果後來艾倫菲斯特既沒提升領地排名，也沒能加深與亞倫斯伯罕的關係，甚至沒能約束好領內的貴族——齊格琳德拐彎抹角地指責當時奧伯的無能。

「領內的所有貴族若要具備上位領地該有的應對進退，必須經歷好幾任奧伯的輪替才能達到。自從艾倫菲斯特迎娶亞倫斯伯罕的領主候補生，至今好幾十年已經過去了。艾倫菲斯特有什麼改變嗎？」

齊格琳德完全是從大領地的角度在審視這件事，絲毫不考慮艾倫菲斯特當初因為嘉柏耶麗的搗亂而有多麼辛苦。這讓我稍微明白了大領地會有的看法與見解，但心裡的不耐只是不斷增加。

「如今你們又得到了羅潔梅茵大人，不過數年的時間領地排名便大幅上升。但是在我看來，艾倫菲斯特並沒有任何改變。」

緊接著，齊格琳德以高雅又迂迴的方式，把藍斯特勞德之前說過的批評又說了一遍。齊爾維斯特臉上的表情和韋菲利特極為相似，只是靜靜聽著齊格琳德的指責。由於我無法馬上聽懂貴族用語，因此有大半都是左耳進、右耳出，但還是越聽越火大。

……只能一言不發地安靜聽著，就是貴族間的社交活動嗎？

「奧伯．艾倫菲斯特，您今後究竟有何打算呢？我想您應該也明白了吧？艾倫菲斯特與羅潔梅茵大人並不相配。」

因為被齊爾維斯特拍了大腿，我才耐著性子聆聽，但我與艾倫菲斯特相不相配，輪不到別人來評斷。

「蓋朵莉希為了保護梅斯緹歐若拉，便讓她離開自己身邊，託付給了舒翠莉婭。為了她自己、為了身邊的人，讓她前往可以盡情施展身手的土地不是更好嗎？」

齊格琳德一臉親切，話聲溫柔，但內容其實就是「別再抓著我不放」。我心裡的不快已經到達極限。齊爾維斯特喃喃說著「真是荒唐」，往我瞥來一眼。

「您的意思是，戴肯弗爾格願意成為舒翠莉婭嗎？」

「是呀，由我們成為守護梅斯緹歐若拉與艾倫菲斯特的盾牌吧。畢竟漢娜蘿蕾也將嫁過去。」

明明就是為了不讓齊爾維斯特遭受到這種壓迫，當初我才答應比迪塔的吧？為什麼現在卻要承受與迪塔無關的非議？又為什麼莫名其妙地演變成了戴肯弗爾格要保護我？

眼看齊格琳德笑裡藏刀，一邊用優雅的微笑與言語批判我們，一邊又將談話引導至自己想要的結果，我再也忍不住想反駁。

「養父大人，所謂『綿中刺，笑裡刀』，您不覺得打開天窗說亮話比較乾脆嗎？」

我「呵呵呵」地笑著，看向齊爾維斯特。他微微瞠目後，先是用力閉上雙眼，最後死心似的擺擺手。

「隨妳高興吧。我會負責善後。」

得到齊爾維斯特的許可後，我筆直望向齊格琳德那雙紅色眼眸。與此同時，不忘保持貴族該有的優雅姿態與微笑。

「齊格琳德大人，艾倫菲斯特與戴肯弗爾格是在經過怎樣的協議後才決定比迪塔，請問您不曉得嗎？」

「我當然有所耳聞。」

齊格琳德的目光變得銳利，像要看清我反駁的意圖。

「既然如此，為什麼已經比完神聖的迪塔、分出了勝負，您還要對艾倫菲斯特施壓呢？當初我是相信藍斯特勞德大人說的，只要艾倫菲斯特獲勝，便不會對我們施壓和要求解除婚約，所以我才接下了比迪塔的挑戰。請敗者就此閉上嘴巴吧。」

我果斷拋開了貴族那種兜圈子的說話方式，面帶微笑說道。可能是太直接了，齊格琳德一臉無法理解地望著我。

「羅潔梅茵大人……」

始終臉龐低垂的漢娜蘿蕾也抬起頭來，吃驚地眨著雙眼，神色茫然地來回看著我與齊格琳德。

「就好比芙琉朵蕾妮的治癒與洛古蘇梅爾的治癒並不相同，在第三者眼中良好的環境，未必能讓當事人滿意。我的師父也曾抱怨說過，對於希冀著既有平穩的人來說，並不需要歌魯克里提的加護。」

我表示請別像斐迪南那時一樣多管閒事後，齊格琳德首次變了臉色。

「……艾倫菲斯特究竟是為了什麼想要求娶漢娜蘿蕾呢？」

「單純只是為了推掉一場麻煩的迪塔。我本來以為，只要提出讓漢娜蘿蕾大人嫁來當第二夫人的要求，藍斯特勞德大人應該無法自己作決定。趁著他回去與奧伯商量的時候，便可以爭取到一些時間，說不定還能避免掉這場迪塔。然而，結果藍斯特勞德大人卻自行同意了我們提出的條件。」

這您知道的吧？我這麼詢問後，齊格琳德臉上的笑容消失，看了看我，再看向漢娜蘿蕾。

「所以你們並不是需要漢娜蘿蕾，才要求她成為比迪塔時的寶物嗎？」

「是的。因為居然要求漢娜蘿蕾大人嫁來艾倫菲斯特，對她未免太失禮了嘛。我從一開始就打算如果艾倫菲斯特贏了，會撤回這個條件。另外就算我們力量微薄，也會幫助漢娜蘿蕾大人嫁給她想嫁的對象。」

「……從一開始嗎？」

藍斯特勞德與韋菲利特在討論迪塔細節的時候，我則向漢娜蘿蕾說明了艾倫菲斯特獲勝時打算怎麼做，該不會齊格琳德並未聽說吧？我歪過頭後，一旁的齊爾維斯特揚起嘴角，露出戰士的笑容。也就是發現敵人的弱點、準備開始進攻的那種笑容。

「誠如您以亞倫斯伯罕為例所提出的指正，艾倫菲斯特目前還沒有能力能夠迎娶大領地的領主候補生。若您希望可愛的女兒得到幸福，還請認真考慮我們的提議。」

漢娜蘿蕾要嫁來一事，就當作沒有發生過吧——這就是齊爾維斯特的提議。齊格琳德剛才還大肆批評艾倫菲斯特，要是女兒不用嫁過來，她想必會很高興吧。

然而，齊格琳德卻略略陷入沉思。明明我們都說了不必把女兒嫁過來，為什麼不欣然接受呢？

「那麼，倘若漢娜蘿蕾本人希望嫁往艾倫菲斯特，兩位又打算怎麼做呢？是依循既有常識，讓漢娜蘿蕾成為第一夫人？還是無論如何都不照常識行事？」

「實在非常抱歉，因為艾倫菲斯特尚不熟悉上位領地的作風……」

齊爾維斯特微微一笑。就算被說沒有常識，但現在我們該優先考慮的，是肅清過後正一片混亂的艾倫菲斯特該如何恢復平穩。絕不能再惹來可能會讓貴族們躁動不安的麻煩。

「所以無論如何只能當第二夫人嗎……」

「母親大人，這次的勝利者是艾倫菲斯特。」

齊格琳德還想說些什麼時，漢娜蘿蕾顫抖地伸出手抓住她的衣袖。不光是手，她整個身軀似乎都在微微發顫。但是，仰望母親的那雙眼睛卻有著毅然堅定的決心。

「請不要再給艾倫菲斯特添麻煩了。」

「漢娜蘿蕾？」

漢娜蘿蕾緩慢地轉過頭，看向正在另一張桌子接待他領貴族的韋菲利特，表情十分溫柔。她的雙眼微微瞇起，目光柔和，嘴角帶著自然綻放般的笑意，看來像是懷有淡淡的戀慕之情——是我的錯覺嗎？

「第一次在戰場上有人說要保護我。這也是第一次有人不是強迫我，而是給了我選擇的機會。所以，我真的覺得嫁去艾倫菲斯特也沒關係。」

說完，漢娜蘿蕾垂下目光，接著又筆直地望向齊格琳德。望著自己必須面對的對象，堅毅的眼神中已經沒有半點剛才的柔軟。

「可是，艾倫菲斯特已經說了，他們現在的情況不適合迎娶大領地的領主候補生，也還沒有足夠的應對能力……既然如此，我們只會造成他們的困擾吧？都已經強迫他們比迪塔了，敗者還要為勝者增添更多困擾嗎？我們應該實現獲勝者的心願才對吧？」

聞言，齊格琳德露出了十分為難的表情。與其說是感到失算，更像是為出乎預料的發展感到困惑。

「漢娜蘿蕾，妳……」

「母親大人，強迫對方去做他不想做的事情，並不是美好高尚的行為。戴肯弗爾格的女性不是一向聲稱我們該協助他人得到好處，同時也讓自己實現心願嗎？今天的交涉，母親大人並未提供給艾倫菲斯特任何好處。我們先退一步，從艾倫菲斯特想要取得的好處開始了解吧。」

漢娜蘿蕾說完露出微笑，看起來無疑是戴肯弗爾格的女性。我佩服得很想當場拍手鼓掌，但齊格琳德顯然不這麼認為。只見她扶著額頭，輕睨了漢娜蘿蕾一眼後，再看向我與齊爾維斯特。

「妳的看法我大致同意，但感覺雙方在許多事情上都存有分歧。我想先確認這些事情。」

……分歧？意思是大領地與艾倫菲斯特的常識不一樣嗎？

我與齊爾維斯特都不太明白，請她接著說下去。

「根據我收到的有關迪塔的報告，當初是說好戴肯弗爾格若贏得勝利，便會與奧伯·艾倫菲斯特進行協商，待婚約一解除，便將羅潔梅茵大人迎為戴肯弗爾格的第一夫人；戴肯弗爾格若是落敗，便讓漢娜蘿蕾嫁往艾倫菲斯特當第二夫人。」

「是的。」

我點頭後，齊格琳德隨即露出訝異的表情，往後轉頭。在她身後待命、疑似是文官的一名男性立即上前，攤開一張紙放在桌上，接著再度退到後方。那張紙似乎就是送回戴肯弗爾格的報告書，記錄著這次迪塔的條件。

「適才羅潔梅茵大人曾說，妳從一開始便打算若是艾倫菲斯特獲勝，便撤回漢娜蘿蕾得嫁過去這個條件，但這是什麼時候決定的事情呢？上面並無紀錄。」

「是決定比迪塔的時候。在與漢娜蘿蕾大人談話時我曾向您這麼提議吧？」

我向漢娜蘿蕾尋求同意後，她不住點頭。

「我在為哥哥大人的擅作主張道歉時，羅潔梅茵大人確實向我這麼提議過。」

藍斯特勞德與韋菲利特在討論迪塔細節的時候，我與漢娜蘿蕾曾使用防止竊聽的魔導具，在旁邊喝茶談話。決定條件時的整個過程，我把自己記得的都如實說出，最終齊格琳德露出了恍然領悟的表情。

「妳們兩人的談話似乎是同一天在同一個房間裡進行，但倘若使用了防止竊聽的魔導具，其他人不會知道內容吧。您曾報告過兩人一同談論出的結果嗎？」

聽到齊格琳德懷疑，我是不是把兩人私下的談話內容擅自搬到檯面上，我急忙看向齊爾維斯特。

「當天用晚餐的時候，我就向韋菲利特哥哥大人報告過了，也寫了信向艾倫菲斯特告知。養父大人，對不對？」

「嗯，我收到了寫有詳細經過的報告書。」

證明自身的清白後，我鬆了一大口氣。這時漢娜蘿蕾也挺起胸膛說：「我也在晚餐席間向哥哥大人報告了這件事。」

「漢娜蘿蕾，到了晚餐時才說怎麼來得及呢。妳為何沒有當場向藍斯特勞德提出？那時候一切早已談妥，不可能再隨意更改雙方都已簽名的條件吧。」

「咦？什麼簽名？」

我曾向韋菲利特報告過，「如果贏了就取消漢娜蘿蕾要嫁來這件事」，也得到了他的同意，當時漢娜蘿蕾更是高興得點頭贊同，所以我一直以為雙方這樣就算談好了。然而，原來這些不算是談條件時的正式談話。

雖然漢娜蘿蕾向藍斯特勞德報告過了我的提議，但由於當時早已談定細節，他與韋菲利特也在契約書上簽了名，因此似乎被判定為非正式的談話。

「比求娶迪塔時，一定會簽署一張這樣的契約書。這是為免雙方在比完迪塔後，推翻一開始談好的條件。」

「所以這並不是寄回戴肯弗爾格的報告書，而是契約書嗎？」

我大吃一驚，定睛細看以後，發現上面確實有韋菲利特的簽名。聽說也是為了比迪塔時能申請經費，契約非簽不可。齊爾維斯特看向契約書後，面色凝重。

「我只知道孩子們談妥了條件，卻從未接到過他們曾簽署契約的報告。」

「我也沒聽韋菲利特哥哥大人提起過喔。」

我們瞥向韋菲利特所在的方向，皺起眉頭，納悶著他為何沒向我們報告這麼重要的事情。就在這時，漢娜蘿蕾低聲說了。

「也許韋菲利特大人並沒有意識到這是契約書。」接著又道：「雖然這在戴肯弗爾格十分常見，為了申請貴族院的經費也非得簽訂契約不可，但就連奧伯．艾倫菲斯特與羅潔梅茵大人都沒想到這是契約書吧？」

我與齊爾維斯特對看一眼，然後點點頭。在我們看來只覺得這是迪塔的申請書，並不是契約書。要是藍斯特勞德並未提供任何說明，很可能只會以為這是申請預算所需的文件，並不會發現是契約書吧。

「看來是我們的說明也不夠充分呢。」

齊格琳德稍稍皺起臉龐，再指向契約書上分出勝負後必須履行的條件。

「這裡的條件明白寫著，艾倫菲斯特若贏了便會迎娶漢娜蘿蕾為第二夫人，但並沒有會將之取消的紀錄。」

「……我以為等贏了以後，再由兩領奧伯在協商時提出就可以了。」

「意思是艾倫菲斯特若贏了，便要隨意更改條件嗎？那麼當初預先談好條件就沒有意義了。」

……這麼說好像也是。

雖說我並不曉得談條件時會簽訂這麼正式的契約書，但發現戴肯弗爾格明明說好贏了後就不會對我們施壓，結果卻說話不算話，為此我還怒火中燒。然而，現在我卻想對他們做出同樣的事情。反省後我垮下肩膀，齊格琳德更是乘勝追擊。

「此外羅潔梅茵大人方才也說了，妳會願意比迪塔，是因為相信藍斯特勞德說的，艾倫菲斯特若獲勝，便不會對你們施壓和要求解除婚約吧？但是，上面同樣並未記有這樣的條件。」

「咦？求娶迪塔不是分出勝負以後，就不會再向女方求婚嗎？可是，藍斯特勞德大人是這麼告訴我的呀……」

我眨了眨眼睛反問後，齊格琳德訝異地側過臉龐。

「我聽聞艾倫菲斯特比起這個條件，後來更強烈要求迎娶漢娜蘿蕾為第二夫人。契約書上確實也只提到了漢娜蘿蕾，並未註明今後將放棄求娶一事。」

她說原本的求娶迪塔，我確實是要求戴肯弗爾格必須就此放棄向我求婚，但因為後來我對這個條件提出異議，改為要求漢娜蘿蕾必須嫁來當第二夫人。因此，藍斯特勞德似乎判定不需要放棄求娶一事，並且就這麼向戴肯弗爾格報告。

「……居然有人會擅自移除本來開的條件，我還是第一次聽說。」
我茫然自失地這麼低喃後，齊爾維斯特疲憊地長嘆口氣，輕敲我的頭一記。
「既然妳又提出了其他條件，原本的條件會被取消也不奇怪。這下妳就知道往後討論細節的時候，絕不能分開行動、另外與人談話，也不能忘記要檢查最終談妥的條件。根據這份契約，艾倫菲斯特看來就像是以得到漢娜蘿蕾為主要目的，而不是希望戴肯弗爾格能放棄求娶。因此戴肯弗爾格也是依著這樣的認知展開行動，在考慮到艾倫菲斯特能獲得的好處後，提出了各種提議。」
比起單純的口頭約定，契約書上的內容才是正式決定——這種認知不光在貴族的世界，在商人的世界也是一樣的。明明戴肯弗爾格是照著契約書上的協議提出了各種對艾倫菲斯特有益的提議，現在卻讓他們的苦心完全白費，根本是我們的過失。
……啊啊啊啊啊！怎麼會這樣！
想起自己剛才的言行，我忍不住抱頭。我對戴肯弗爾格第一夫人說的話簡直失禮到了極點。要是可以的話，我甚至想要消除齊格琳德的記憶。
「實在非常對不起，我居然提出了與契約書截然不同的主張，還對您做出了這麼失禮的事情。」
我道歉後，齊爾維斯特也接著說：
「看來雙方以為的條件有著極大的出入。實在抱歉，是我們確認不周。」
「哪裡，請兩位不必道歉。我們顯然也有未盡之處。明明艾倫菲斯特對於求娶迪塔並不了解，說明時卻未詳實告知，監督也不夠確實。我們才該說聲抱歉。」

齊格琳德為三件事情向我們道歉。一是明明婚約已經得到國王許可，藍斯特勞德卻還強行要求比迪塔；二是漢娜蘿蕾明知戴肯弗爾格的男性一聽到迪塔就容易失去理智，卻沒能確實盡到監督的責任；三是當初協議時只因這些事情在戴肯弗爾格是理所當然，就沒提醒我們要檢查最終條件，說明也不夠詳盡。

「漢娜蘿蕾，妳也要反省。聽到兄長擅自決定妳的婚事，在大受打擊之下妳能記得道歉固然值得嘉許。但是事關迪塔，一定要從頭至尾牢牢盯緊男士。妳的職責，便是要制止想讓事情發展對自己有利的藍斯特勞德，以及激動得無法自抑的騎士們，並且為對方仔細說明。若想珍惜這段友誼，這點更要銘記在心。」

身為戴肯弗爾格的女性，妳也開始有自覺了吧？齊格琳德笑吟吟地說完，漢娜蘿蕾臉上的笑容立即僵住。儘管露出了彷彿可以聽見她正在心裡大喊「我怎麼辦得到嘛！」的表情，漢娜蘿蕾還是點頭回道：「我會謹記在心。」

「那麼對於這次的迪塔，還請告訴我艾倫菲斯特真正想要的是什麼吧。倘若你們並不是想迎娶漢娜蘿蕾為第二夫人，那必須趕在堅稱『迪塔結果絕不能更改』的奧伯到來之前，盡快將此事了結。」

齊格琳德提議道，看向戴肯弗爾格會場所在的方向。齊爾維斯特端正坐姿。

「希望戴肯弗爾格能放棄求娶羅潔梅茵，這是我們最大的心願。此外，這其實是我們的請求，希望貴領別再對艾倫菲斯特提出比迪塔的要求了。即便是比求娶迪塔也一樣。」

齊爾維斯特以貴族用語委婉表示，每年戴肯弗爾格都會跑來要求比迪塔，已經對艾倫菲斯特造成很大的負擔，讓我們非常困擾。

「這次更因為絕對不能輸了這場比賽，魔導具與回復藥水的消耗量都非常龐大，實在無法一再擔任戴肯弗爾格的對手。畢竟艾倫菲斯特只是微不足道的中領地。」

齊爾維斯特說完，齊格琳德便保證道：

「確實每年都在比迪塔呢。在我能留意到的情況下，便會加以制止。但是，也請艾倫菲斯特不要馬上答應。因為一旦你們接受了，我也無從干涉。」

齊格琳德告訴我們，戴肯弗爾格的人已普遍認為，每年都接受比奪寶迪塔要求的艾倫菲斯特是非常熱愛迪塔的領地。就連洛飛也曾在報告書上說：「儘管羅潔梅茵大人因為身體虛弱，無法修習騎士課程，但也和斐迪南大人一樣熱愛奪寶迪塔。」

……完全是錯誤資訊！

「對於奧伯．艾倫菲斯特所提出的條件，羅潔梅茵大人有任何不滿嗎？」

「我重視的事物都在艾倫菲斯特。因此就算聽到很好的條件時會有些心動，但我絕對不會離開艾倫菲斯特。」

我斬釘截鐵說完，齊格琳德微微放柔表情。

「漢娜蘿蕾，就妳所知，有沒有什麼事情能為艾倫菲斯特帶來益處呢？」

「母親大人？」

「既然其實他們並不熱愛迪塔，代表我們每年都給艾倫菲斯特造成了困擾吧？為了讓兩領今後能夠保有良好情誼，得稍微表達歉意才行。不是對羅潔梅茵大人個人，而是要對艾倫菲斯特整體都能表達歉意。」

聞言，漢娜蘿蕾想了一會兒後，拍向掌心。

「不如把哥哥大人的畫作送給他們吧？那個，羅潔梅茵大人與韋菲利特大人都很想要迪塔故事的插圖喔。可是，哥哥大人因為不喜歡自己的畫作得在印刷過程中被他人經手，所以這件事還沒有回覆。那只要把畫作送給艾倫菲斯特，並聲明不管要怎麼使用也沒關係，相信可以對他們的印刷業有所貢獻吧。」

漢娜蘿蕾邊說邊觀察齊格琳德的反應。她曾說自己提出的意見從沒有被採納過，此刻那雙紅眼卻自豪地閃著熠熠光彩。

「雖然漢娜蘿蕾這麼說，但藍斯特勞德的畫作真能為艾倫菲斯特帶來益處嗎？」

我看向一臉懷疑的齊格琳德，再看向滿臉期待的漢娜蘿蕾，重重點頭。

「當然可以！這提議真是太棒了，對於提升迪塔故事的銷量非常有幫助。養父大人，您說對不對？」

我高興又期待得不得了，齊爾維斯特卻按住了頭。

「笨蛋……其他還有對我們更有益處的事情吧。還不如求得戴肯弗爾格的庇護。」

聽見齊爾維斯特的嘀咕，齊格琳德只是笑說：「對了，聽說我們的秘寶盾牌被羅潔梅茵大人破壞了呢。」接著就開始以送出藍斯特勞德的畫作為前提，果斷俐落地進行談話。

「這麼做艾倫菲斯特當然感激，但未經藍斯特勞德大人本人許可，真的可以把他的畫擅自送人嗎？」

「正好趁著這個機會，可以讓藍斯特勞德知道與自己有關的事情被人擅自決定時，會是怎樣的心情。況且跟終身大事被擅自決定的漢娜蘿蕾比起來，這根本是小事一樁……對了，那幅畫也送給艾倫菲斯特吧。」

第一夫人顯得不懷好意，輕笑說道：「宿舍裡有幅藍斯特勞德的得意之作呢。」

……噢噢，齊格琳德大人的笑容底下藏著和斐迪南大人一模一樣的怒火。藍斯特勞德大人，加油。

與迪塔有關的談話大致告一段落後，話題接著從贈予畫作要簽訂的契約，跳到了與印刷有關的事情上。比如史書與迪塔故事準備了多少數量、預計要如何販售等等，我一一回答對方提出的問題。

「為了印刷領內的書籍，我們也希望戴肯弗爾格能有能力自行印刷，期待往後有機會向艾倫菲斯特購買印刷用的魔導具呢。」

「很遺憾，我們不能出售印刷用的魔導具。」

況且印刷機也不是魔導具——我在心裡這麼咕噥時，齊格琳德不疾不徐點頭。

「我知道。根據藍斯特勞德的報告，為防情報外流，你們不打算將印刷技術提供給他領的人吧？但在這樣的情形下，妳打算如何推廣印刷呢？」

一般的做法都是把新技術賣給中央或大領地，由地位高的人進行推廣。她說她很好奇，艾倫菲斯特為何想要獨占。還說僅依既有的常識，很難推敲出艾倫菲斯特的想法。該不會是因為我的關係吧？

「我們已經決定暫時先收取各領提供的原稿，然後在艾倫菲斯特進行印刷。再慢慢透過往來交涉，等印刷業的相關制度普及到了一定程度，才會開始向外發展。」

就連艾倫菲斯特的貴族都還不太清楚，所以我打算等領內的人都了解印刷方面的各種權利與付款方式以後，再往他領推廣。

我說完後，齊爾維斯特點一點頭，對齊格琳德投以微笑。

「雖然還不知道會是什麼時候，但我願意向您保證，一旦決定要向他領推廣印刷，我們一定最先詢問戴肯弗爾格。」

「這樣呀，那我便靜候佳音吧。此外，我個人十分在意《斐妮思緹娜傳》這本書……單看第一集的話，會覺得羅潔梅茵大人是斐妮思緹娜的參考人物，在艾倫菲斯特備受虐待呢。」

由於齊爾維斯特知道真正的參考人物是誰，面對一臉嚴肅的齊格琳德，他不露聲色地掩著嘴角以免笑出來，請她接著往下說。

「再者，眾人也都知道，在貴族院蒐集故事、開始與他領互借書籍的正是羅潔梅茵大人，因此難免有種羅潔梅茵大人是藉著此書在向外求援的感覺。畢竟領主會議上，經常聽見與艾倫菲斯特有關的負面傳聞。前不久，戴肯弗爾格才為了救出斐迪南大人而莽撞行事，為免這次又為了救出羅潔梅茵大人而犯下同樣的過錯，我必須牢牢看緊領內眾人才行。」

……這我們當然非常感激……

但總不能在這種場合下坦白說出：「其實斐妮思緹娜的參考人物不是我，是斐迪南大人。」更不可能說：「斐迪南大人不得不奉國王之命前往亞倫斯伯罕後，艾薇拉因為太過悲傷，便決定化悲憤為力量寫下這篇故事。」
「我想只要看過第二集，便不會再有這種感想，因此今後借給他領的時候將一次借出兩集。非常感謝您親切的忠告。」
「第一集斷在那麼精采的地方，真的讓人十分著急，相信許多人都會很高興可以同時借到兩集吧。因為看完以後會對後續劇情在意得不得了。」
漢娜蘿蕾一邊訴說她看得有多麼開心，一邊還大力稱讚艾倫菲斯特的書籍。但我回想了一下，發現自己好像從沒告訴過她，《斐妮思緹娜傳》總共有三集才完結。因此，我悄聲對無比期待第二集的漢娜蘿蕾說了：
「那個，漢娜蘿蕾大人，其實《斐妮思緹娜傳》總共有三集喔。」
「怎麼會這樣……」
漢娜蘿蕾捧著臉頰，一臉深感絕望。

與亞倫斯伯罕的社交

很想快點看到續集的漢娜蘿蕾認真地煩惱起來，是不是該等到最後一集出了再一起看。與此同時，戴肯弗爾格的第一夫人則與齊爾維斯特在討論書籍的販售方式。

……以前就曾聽說領地對抗戰等同是領主會議的預演，所以領主會議時的談話也類似現在這樣嗎？

我觀察著周遭的文官，想著這些事情時，一道輕快的嗓音忽然插了進來。

「很抱歉在各位談得正高興的時候打擾，但請容我先打聲招呼吧。」

原來是斐迪南與蒂緹琳朵過來了。看到斐妮思緹娜的原型人物登場，齊爾維斯特的嘴角忽然不自然地上揚。換作平常的斐迪南，很可能會說：「你又在打什麼歪主意？」但他今天什麼也沒說，只是帶著客套的笑容站在蒂緹琳朵半步後方。

……氣色好糟！

斐迪南的臉色明顯非常難看，一看就知道睡眠不足，而且明明擠出了虛假的禮貌性笑容，卻一點也不加掩飾。看似沉穩的客套笑容底下，總覺得好像在生氣，難道是蒂緹琳朵做了什麼惹他不高興的事情嗎？

「因為我要與未婚夫一同寒暄，必須每個領地都去一趟，忙得我暈頭轉向……戴肯弗爾格的第一夫人居然也在這裡，真是太剛好了呢。」

……啊啊，斐迪南大人臉上的笑容更燦爛了。

蒂緹琳朵沒有朝著我或者齊爾維斯特，反倒轉向戴肯弗爾格的兩位訪客說起話來。

內容是關於共同研究。

「戴肯弗爾格與艾倫菲斯特的共同研究似乎很有意思，吸引了許多人駐足參觀，但由斐迪南大人弟子所發表的亞倫斯伯罕研究也很精采唷。請務必前來觀看。」

蒂緹琳朵宣傳起亞倫斯伯罕的共同研究後，斐迪南往她瞥了一眼，便往我和齊爾維斯特走來。我向齊爾維斯特示意過後便站起來，不忘保持優雅，快步走向斐迪南。

「斐迪南大人，好久不……豪凍喔！」

我不明白為何才剛重新見到面，斐迪南馬上猛捏我的臉頰。久違的疼痛讓我眼眶泛淚。捂著臉頰抬起頭後，卻發現斐迪南臉上的客套笑容已經消失。此刻他正用冷冽至極的目光往我看來，眉頭用力皺起。

……他為什麼在生氣?!那些可能惹他生氣的事情我都還沒報告吧?!

「雖然有很多話想對妳說，但暫且先忍住吧。」

「那也請忍住不要捏我的臉頰。」

「嗯，我以後會考慮。」

「請不要只考慮，要記得實行。」我沒好氣地瞪向斐迪南後，他只是冷哼一聲。下次再見到面，他肯定還是會捏我臉頰。

「我看到戴肯弗爾格在這裡便過來了。那件披風帶來了嗎？」

「當然。」

我轉身看向黎希達，她立即拿來那件藍色披風。斐迪南接過後，走向在齊格琳德身後待命的騎士們。

「能幫我喚來海斯赫崔嗎？」

其中一名騎士送出奧多南茲後，海斯赫崔火速趕來。明明現在不是在比迪塔，他卻一臉的興奮和高興。

「斐迪南大人，恭喜你訂下婚約。聽說你離開了神殿，我也為你感到非常開心。是我提出了這個建議，並向君騰提出懇求。」

……最多管閒事的就是這傢伙！

看到海斯赫崔還敢恭喜斐迪南訂下婚約，我一邊小心著別讓內心的怒火顯現在臉上，一邊擠出微笑。不光是我，斐迪南也露出了分外溫柔的客套笑容。

「是啊。我聽說不只戴肯弗爾格，有許多人都協助我來到這個無與倫比的新環境。多虧諸位的鼎力相助，我才能與薇羅妮卡大人的孫女蒂緹琳朵大人結下此緣。心中之情實在難以言表。」

「哎呀，斐迪南大人真是的，居然這樣子稱讚我。」

蒂緹琳朵嬌羞喊道，周遭人們紛紛為她獻上祝福。在這種情況下，只有海斯赫崔一個人臉色刷地變白。

……啊，他知道。知道斐迪南大人以前曾經飽受薇羅妮卡大人欺凌。

發覺只有他一個人的反應和大家不同，我目不轉睛地注視起海斯赫崔。照斐迪南的個性，他應該不會主動說出自己遭到欺壓，所以有可能是尤修塔斯、艾克哈特或者赫思爾這些他身邊的人告訴海斯赫崔的吧。至少他與斐迪南的關係確實十分親近，才會曉得就連在領內也只有少部分人才知道的事情。

「如今我必須待在亞倫斯伯罕輔佐蒂緹琳朵大人，今後的身分已無法再與你比迪塔，但這件披風總不能一直放在我這裡。因此，現在就還給你吧。」

斐迪南依然面帶爽朗笑容，將藍色披風放到海斯赫崔手上。

「這是……」

海斯赫崔一臉茫然地看著回到自己手中的藍色披風，再看向斐迪南。明明斐迪南進入神殿時也沒把披風還給他，卻在此時特意歸還，想必是明白了其中的用意吧。

「太好了，這麼重要的披風總算拿回來了。」

「尊夫人一定會很高興。」

戴肯弗爾格的騎士們都伸手拍向海斯赫崔的肩膀，笑著說道。從背後拍著他肩膀的騎士們，想必看不見海斯赫崔那張毫無血色的臉龐。聽到身邊人們都說「太好了」，海斯赫崔只是神情僵硬，斐迪南便輕笑一聲。

「海斯赫崔，被搶多年的披風終於回到你手上，應該表現得開心一點吧？」

斐迪南的話聲與臉上的笑容正好相反，冷峻得像在下達命令說：「快表現出你很高興我訂了婚。」海斯赫崔先是看向冷冽話聲的主人，再低頭握緊手中的披風，最後擠出生硬的微笑。

「沒想到你會把披風還給我，內人想必會很高興。」

海斯赫崔終於明白自己在無意中成了幫凶，讓斐迪南落入最糟糕的境地；後者還不允許他道歉，要求他強顏歡笑。就在這時，有個人硬是闖入兩人之間。

「哎呀，為什麼這位大人這麼重要的披風會在斐迪南大人手中呢？」

蒂緹琳朵完全沒去理會現場緊繃的氣氛，一雙眼睛閃著好奇的光彩，仰望海斯赫崔。周遭的騎士們一聽，立刻爭先恐後地說起整件事的開端。

「……所以就是這樣，海斯赫崔從還在貴族院就讀時便不停向斐迪南大人挑戰，想要把披風拿回來。」

「什麼！竟然搶走未來妻子縫製的披風，未免太過分了吧！我沒想到斐迪南大人是這麼冷血的人。」

「啊，不是，其實斐迪南大人當下本想歸還，是海斯赫崔堅持要比迪塔贏回來。」

看到蒂緹琳朵將他們以打趣口吻講述的往事當真，責怪起未婚夫，騎士們倒吸口氣，不知所措地互相對望。這在他們之間大概只是一樁拿來說笑的趣事吧。但是，居然為了比迪塔就把當時未婚妻縫製的披風交給他人，一般人根本難以理解。

「可是，竟然搶走他人精心刺繡的披風……」

「沒關係的。因為戴肯弗爾格的男人會鍥而不捨挑戰。」

雖然不知道怎麼會沒關係，但騎士們語氣熱切地開始向蒂緹琳朵說明何謂迪塔的浪漫。斐迪南交由騎士們去應付未婚妻，自己則是若無其事地後退一步，緊接著轉過身。

回到桌子這邊來後，他先是向齊爾維斯特道歉：「抱歉打擾了。」再向戴肯弗爾格的第一夫人與漢娜蘿蕾問好。

「斐迪南大人，這邊請。」

眼看蒂緹琳朵在與人專心談天，布倫希爾德立刻指示其他侍從為斐迪南備好椅子，再端來茶水與點心。同時她也為齊爾維斯特換上新的茶水與點心，他馬上先喝口茶、吃口點心。

「嗯，是艾倫菲斯特的味道。」

斐迪南喝了口茶後，感觸甚深地這麼說道。看來平常在亞倫斯伯罕，他都是喝其他種茶。我們還準備了斐迪南最喜歡的茶葉磅蛋糕，他立即分給自己的近侍。

「尤修塔斯、艾克哈特，好久沒嘗到家鄉的味道了。你們也嘗嘗吧。」

「感謝斐迪南大人。」

趁著自己還待在能放鬆戒備的艾倫菲斯特會場內，斐迪南這麼吩咐是想讓兩人順便休息一下吧。尤修塔斯與艾克哈特拿著斐迪南遞給他們的盤子，稍微退到後方。讓同行的亞倫斯伯罕護衛騎士站在身後待命後，斐迪南慢條斯理地喝起茶，接著看向齊格琳德。

「方才我參觀過了貴領與艾倫菲斯特的共同研究，沒想到戴肯弗爾格現在還保有從前的古老儀式，真教我大感吃驚。而且藉著這次的研究，也成功取得了祝福，實在相當了不起。」

從斐迪南這番話，代表他雖然知道古老儀式的存在，卻不知道洛飛會在貴族院教給學生。對此我不解地歪過頭。

「斐迪南大人，您不曉得戴肯弗爾格的儀式嗎？但當年洛飛老師就在了吧？」

「未曾聽說。」斐迪南搖搖頭，簡短回道。漢娜蘿蕾於是說明：

「我也是這次在研究的過程中才知道，原來是騎士課程的某位老師卸任後，才變成了由洛飛老師主導課程，他也開始把儀式的歌舞教給學生。」

「這麼說來無論哪個領地，年輕一代的學生都會跳戰舞吧。參觀時人們也在討論，都說想把戰舞也教給已經成年的騎士，讓魔獸的討伐能輕鬆一些。戴肯弗爾格的影響力想必會再提升吧。」

斐迪南這麼補充後，齊爾維斯特重重點頭。

「艾倫菲斯特也希望能趕在明年的冬之主討伐前，練到足以取得祝福。」

齊爾維斯特說，雖然他們在收到我們提供的情報以後便開始嘗試，但今年還沒能成功得到祝福。因為身為主要戰力的騎士們有大半得從戰舞開始學起，所以不可能馬上就取得祝福。

「即便在戴肯弗爾格舍，儀式的成功機率也是八成左右；而現在領內的成年人幾乎是每次都能成功。我們在猜想，儀式的成功機率也許與奉獻的魔力量有關。」

齊格琳德說他們得到來自貴族院的情報後，也在領內舉行了用以取得祝福的儀式。不僅每次都會順勢比迪塔，奧伯與騎士們為了更有效率地奉獻魔力，還認為最好能夠變出神具，因此紛紛想要跑到神殿去，害她一個頭兩個大。

「為了應付這些事情，神殿那邊想必勞心費神。羅潔梅茵，妳不這麼覺得嗎？前陣子正好是舉行奉獻儀式的時期吧？」

聽到斐迪南這麼問，我試著想像了假如自己是戴肯弗爾格的神殿長。明明貴族至今都對神殿不屑一顧，結果奧伯與騎士們偏偏挑在舉行奉獻儀式的時候一窩蜂跑來，還要求拿出神具……就算突然心臟病發，登上通往遙遠高處的階梯也不奇怪吧。

「是呀。當時我還忍不住在心裡埋怨羅潔梅茵大人，為何要做那種示範。」
……對不起。真的很對不起！我不是故意的！
我在心裡向目光有些飄遠的齊格琳德，以及不在現場的戴肯弗爾格神殿長拚命道歉，接著赫然發現斐迪南正瞪著我瞧。
「還忍不住埋怨羅潔梅茵嗎？」
「咿……那個，這是……」
「是戴肯弗爾格的人自己不受控制，並不是羅潔梅茵大人的錯喔。」
漢娜蘿蕾為僵在原地的我緩頰。我不禁大為感動，在內心大喊：「不愧是漢娜蘿蕾大人！」然而，感動只持續了短短一秒鐘。
「現在我們能夠得到祝福，全是羅潔梅茵大人的功勞。原本這個儀式在戴肯弗爾格只是徒有形式，是羅潔梅茵大人在仿效時變出了萊登薛夫特之槍，還在奉獻魔力後引發了祝福的光柱。看到艾倫菲斯特在那時候獲得了強大的祝福，戴肯弗爾格才積極地想讓儀式恢復原樣。」
……不——！漢娜蘿蕾大人，別再說了！斐迪南大人的眼神好恐怖！
「噢？由於羅潔梅茵並未在信上詳加描述，原來她還有這麼精采的表現。」
「是的。羅潔梅茵大人舉行的奉獻儀式也很精采唷。君騰也很高興呢。」
……拜託，真的不能再說了！
為免惹斐迪南生氣，關於奉獻儀式我只寫了一些無關緊要的事情，絕不能在用晚餐前就讓他的怒火熊熊燃燒。

「斐、斐迪南大人！您不是每個領地都得去打聲招呼，非常忙碌嗎?!讓您在這裡停留太久也不好……」

「羅潔梅茵，這妳不用擔心。蒂緹琳朵大人不走，我也無可奈何。再說了，我很好奇妳究竟做了哪些事情。畢竟單靠信件往來，詳細情況總是不太清楚。」

看來妳有很多事情瞞著我嘛──斐迪南的眼神明顯在這麼說。發現他準備要向齊爾維斯特與漢娜蘿蕾問出詳情，我嚇得頭皮發麻。因為寫有詳情的報告書都會寄回去給齊爾維斯特，漢娜蘿蕾更是在我惹麻煩的時候幾乎都在場。

……死定了！誰快來救救我！

「各位在這邊聊什麼呢？」

大概是與騎士們的談天已經結束，蒂緹琳朵往我們這張桌子走來。漢娜蘿蕾微笑回道：「我們在聊共同研究。」她那雙深綠色眼睛立即發亮。

「亞倫斯伯罕的研究是由斐迪南大人的弟子所發表，一開始是因為想用更少的魔力就能發動圖書館裡的魔導具。因為政變過後，不少魔導具光靠中級貴族索蘭芝老師一人的魔力實在難以維持，這個研究就是想要改善這種情況。而且這樣一來也有助於保存資料，所以備受王族的矚目呢。」

……這些都是我報告書上的內容嘛。而且還省略了最重要的一段話：「若想擁有私人的圖書館，這是一項極有幫助且不可或缺的研究。」

「真是不好意思，蒂緹琳朵大人。我們在討論的，是戴肯弗爾格與艾倫菲斯特的共同研究。」

齊格琳德開口提醒，表示我們既沒問起亞倫斯伯罕的研究，也沒人聊到這件事。蒂緹琳朵「哎呀！」地睜大眼睛。

「斐迪南大人，你怎麼沒有幫忙說明亞倫斯伯罕的研究呢。」

……什麼？

在眾人愕然的目光注視下，聲稱自己很忙、得去各領打招呼的蒂緹琳朵卻指示艾倫菲斯特的見習侍從們備好座位，然後誇耀起亞倫斯伯罕的研究成果。

「所以就是這樣，展示區那裡還有錄了聲音的魔導具，斐迪南大人透過亞倫斯伯罕的研究向我熱切示愛呢。呵呵呵……」

熱切示愛的明明是蘇彌魯布偶吧──我忍不住在心裡吐槽，反倒是齊格琳德直截了當地糾正：

「妳應該聲明這是亞倫斯伯罕與艾倫菲斯特的共同研究吧？一直強調這是亞倫斯伯罕的研究恐怕不妥。」

「哎呀，既然是未婚夫斐迪南大人的弟子所發表的研究，那就等於是亞倫斯伯罕的研究嘛。」

齊格琳德的笑容中多了分難以形容的困惑，朝我瞥來的眼神像是在問：「是不是研究成果被搶走了呢？」也許她正心想著，明明剛才我還勇於與戴肯弗爾格正面交涉，現在這是怎麼一回事吧。這種時候可不能讓人以為我們面對亞倫斯伯罕時，就會任對方為所欲為。我對齊格琳德微微一笑。

「關於亞倫斯伯罕與艾倫菲斯特的共同研究，非常歡迎您親自前往察看成果。我的見習侍從與見習騎士也都幫了忙喔。」

「……不是見習文官嗎？這是共同研究吧？」

齊格琳德的表情顯得更是困惑，似乎難以理解。領地對抗戰上的成果確實一般都由見習文官發表，但這次結合了魔導具、做出可愛布偶的是莉瑟蕾塔，負責錄下情話的則是勞倫斯，所以我說的全是事實。

「那個可愛的蘇彌魯布偶正是艾倫菲斯特的標誌。」

「對了對了，羅潔梅茵大人這麼一說我就想起來了。有件事情我想請斐迪南大人幫忙開口呢。」

蒂緹琳朵拍了下掌心，出聲喚道：「斐迪南大人。」這時，斐迪南正交由我與齊格琳德去應付蒂緹琳朵的自賣自誇，自己則向齊爾維斯特與漢娜蘿蕾問起詳情。聽見蒂緹琳朵的呼喊，他臉上掛起假笑，側過頭問：「怎麼了嗎？」

「剛才我也拜託過了，我想要那隻蘇彌魯。可是雷蒙特與斐迪南大人都說，那是羅潔梅茵大人的東西吧？所以麻煩你幫忙開口，請她爽快地讓給我吧。你願意實現我的心願對吧？」

原來蒂緹琳朵想要那隻會說情話的蘇彌魯，而且剛才就已經拜託過雷蒙特與斐迪南，卻遭到了拒絕。聞言不光斐迪南，在場眾人全眨著眼睛注視蒂緹琳朵。

「但是，那是艾倫菲斯特準備的展示品吧？」

齊格琳德語帶訝異地確認道，我連忙用力點頭，以免被人誤會。那隻蘇彌魯我預計在展示結束後要送給萊蒂希雅，所以蒂緹琳朵的要求讓我非常為難。

「實在非常抱歉，那隻蘇彌魯已經有轉讓的對象了。」

「那我去與那位大人交涉吧。妳打算讓給誰呢？」

眼看蒂緹琳朵擺出一副絕不退讓的姿態，漢娜蘿蕾怯生生地開口：

「那個，蒂緹琳朵大人。既然那是一隻蘇彌魯布偶，您請自己的侍從也縫製一隻不就好了嗎？」

「總不可能亞倫斯伯罕的侍從裡沒人會做布偶吧……？」

齊格琳德接著幫腔後，蒂緹琳朵高傲地別開目光，揚起下巴。

「如果那只是隻普通的布偶，我早就這麼做了。但那隻蘇彌魯是展示品，相信大家也都知道那是魔導具。明明我是下任奧伯，羅潔梅茵大人卻搶先一步從雷蒙特那裡搶走了設計圖及其使用權利。只因這是共同研究，就完全不和我商量一聲，真教人傷腦筋呢。」

「向研究者購買設計圖時，只需要買賣雙方本人同意，別說是下任奧伯，也不需要向奧伯徵得許可吧。我購買設計圖時也確實向雷蒙特支付了費用，並非是搶走。」

我當場反駁。不加以否定的話，大家就會以為事情是蒂緹琳朵主張的這樣。齊格琳德的表情頓時變得非常難以形容。斐迪南緩緩環顧眾人後，露出了乍看下溫柔寵溺的笑容。

「蒂緹琳朵大人，妳這般強求已有讓予對象的物品，會給旁人造成困擾。」

斐迪南的意思是要她看看現場情況，別再這麼任性。然而，好像只有蒂緹琳朵一個人沒聽懂。她立刻面露不滿，瞪向斐迪南。

「斐迪南大人，我已經說我想要那隻蘇彌魯了唷。既然你是我的未婚夫，就應該實現我的心願。」

「……倘若妳只是想要魔導具，那麼等我在亞倫斯伯罕有了工坊，我保證會親手做給妳。羅潔梅茵，不好意思，等我有了工坊再麻煩妳送來設計圖。」

……這是既然要做魔導具，就給他工坊的意思吧。

發覺斐迪南只是假裝答應她任性的要求，其實是想得到自己的秘密房間兼工坊，我馬上堆起笑容幫忙。

「那等斐迪南大人有了工坊，再請聯繫我吧。我會立刻寫信送去設計圖。」

「哎呀，好棒喔。未婚夫居然願意為您親手製作，真是太好了呢。」

漢娜蘿蕾也微笑說道，想讓這件事就此圓滿落幕。然而，蒂緹琳朵並未露出高興的笑容，只是搖了搖頭。

「斐迪南大人必須等到星結儀式過後才能有自己的工坊，那還是很久以後的事情吧。而且在別人比我更早擁有之前，我現在就想要。反正羅潔梅茵大人有設計圖，那妳再做一個不就好了嗎？」

眼看事情正要圓滿落幕，卻在轉瞬間回到原點。斐迪南嘆著氣輕敲起太陽穴。齊格琳德與漢娜蘿蕾則是面色尷尬地互相對望。

「蒂緹琳朵大人，妳總像這樣對艾倫菲斯特提出要求嗎？」

「當然呀。因為我是亞倫斯伯罕的下任奧伯嘛。」

最終齊格琳德按住額頭。見狀，斐迪南輕挑單眉、面帶微笑，齊爾維斯特則是聳了聳肩。就在這時，莉瑟蕾塔在我身後彎下腰，用只有我能聽見的聲量說：

「羅潔梅茵大人，不如把正在展示的蘇彌魯送給蒂緹琳朵大人吧？我再做一隻就可以了。」

「莉瑟蕾塔……」

「您也不想看見斐迪南大人如此為難的模樣吧？」

我點了點頭。雖然靠我自己做不出來，但如果莉瑟蕾塔願意重做一隻的話，與其讓斐迪南這麼為難，不如送出蘇彌魯還比較乾脆。

「那麼，等領地對抗戰結束後就送給您吧。如您所說，再重新縫製一隻要讓予他人的蘇彌魯。」

「哎呀，我太高興了！」

蒂緹琳朵開心喊道，斐迪南則向我道歉：「羅潔梅茵，抱歉。」

「斐迪南大人，請您別放在心上。我的侍從手很靈巧，願意再做一隻新的蘇彌魯喔。」

「但是……」

明明不想讓斐迪南露出這種表情，結果好像並不順利。這下該怎麼辦？我正感到苦惱時，漢娜蘿蕾微微一笑。

「雖然我還未去參觀，但說不定那隻蘇彌魯又將成為艾倫菲斯特的新流行呢。」

漢娜蘿蕾為了緩和氣氛這麼開口後，齊格琳德也微笑頷首，將話題從蘇彌魯轉到髮飾上。

「是呀。說到艾倫菲斯特的流行，就會想起髮飾，蒂緹琳朵大人不佩戴嗎？今早我也看到了藍斯特勞德訂做的髮飾，非常精緻美麗呢。」

「當然我已經請斐迪南大人贈送髮飾了，但要等到明天的畢業儀式才戴給大家看。要是今天就戴，便沒有驚喜的感覺了吧？明天請拭目以待吧。」

……不了，不需要給我們驚喜。

「我會打扮得符合下任奧伯這個身分，出席畢業儀式。」

蒂緹琳朵挺起胸膛得意地這麼表示時，有隻奧多南茲飛了過來。由於在場有好幾個人，誰也不曉得奧多南茲要找誰，便全都稍微伸出手臂。最終，白鳥在我手臂上降落。

「羅潔梅茵大人，這到底是怎麼一回事?!妳從沒報告過會有這種留言喔！艾倫菲斯特故意騙了亞倫斯伯罕吧！」

傅萊芮默尖銳又高亢的話聲整整重複了三次，嗓門大到摀著耳朵聽反而剛剛好。不過，雖然聽到了她說什麼，我卻不明白她的意思。

「妳忘記報告什麼事情了嗎？」

「我應該所有事情都向傅萊芮默老師報告過了啊……發生什麼事了嗎？」

「那個，羅潔梅茵大人。能允許我發言嗎？」

允許莉瑟蕾塔發言後，她先是看向亞倫斯伯罕會場所在的方向，然後說了：

「雖然我只是猜想……但會不會是指蘇彌魯裡的最後那段留言呢？今天早上是繆芮拉將蘇彌魯帶過去展示，但傅萊芮默老師有可能只聽了一開始的一、兩段留言，並沒有聽到最後做確認。」

「最後有什麼嗎？今早聽完雷蒙特的說明，我還不由得扶額心想，這些留言還真是愚……真是奇怪。」

得知蘇彌魯布偶會滔滔不絕地講述情話後，斐迪南似乎只聽了一段錄音就放棄往下聽。他說他一聽到總共有十段留言，便不想把魔力浪費在聽男人說情話上，更遑論聽完了。

「那些情話都是從貴族院戀愛故事集裡摘錄出的句子。所以我在最後錄了一段廣告，以貴族院戀愛故事集為主，宣傳了艾倫菲斯特的書籍。」

「宣傳書籍嗎？」

我說明自己錄了怎樣的宣傳語後，蒂緹琳朵頓時橫眉豎目：「竟然讓亞倫斯伯罕的展示品為艾倫菲斯特做這種宣傳……」接著她憤然起身。

「恕我失陪！我還要去其他領地打聲招呼才行呢！斐迪南大人，我們走吧。」

為什麼不全部聽完做檢查呢？腦海中浮現這樣的想法，我愣愣看著蒂緹琳朵氣憤走掉。這時斐迪南輕笑一聲，也起身離席。

「枉費她們一再吹噓那是亞倫斯伯罕的研究，結果展示品卻宣傳了艾倫菲斯特的書籍……妳的行為還真是讓人無法預料。」

邁出腳步前，斐迪南輕輕地將手放在我的頭上說：「非常好。」

與王族的社交

沒想到我只是臨時起意錄了段廣告，竟天外飛來好運般地得到了「非常好」的評語，這就是稱讚沒錯！

……斐迪南大人說非常好耶。唔呵呵。

我回憶著斐迪南最後露出的淺笑與他輕輕放在自己頭上的大手，沉浸在喜悅當中。漢娜蘿蕾往我看來，一臉訝異地以手托腮。

「羅潔梅茵大人，您看起來很高興呢。」

「是啊，因為斐迪南大人給了我『非常好』的評語嘛。通常只有在帶領宿舍裡的所有學生在第一堂課就通過考試，或是以最快速度修完課、而且成績也沒下滑時，斐迪南大人才會稱讚我說『非常好』喔。如今他去了亞倫斯伯罕，我本來還以為今後只能透過信件得到他的稱許，所以非常高興呢。」

我原本期待著齊格琳德與漢娜蘿蕾會露出欣慰的笑容，說：「那真是太好了呢。」卻發現兩人的表情都有些僵硬。

「怎麼了嗎？」

「……沒什麼。只是聽到如此嚴厲的指導，有些吃了一驚。」

齊格琳德神色困窘地揚起微笑，像是好不容易才擠出這句話。由於這本來就是斐迪南的指導風格，所以嚴不嚴格我早就沒有感覺，但現在看來顯然他的指導並不屬於「非常好」，而是「非常嚴格」。

……啊，難不成她們又以為我遭到了虐待?!

「那、那個，兩位聽起來可能會覺得很嚴厲，但習慣以後就沒問題了喔。而且斐迪南大人在出發去亞倫斯伯罕之前，也不知道是不是因為離情依依，每次我一完成作業，就會讓我閱讀從沒看過的新書呢。其實斐迪南大人非常溫柔。」

……雖然有點嚴厲，但他並不可怕。

我極力強調斐迪南有多麼溫柔後，齊爾維斯特卻輕笑著擺了擺手。

「那些沒看過的書其實都是下一份作業，也只有會把看書視為獎勵的羅潔梅茵，才跟得上斐迪南那麼嚴厲的指導吧。」

……什麼?!因為偏術科的作業結束後，斐迪南大人都會遞來一本書說：「明天之前必須讀完，否則下個作業要開始了。」所以我一直以為那是獎勵！原來其實那些書也是作業嗎?!

我現在才知道這個事實，備受打擊地瞪大眼睛。就在這時，我發現披著黑色披風的一群人正往這裡走來。走在最前方的是亞納索塔瓊斯。去年曾一起過來的艾格蘭緹娜此刻並未同行，是因為有老師的工作要做嗎？我心裡有些失落。

「哎呀，王族過來了呢。等道完寒暄，我們便就此失陪吧。」

齊格琳德與漢娜蘿蕾站起來，準備要把位置讓給王族。然而下一秒，亞納索塔瓊斯馬上抬起手來。

「請留步，我也有話想對戴肯弗爾格的第一夫人說。」

儘管已經道完寒暄，戴肯弗爾格的兩人卻不被允許離開，只好重新坐下來。大家都在圓桌旁落坐後，亞納索塔瓊斯的右手邊是齊爾維斯特，左手邊是齊格琳德。我的左手邊則是齊爾維斯特，右手邊是漢娜蘿蕾。

「羅潔梅茵，抱歉，能麻煩妳變出那面風盾嗎？不僅如此，我還會使用指定範圍的防止竊聽魔導具。你們先退下吧。」

亞納索塔瓊斯吩咐自己的侍從準備魔導具時，我也變出舒翠莉婭之盾。多半都不懷有敵意或謀害之心，我們周遭沒有半個人被風盾彈出去。儘管如此，不光是準備好了茶水與點心的侍從們，亞納索塔瓊斯也要求護衛騎士離開防止竊聽魔導具所指定的範圍。

「護衛騎士也要退下嗎？」

「……是啊。你們應該猜得到理由吧。」

接下來的談話，與比迪塔時跑來亂事的中央騎士們有關吧。大概是都確實收到了報告，齊格琳德與齊爾維斯特皆沒有反對，也讓近侍們退到指定範圍外。眼看所有近侍都往後退開，齊格琳德率先開口。

「您這般小心警戒，請問是想說什麼事情呢？」

「首先容我說幾句怨言。儘管我已提醒過多次，卻怎麼也沒有改善的跡象。所以我一直在煩惱是否該召見監護人，同時等著領地對抗戰到來。方才與庫拉森博克談完話後，正好瞧見你們聚在一起，便把握這個絕佳的機會過來了。」

……呃～所以現在等於是與問題兒童的監護人們會面嗎？啊，這麼說來，去年發生了鞋拿斯巴法隆一事後，也曾召見過監護人，只不過來的不是養父大人而是斐迪南大人呢。總覺得有點懷念。

明明是去年發生的事情，感覺卻已經很久以前了。我不由得心生懷念，一邊環顧起四周，卻發現齊爾維斯特、齊格琳德與漢娜蘿蕾面對王族即將傾訴的怨言，全都神色僵硬、全身緊繃。現場的緊張氣氛讓我強烈意識到了自己的反應不合常理，急忙也嚴肅地板起臉孔。

「我想你們應該也知道，戴肯弗爾格與艾倫菲斯特實在惹出太多麻煩了。雖說為了促使孩子成長，貴族院禁止父母干涉過問，但我還是希望你們能想想辦法。尤其是羅潔梅茵與漢娜蘿蕾，自從妳們兩人入學，幾乎是每年都會惹出麻煩，規模還一年比一年大。」

他說在我們入學之前，戴肯弗爾格與艾倫菲斯特從不曾有過紛爭，也不會把複數的領地牽扯進來引發糾紛；還說艾倫菲斯特以前也不曾一口氣就上升好幾名，導致中小領地間的關係如此不睦。

「亞納索塔瓊斯王子，我可以發問嗎？」

「何事？」

儘管那雙灰眸望來時像是在說「別打斷我」，但還是下達了許可。

「您說的戴肯弗爾格與艾倫菲斯特之間的紛爭，是指迪塔嗎？」

「不然還有其他嗎？」

「如果是為此斥責我們，恕我不能接受。」

我話才剛說完，齊爾維斯特急忙制止：「羅潔梅茵，妳不要反駁王族。」但我與臉色大變的齊爾維斯特對視，搖了搖頭。

「養父大人，不管對象是王族還是上位領地，如果不說清楚自己的想法，對方又怎麼會明白呢。就是因為不論別人說什麼我們都保持沉默，才會平白被人誤解，負面傳聞也越傳越開，說得好像那些事情都是真的。我認為在對方有了自己的見解之前，先解釋清楚是很重要的，更何況我也是挑選過了對象才這麼做。」

我環顧在座眾人這麼表示後，齊爾維斯特發出哀嚎般的低吼：「結果妳挑的對象就是王族與戴肯弗爾格嗎?!」

「是的。因為亞納索塔瓊斯王子有過只透過第三者往來溝通，結果無法與艾格蘭緹娜大人心意相通的經驗；剛才我們與戴肯弗爾格的第一夫人談過話後，不是也了解了共享情報與條件的重要性嗎？」

我當然不是對任何人都能開誠布公。或許標準與齊爾維斯特不太一樣，但我也會依自己的判斷來選擇可以坦誠的對象。不過，我不否認自己的挑選標準有可能不正確啦。

「羅潔梅茵，妳的主張固然有理，但也該站在艾倫菲斯特的立場想一想。」

「咦？可是，亞納索塔瓊斯王子還特意把近侍們屏除在外，不就是希望我們可以坦白說出自己的看法嗎？如果他希望我們謹守分寸、保持沉默，不需要打造這樣的空間吧。」

我指向防止竊聽魔導具所指定的範圍與舒翠莉婭之盾。亞納索塔瓊斯一臉非常頭痛的樣子，並以充滿同情的眼光看向齊爾維斯特。

「奧伯．艾倫菲斯特，我非常能明白你的心情。但確實如羅潔梅茵所說，我希望你們能坦言不諱。那麼言歸正傳，羅潔梅茵，妳為何無法接受斥責？」

「因為我與漢娜蘿蕾大人從來沒有說過、也沒有想過要比迪塔。漢娜蘿蕾大人，您說對不對？」

我徵求同意後，漢娜蘿蕾先是嚇得一震，隨即連連點頭說：「是的。我從來沒有想過要比迪塔。」

「一年級那次，亞納索塔瓊斯王子應該也很清楚吧？是藍斯特勞德大人為了休華茲與懷斯的管理權，突然向我們發動攻擊。之後洛飛老師便提議，那就比場迪塔來決定誰能擁有管理權。」

二年級那次則是因為奧伯．戴肯弗爾格。領地對抗戰時，他態度強硬地表示如果我們想得到戴肯弗爾格史書的印刷權，就得比場迪塔，最後是由斐迪南與海斯赫崔一對一單挑。雖然我確實想要印刷權，但如果可以的話，更想藉由交涉來談定結果。

三年級這次，是藍斯特勞德強迫我們比迪塔，要求我們取消已徵得國王同意的婚約。還威脅我們說如果不答應比迪塔，就要以上位大領地的身分向奧伯施壓，最終才演變成了現在這樣的局面。

「我與漢娜蘿蕾大人基本上都只是受到牽連而已。明知艾倫菲斯特無法拒絕，戴肯弗爾格的男士們卻仍是仗著上位領地的出身提出比迪塔的要求，真要怪罪的話也應該直接找他們才對。」

亞納索塔瓊斯神情複雜地看向戴肯弗爾格的第一夫人，無力說道：「以後記得悉數回絕。」

「好的。至今因為大家一直跟我說不能違抗上位領地，但剛才齊格琳德大人也同意了，說我們可以拒絕比迪塔的要求，所以從今往後艾倫菲斯特不會再比迪塔了。請您放心吧。」

接著我挺起胸膛，面帶微笑轉過頭說：「養父大人，您看。現在我們也得到了王族的同意，以後不用擔心了喔。」然而，齊爾維斯特卻是扶額僵直不動。明明王族與齊格琳德都同意以後我們可以拒絕了，應該高興才對，為什麼要扶著額頭呢？

「還有，不光是為了艾倫菲斯特，我也想為下位領地提個請求。當有人為了在課外比迪塔而申請使用訓練場時，希望王族不要輕易下達許可。最好是在下達許可之前，可以稍微表達關切，了解一下比迪塔的理由，否則下位領地根本無法拒絕。與其事後才在調停時開口斥責，不如事前就確認過雙方的意願，這樣我們會非常感激。」

因為每次都是超級想比迪塔的戴肯弗爾格準備好場地，再由騎士課程中權力最大的洛飛興沖沖地跑去向王族徵得許可。就算下位領地其實不想比迪塔，也沒有人會聽到他們的意見。

「奧伯．艾倫菲斯特，這是羅潔梅茵的想法，但真的事前先確認過雙方意願，會對下位領地有幫助嗎？」

「……這麼做確實會令我們十分感激。儘管有時候就算問了我們意見，考慮到與上位領地間的關係，還是無法如實回答，只能答應下來吧。但至少會產生王族在庇護著我們的真實感，也會感謝王族願意表達關切。」

「嗯，那我們會好好考慮。」亞納索塔瓊斯點頭說道。這樣一來，迪塔的犧牲者應該會減少一些吧。

「再來，關於中央的騎士在比迪塔時跑去擾亂一事，在此向各位致歉。那三名騎士主張為了君騰，應由王族取得聖女，於是擅自行動。只不過，錫爾布蘭德確實說過羅潔梅茵接到戴肯弗爾格的求婚後十分為難，所以想要幫助她，因此也有人認為三名騎士可能是把他的請求解讀成了王族命令。但當然，此次國王並未下令，加上他們還煽動了中小領地的學生，因此無疑需要受罰。我們預計施以嚴懲。」

隨後亞納索塔瓊斯嘆氣表示，但他們還是查不出三名騎士為何突然做出這種失序行為。尤其那三個人在中央騎士團內的位階相當高，原本還屬於國王最信任的那一群人，因此對於他們的失控行為，聽說國王最受打擊。

聽到話題變成了跑來搗亂的幾名騎士，我與齊爾維斯特對看一眼。這正是告知圖魯克的絕佳時機。

「亞納索塔瓊斯王子，請問您知道圖魯克這種植物嗎？」

「羅潔梅茵！晚點再說。」

齊爾維斯特看向還在座的兩位戴肯弗爾格訪客，但我搖了搖頭。

「我認為現在是絕無僅有的好機會喔。如今中央騎士團已經無法信任，萬一尤根施密特境內再發生什麼大事，能夠仰賴的就只有戴肯弗爾格的騎士了吧。雖然他們凡事都要扯上迪塔讓人很頭疼，但實力確實無庸置疑，沒有任何一個領地比得上。」

不管是去年遇襲時的應對之迅速，還是現在已能藉由跳舞取得祝福，這些事情都讓我覺得最好也讓戴肯弗爾格知道內情。況且，此刻在這裡的並不是凡事都喜歡扯上迪塔的奧伯，而是必須為男人們收拾善後、做好事前準備的齊格琳德。

「由於我對圖魯克並不清楚，就交給養父大人說明了。」

其實是因為我不曉得領內的事情可以透露多少，便編了一個不過不失的理由，交由齊爾維斯特發言。

「我未曾聽說過圖魯克這種植物，戴肯弗爾格知道嗎？」

「不，我也從未聽聞。那是什麼樣的植物呢？」

在齊格琳德與亞納索塔瓊斯王子的注視下，齊爾維斯特按著肚子，最終下定決心般地抬起頭來。

「聽說圖魯克只要在乾燥之後以火焚燒，便會散發一種甜香，能夠強烈混淆他人的記憶、使人產生幻覺、帶來飄飄然的快感，是種非常危險的植物……迪塔遭到擾亂後，一名見習騎士曾向我們報告，說他上前向亞納索塔瓊斯王子告退的時候，在被捕的騎士們身上聞到了圖魯克的香氣。因此我們在猜想，中央內部很可能有地位極高的人在使用圖魯克。」

亞納索塔瓊斯與齊格琳德雙雙瞪大眼睛。

「奧伯．艾倫菲斯特，關於圖魯克你再說明得清楚一點！」

亞納索塔瓊斯急切地要求更多說明，齊爾維斯特卻是緩慢搖頭。

「具體細節艾倫菲斯特也不清楚。但在領內，曾有與他領串通的反叛者在秘密集會上使用過圖魯克，導致我們無法察看記憶、取得反叛證據。這回察覺到香氣的那名見習騎士，曾與父母一同參加過秘密集會，後來以自己尚未成年為由，很快便離開了現場。他說當時明明正值夏季，暖爐裡卻點著火，屋內還彌漫一股甜香。根據他的證言，再加上反叛者們的記憶皆模糊不清，一名文官才推斷出也許是圖魯克。」

齊爾維斯特接著說明那名文官已經超過五十歲，是就讀貴族院時便已卸任的藥草學老師告訴了他們圖魯克這種植物。

「他說當年那位老師說了：『儘管附近沒有這種植物，多半不會有人使用，但你們還是要記下來。』文官也說了他並不清楚圖魯克產自何處，也沒在艾倫菲斯特領內發現過。我想您只能去找年紀比他更大、而且上過特殊藥草學課的文官詢問詳情，不然就是要到中央查找多不勝數的資料。艾倫菲斯特已無法提供更多資訊。」

「是嘛。」亞納索塔瓊斯點點頭，然後目光犀利地看向齊爾維斯特。

「奧伯・艾倫菲斯特，你方才說了反叛者曾與他領串通，那個他領是哪個領地？這才是最重要的情報吧。」

現場一陣緊張。經過數秒鐘的沉默後，齊爾維斯特開口。

「……便是家姊喬琪娜如今已成為第一夫人的亞倫斯伯罕。」

令人窒息的靜默頓時降臨。

「亞納索塔瓊斯王子，我能提供的情報便是以上這些。」

「……感謝你的協助。艾倫菲斯特的貢獻可謂難以計量。」

亞納索塔瓊斯吐了口氣，接著告訴我們多虧了前陣子在奉獻儀式上取得的魔力，他們發動了好幾個重要的魔導具；到處奔波提供魔力以後，這些天君騰也終於能夠稍事歇息。

「父王十分感謝羅潔梅茵與一直守護著儀式的艾倫菲斯特。只要你們希望，明年的領地排名應該還能提升不少……奧伯．艾倫菲斯特，你覺得呢？」

亞納索塔瓊斯的灰色眼眸靜靜注視齊爾維斯特。他的目光平靜又肅穆，正藉此試探齊爾維斯特能否說出領主該有的回答。齊爾維斯特也以他深綠色的雙眼筆直回望王子，開口回道：

「……關於領地的排名，我希望維持現狀。誠如王族與戴肯弗爾格所言，艾倫菲斯特領內幾乎沒有貴族具備了上位領地該有的應對進退。充其量只有過往一直與艾倫菲斯特保持距離、同時還與上位領地有往來的斐迪南，以及在他手下接受過教育的羅潔梅茵及其近侍吧。」

一旦排名再往上升，我們更會被逼著要表現出上位領地該有的樣子，但現在我們連要團結領內的貴族都得殫心竭慮，實在沒有多餘的心力與他領打交道。

「政變當時，艾倫菲斯特未能為君騰貢獻一己之力，希望能以這次的貢獻彌補當年的未盡之處。」

「……這提議不錯。我會回去稟報君騰。」

齊爾維斯特並請求，希望下次的領主會議不要提升領地順位，但相對地艾倫菲斯特今後可以擁有與獲勝領地相同的待遇。對此，亞納索塔瓊斯輕輕頷首。

「此外，這是王族的委託。領主會議期間，我們希望漢娜蘿蕾與羅潔梅茵能夠每天至貴族院圖書館報到。」

他說王族必須在那段時間造訪圖書館，因此希望管理鑰匙的我們提供協助。

「我是沒關係，但王族不考慮改由中央的上級文官管理鑰匙嗎？」

「其實本有這個打算，但最後還是決定維持原樣最為妥當。因為如今已不用懷疑妳們會有反叛或謀害之心，妳們也不需要參加領主會議。願意幫這個忙嗎？」

如今也許有人用圖魯克操控了中央騎士團裡的人，難保文官不會同樣遭到操控。

「請交給我吧！」我鏗鏘有力地答應後，思索了一會兒的漢娜蘿蕾也點點頭。

「剛好我也有儀式想要調查，雖然不像羅潔梅茵大人那麼精通古文，但若能幫上王族的忙，我願意盡棉薄之力。」

聽完我們的回覆，亞納索塔瓊斯再看向監護人們。齊爾維斯特與齊格琳德也點了點頭表示同意。

「亞納索塔瓊斯王子，我真的可以進入書庫嗎？」

這是最最重要的事情。我滿心期待地詢問後，亞納索塔瓊斯沒好氣地看向齊爾維斯特，點頭道：

「當然。而且這樣一來，領主會議期間用不著我親自動手，妳的監護人也會負責把妳帶出書庫吧。」

亞納索塔瓊斯順勢揭露我之前因為遲遲不肯離開近侍們無法進入的書庫，給兩位王子造成了困擾。我嚇得倒吸口氣，齊爾維斯特則是臉色慘白地賠罪。

「早已耳聞這個眼裡只有書的愚昧養女，給兩位王子添了不少麻煩與困擾，在此致上十二萬分的歉意。儘管我們也已盡力嚴加管教，但如今支撐著艾倫菲斯特的最高神祇及五柱大神少了一柱，造成的影響委實太過巨大。若有辦法能夠安撫失去了蓋朵莉希後正失去控制的埃維里貝，還望不吝賜教。」

齊爾維斯特忙不迭道歉後，亞納索塔瓊斯苦澀地沉下臉來看我，低聲喃喃：「原來負責管教的是斐迪南嗎？」

……嗯？什麼意思？

與偏頭不解的我不同，亞納索塔瓊斯與齊爾維斯特似乎完全明白對方的意思，看向我後一致扶額。

「原來如此。若是這麼一回事，我也明白你的主張，但如今已是覆水難收。根據先被派往亞倫斯伯罕的文官們所言，他似乎一個人就能處理完大量公務。他們還很高興地表示，再過不久領地的狀況就能有所改善。因此現在不能讓斐迪南離開，致使亞倫斯伯罕陷入危機。」

亞納索塔瓊斯說了，目前還開著的國境門就只剩下亞倫斯伯罕鄰海那一座。如今因為古得里斯海得遺失，其他國境門皆無法開啟，所以與他國的往來交涉全由亞倫斯伯罕負責。反過來說，無論發生什麼事情，國王也無法關閉國境門。

「現在和其他國家也有什麼問題嗎？」

「……可能會與蘭翠奈維有些紛爭。」

看到亞納索塔瓊斯字斟句酌的模樣，我想起了斐迪南曾在信上說過，蘭翠奈維將會送來阿妲姬莎的公主。

「不過，這應該和你們沒什麼關係……」

將有公主進入阿妲姬莎離宮這件事本身，確實和我、也和艾倫菲斯特沒有關係。但斐迪南身為阿妲姬莎之實，如今正待在得擔任聯絡窗口的亞倫斯伯罕領內，那就不能算是毫無關係了。

「現在斐迪南大人已經去了亞倫斯伯罕，所以這與艾倫菲斯特也有關係喔。若有任何情況，還請不吝告知。我一定會去幫助斐迪南大人。」

「妳去了只會把事情鬧得更大！」

不知為何，亞納索塔瓊斯與齊爾維斯特竟然異口同聲。

與他領的社交

「要告訴你們的事情已經說完了。」

談完話後，亞納索塔瓊斯站起來，吩咐我消除舒翠莉婭之盾，再走到防止竊聽魔導具的指定範圍外，指示近侍們回收魔導具。

近侍們開始動作後，發現艾倫菲斯特的侍從們要重新泡一壺茶，亞納索塔瓊斯立即制止：「不必了。」接著他看向齊爾維斯特。

「今日的收穫遠超預期，在此謝過。我必須盡快回去才行……噢，對了。奧伯·艾倫菲斯特，中央神殿說了：『儀式期間怎可讓騎士站在祭壇上，這是對神的大不敬行為。必須讓青衣神官及巫女同行。』既然艾倫菲斯特就連領主候補生也願意穿上青衣，想必沒有問題吧。」

言下之意肯定是說只要讓護衛騎士穿上神官服，就能肆無忌憚地帶著他們走上祭壇。也就是讓已經成年的護衛騎士穿上青衣神官及巫女服，再由他們保護我。

……只要開口拜託，我的護衛騎士們應該願意穿吧？

我走下椅子，消除舒翠莉婭之盾。確認魔導具已回收，亞納索塔瓊斯向齊爾維斯特他們打過招呼後，旋即轉身揚長而去。

「那我們也失陪了，畢竟已經叨擾了很長一段時間。」

齊格琳德這麼寒暄說完，帶著漢娜蘿蕾一同離開。披著藍色披風的一行人離去後，接著來訪的是披著紅色披風的庫拉森博克。

「奧伯・艾倫菲斯特，方便打擾嗎？」

「奧伯・庫拉森博克，當然。」

齊爾維斯特道完寒暄，我也向對方說出初次見面的問候語。

「奧伯・庫拉森博克，我是羅潔梅茵，歷經生命之神埃維里貝的重重嚴格遴選，得以有幸與您會面，願能為您獻上祝福。」

「准許妳……在兩位與戴肯弗爾格以及亞納索塔瓊斯王子談話的時候，我先去參觀了貴領發表的共同研究，成果真是精采。雖說是共同研究，但兩邊發表的內容卻不太相同，實在教我吃驚。」

在邀請下落坐後，趁著侍從們在準備茶點，奧伯・庫拉森博克也把見習文官們在參加過共同研究後的感想告訴我們。

「他們異口同聲表示，自己體驗到了真正的儀式。還說當時眾人的祈禱合而為一，體內的魔力被往外釋出後，帶有貴色的光柱便往上竄起，那幕景象既壯觀，又教人感動得眼眶發熱。對於一直以來支撐著基礎的領主一族，以及支撐著尤根施密特的王族，也自然而然地心生感激之情。總之，可以說是大受震撼。」

之前克拉麗莎曾幫我蒐整了戴肯弗爾格見習文官們的意見，所提供的報告裡也有類似的感想，但由於她講話經常誇大，當下我只信了一半。

……加上當時艾倫菲斯特的上級文官們都因為魔力流失過多而渾身無力，只表示

「原來這就是儀式啊」，所以我完全不曉得其他人是這種想法。

在艾倫菲斯特，韋菲利特與夏綠蒂會為了祈福儀式和收穫祭前往各地；我則在彈琴時釋出過祝福、跳奉獻舞時還設法不讓祝福溢出，也治癒過採集場所、比迪塔時不斷引發光柱。可能是因為見識過以上種種，領內參加了儀式的上級文官們，反應主要都是理解與了然。

……艾倫菲斯特的學生會異於他領、這麼習慣祝福，該不會是我的關係吧？

「請問明年也會舉行儀式嗎？除了文官，也有許多人希望能有機會體驗……」

「這次只是因為要與戴肯弗爾格進行共同研究，來年並無再次舉行儀式的計畫。況且也不能每年都請大家提供珍貴的魔力嘛。」

「但我聽聞，當時艾倫菲斯特曾發送相當具有效果的回復藥水。若有那個藥水，我們願意再次提供協助。這麼做想必也能為王族分憂解勞。」

今年因為是我慫恿了大家去比迪塔，也為了讓大家協助我們做研究才會準備回復藥水，但我沒打算發展成每年的例行性活動。因為儀式的準備工作不知道剝奪了我多少看書時間。又不是為了研究，為什麼我得做這種勞心勞力的事情？而且現在不僅監護人，就連王族也要我別再做出無謂的舉動。

「倘若大家願意提供在領內神殿蒐集來的魔力，相信王族定會喜出望外吧。當初我舉行儀式，其中一個目的就是希望大家可以重新正視神殿。真高興奧伯．庫拉森博克能明白我的用心呢。」

想要舉行儀式的話，各個領地都有神殿，請自己看著辦吧——我這麼暗示後，奧伯．

庫拉森博克顯然是聽懂了，輕揚起眉看向齊爾維斯特，眼神大概正在說：「說服一下你養女吧。」齊爾維斯特扯開有些僵硬的微笑後，假咳一聲。

「此次的儀式是共同研究的一環，因此屬於學生的活動範圍，基本上我無權過問。再者，最奧之間由中央神殿負責管轄。只是為了研究而使用這麼一次倒還好，但若要在貴族院內頻頻舉行儀式，只怕王族與中央神殿的關係會更加惡化。如今艾格蘭緹娜大人已嫁予王族，庫拉森博克也不樂見這種情形發生吧？」

齊爾維斯特以父母無權干涉孩子在貴族院的行動，以及中央神殿與王族的關係有可能惡化為由，委婉拒絕了要求。多半領悟到了我們完全沒打算答應，奧伯．庫拉森博克微微沉下臉改變話題。

「今年前往貴領買賣物品的商人向我報告過，說艾倫菲斯特領內有許多稀奇罕見的東西。儘管早已聽聞正在貴族院內流行的新書籍都是在相隔遙遠的基貝土地上製作，但據說就連在城市裡頭，也有未曾見過的物品。」

他舉出了商人們在住宿時發現的手壓式幫浦，以及坐起來舒適宜人的馬車。第一年因為做好的幫浦寥寥可數，商人們大概誰也沒有注意到，但到了第二年幫浦就已相當普及，想必會吃驚於才一年的時間就有這麼大的變化吧。

「他們還提出請求說了，尤其是可從水井裡汲水的幫浦堪稱前未所見的新發明，非常希望庫拉森博克也能引進。」

聞言，齊爾維斯特看向身後的文官。哈特姆特上前一步，為齊爾維斯特說明。由於每次我與平民區的商人們會面，哈特姆特一定都會在場，因此他也十分了解平民區的情況。

「很遺憾，目前幫浦還不到可以量產的階段。恕我直言，暫時也都還沒有向外販售的打算。因為幫浦需要製作非常精密的零件，但做得出來的工匠並不多。」

幫浦的精密零件都由約翰負責製作，故而還無法量產。主要也是因為在推廣至他領之前，我們還是希望能先在艾倫菲斯特的平民區裡普及。如果想讓城市南邊的水井也都裝有手壓式幫浦，那現在還不能賣給他領。哈特姆特說完，齊爾維斯特點一點頭，依此回覆奧伯．庫拉森博克。奧伯「嗯……」地沉吟。

「但艾倫菲斯特的工匠不行，也許庫拉森博克的工匠做得出來。」

這時奧伯．庫拉森博克身後的文官走上前，附在主人耳邊低語。

「那如果和先前購買磅蛋糕的食譜一樣，這次也向貴領購買手壓式幫浦的設計圖，不知是否可行？」

齊爾維斯特盤起手臂陷入沉思，身後的哈特姆特則是回道：「這恐怕有困難。」同時還往我看來。

「設計圖在艾倫菲斯特是由鍛造協會負責管理，每做好一個幫浦，得依照規定支付使用費給設計者羅潔梅茵大人與鍛造工匠。儘管確實能把設計圖賣給庫拉森博克的鍛造協會，但若無法管理得與艾倫菲斯特的鍛造協會一樣妥當，恕我們無法答應。」

哈特姆特看向庫拉森博克的奧伯與文官們，揚起嘴角微笑。

「至於庫拉森博克的鍛造協會能否管理得當……大領地要費心去留意平民的一舉一動，只怕不容易吧。」

……哈特姆特！你這意思根本在說之前商人都已經為所欲為了，所以我們無法相信庫拉森博克嘛！雖然也沒說錯啦。

「總之能否妥善管理，相信奧伯得先與領內的人好好商議。等到了領主會議上再詳談吧。」

齊爾維斯特說完，便結束了與奧伯．庫拉森博克的談話。

與庫拉森博克談完話後，接著來訪的是多雷凡赫，再接下來是哈夫倫崔與格里森邁亞。相繼來訪的奧伯們都希望艾倫菲斯特能與更多領地展開貿易，但我們的回答千篇一律：「今年恐怕還不太可能。」過不久第四鐘響起，用午餐的時間到了。

回到宿舍要用午餐時，我已經精疲力竭。由於齊爾維斯特同意了我以騎獸返回宿舍，回來的一路上我都使用騎獸。

「好累喔……」

「因為上位領地接連來訪啊。不過，我很慶幸還好有妳和哈特姆特在。」

關於印刷業與最近開始販售的書籍，齊爾維斯特與文官們都還有相關知識，但不太了解商人只在平民區見過的手壓式幫浦與馬車。我向剛才提供了完美支援的哈特姆特道謝。

「能為羅潔梅茵大人效勞是我的榮幸。不過，這些本是奧伯文官該了解的事情吧？明明呈獻給奧伯都已經過了一年以上，為何文官們還不清楚？」

「因為了解詳情的文官最近才被免職。」

齊爾維斯特小聲回答後，我立刻明白了文官是受到肅清波及。

「嗯。不過，這些事情總不能都只交給妳，我也該重新去平民區巡視，了解平民區現在的情況吧。畢竟斐迪南不在了，我已無法取得平民區的情報。」

以前斐迪南都會把我的報告和尤修塔斯蒐集來的消息提供給齊爾維斯特，但是現在他已經不在了。齊爾維斯特必須自己要有能夠了解平民區情況的管道。

「與其養父大人親自出馬，還是應該交給文官他們，並指示我的近侍陪同吧。因為前往視察的文官要是敢在平民區亂來，我絕對不會輕饒。但比起這件事情，是不是該優先整頓好葛雷修，好迎接更多商人呢？」

「今年有妳的魔力，應該沒問題吧。既然如此，我看可以增加貿易對象……」

「不行啦。還是得先觀察一年的時間，確保葛雷修的平民區能夠維持乾淨整潔，而且還得備好旅館、教員工如何招待客人。無論如何都需要一段準備時間。」

艾倫菲斯特的平民區都是多虧了古騰堡夥伴和士兵們積極參與，努力維持街道的整潔。但是，葛雷修並沒有這種團結一心的情況。到時候只能交由基貝負責，但基貝看來也只會下達命令，並不會傾聽平民的意見。儘管我很希望這種情況已經有些改善，但萬一奧伯在這時強行下令，受苦受難的絕對是平民而非基貝。

「但就和當初交給商業公會與普朗坦商會一樣，這件事也交給葛雷修的商人們負責即可吧。」

「養父大人，您若要求葛雷修得立即整頓到可以迎接他領的商人，這就和國王要求我們得馬上邀請所有奧伯來城堡、接待時還得表現得符合排名一樣喔。難道您不會想抗議說，這是強人所難，應該給我們一點準備時間嗎？」

要是國王強行下令，艾倫菲斯特必須馬上就能完美地接待他領訪客，您會作何感想呢？——聞言不光齊爾維斯特，近侍們也靜默下來。

「艾倫菲斯特必須盡快跟上變化的腳步是不爭的事實。但我們還是多給葛雷修一點時間，做好萬全的準備吧。」

最後暫且得出的結論，就是得與基貝．葛雷修好好商量，盡快整頓好葛雷修的平民區，以備接待他領商人。

接著午餐席間，齊爾維斯特將契約書一事告知韋菲利特。他也提醒韋菲利特，簽名的時候一定要小心受騙上當，簽名前更要先與文官確認過沒有任何問題。

「因為藍斯特勞德大人說過，他向神發誓，只要我們贏了求娶迪塔就不會再向羅潔梅茵求婚，所以我還以為他會無條件地放棄要我們解除婚約。」

「這點我也一樣喔，韋菲利特哥哥大人。」

但是，孩子們在貴族院許下的口頭約定，跟白紙黑字的契約書比起來，想也知道哪一邊更具公信力。以後一定要小心。

「關於沒有再次確認條件一事，往後我一定小心。可是，當時我簽署的文件並不是契約書，這點絕無問題。」

「乍看下我也沒有發現那是契約書，但聽說那是比求娶迪塔時一定要簽訂的契約喔？」

雖然看起來只是張寫了需履行條件與參加人數的報告書，但簽了名以後就變成契約書。我們完全被藍斯特勞德耍得團團轉。聽見我與齊爾維斯特這麼說，韋菲利特與他的近侍們對看一眼後，搖了搖頭。

「怎麼可能。那張紙是向戴肯弗爾格申請宿舍經費所需的必要文件，但只在戴肯弗爾格領內有效而已。」

可能是藍斯特勞德這麼告訴他的，韋菲利特堅稱那份文件只在戴肯弗爾格領內具有效力。

「韋菲利特，但從你簽名的那一刻起，契約就成立了。」

「這絕對不可能。艾倫菲斯特是其他領地，契約不可能成立。因為那並不是正式契約……對了，羅潔梅茵，這不是妳跟我說的嗎？」

韋菲利特板起臉孔向我瞪來，說：「難道妳騙了我嗎？」我不明所以地歪過頭。

「是我跟您說的嗎？」

「對啊。是妳告訴我，簽訂正式契約時一定要使用羊皮紙協會的羊皮紙，便宜的艾倫菲斯特紙只能用來做筆記和寫報告書。還說了以艾倫菲斯特紙寫成的契約並不具有正式效力，提醒過我要小心吧？」

「啊！」

我與齊爾維斯特同時喊道，互相對望。

……所以才會明明紙上簽了名字，我與養父大人都不覺得那是契約書吧。

除了紙上的內容讓我們乍看下以為那只是報告書，也因為對方使用的是艾倫菲斯特紙，而不是羊皮紙。

「不光藍斯特勞德大人說了那是申請經費所需的文件，我自己當然也確認過了。對吧，伊格納茲？」

「是的。當時我們還確認過，憑這份文件是否真能申請到經費。」

聽說藍斯特勞德回答了沒問題。他又想在比我們更占有優勢的情況下簽約，八成只說了這是為了申請經費吧。對此，韋菲利特說他簽名時，還一直在擔心憑著植物紙能否申請到經費。

「由於一年級時只有艾倫菲斯特在使用植物紙，他領的人在圖書館看到時，還會用奇異的眼光看我們。因此當時我還十分高興，現在居然連戴肯弗爾格也把植物紙列為常用紙張了……」

伊格納茲說完，對於自己身為韋菲利特的近侍卻如此沒有戒心，顯得有些消沉。韋菲利特看向他後，露出擔心的表情。

「當時戴肯弗爾格的見習文官好像只帶了艾倫菲斯特紙，也許並不曉得植物紙不能用來簽訂正式契約。」

由於有可能臨時需要用到羊皮紙，我們一向吩咐自己的文官要兩種紙張都帶。但是，韋菲利特說戴肯弗爾格的人只帶了植物紙。

「……養父大人，為免與羊皮紙協會起衝突，您在領主會議上簽訂販售契約的時候，應該提醒過大家，比較便宜的艾倫菲斯特紙不能用來簽訂正式契約吧？」

「嗯，那當然。因為這對他領的羊皮紙協會來說也是一件大事。但是，既然這次戴肯弗爾格拿了植物紙簽契約，代表他們很可能沒意識到。」

齊爾維斯特說完，我點點頭。說不定得向購買了植物紙的領地都重新提醒一次。

「那麼趁著午餐時間，先送去奧多南茲向戴肯弗爾格說明一下吧。」

畢竟提醒他們搞錯了紙張用途這種話，不適合在領地對抗戰的會場上讓其他人聽見吧。

「當初簽名的人是我，由我來送吧。」

韋菲利特吩咐伊格納茲送出奧多南茲。

「我也不至於這麼粗心大意，應該多相信我一點。」

「對不起喔，韋菲利特哥哥大人。」

不久後奧多南茲捎來回覆，以漢娜蘿蕾的聲音說：「韋菲利特大人，感謝您特意告知。我們以後會多加小心。」與此同時，我還在背景當中聽見齊格琳德的聲音：「你說你全都用來作畫了是什麼意思？」

釐清了對契約書的認知與言行的差異後，我接著問起共同研究。因為領主一族光是接待訪客就已經忙得分身乏術，實在抽不出時間去察看共同研究的情況。

瑪麗安妮雙眼燦亮，最先開口回答。她說這次與多雷凡赫的共同研究，賈鐸夫過來看了艾倫菲斯特發表的成果。聽說他看到現場擺出了與研究內容不一樣的展示品時，嚇了一大跳。

「我說明了展示品是羅潔梅茵大人提出的想法，並由我們親手製作後，賈鐸夫老師大吃一驚呢。他說沒想到明明源自相同的靈感，我們居然可以做出這種幾乎不消耗魔力的魔導具。」

由於用魔石滑過寫有樂譜的亞麥紙便能發出樂聲，所以我們的大方向一樣，都是據此做出可以自動演奏音樂的魔導具。但是，多雷凡赫與艾倫菲斯特最後的成品卻是截然不同。

「賈鐸夫老師還稱讚艾倫菲斯特有進步了，竟然能瞞著他完成這些事情。」

她說賈鐸夫很為我們的成長感到高興，還說身為研究者一定要懂得如何隱匿研究內容與重要情報，這次我們能保密成功、帶給他驚喜，可說是很大的進步。另外像是可以讓書本回到指定位置上的魔導具，他也說很想引進自己的研究室。伊格納茲他們向我報告時，一併說了參觀訪客有什麼反應。

「賈鐸夫老師走到我們這邊來以後，針對圖表問了很多問題呢。」

想起賈鐸夫當時的樣子，菲里妮露出苦笑說道。這次發表共同研究的成果時，我們使用了小學生程度的簡易圖表，應該可以一看就懂。但由於至今從未有人將數值畫成圖表過，聽說賈鐸夫後來根本不在乎研究的內容，連珠炮般地針對圖表發問。

「到後來演變成了菲里妮負責說明共同研究，我負責說明圖表。」

羅德里希說最後就由他負責接待賈鐸夫，不斷回答有關圖表的問題。但沒想到不知不覺間，越來越多老師聚集前來，他說自己簡直像在對老師與他領文官們講課一樣，整個人坐立難安。

「老師說他決定明年多雷凡赫發表的研究成果也要使用圖表，還說了很希望能與羅潔梅茵大人一起研究。」

「羅德里希可以清楚說明，真是太好了呢。」

其實圖表還分很多種，以後再慢慢公開吧。此外，菲里妮與羅德里希在為共同研究做說明的時候，繆芮拉似乎去參觀了他領的研究成果。

「去參觀戴肯弗爾格的研究成果時，我聽說他們會在迪塔比完後實際舉行一次儀式喔。克拉麗莎大人告訴我，由於多數領地的成年人從未見識過迪塔的儀式，他們便決定實際跳一遍給大家看。」

她說學生們比完迪塔以後，戴肯弗爾格的成年騎士們將會上場舉行儀式，比完競速迪塔後，最後再示範怎麼奉獻魔力。聽說奧伯．戴肯弗爾格可是鬥志高昂。

「那場面一定很壯觀吧。」

戴肯弗爾格連學生跳起戰舞來都很有氣勢，成年騎士們的戰舞肯定更是精采。

「對了對了，我還與約瑟巴蘭納的蕊兒拉娣大人聊了幾句唷。她說她雖然很想為取得加護一事向羅潔梅茵大人道謝，但看您忙於接待訪客，只能遺憾放棄。」

約瑟巴蘭納領地排名第十，在主要於上半場走動的領地當中，說是最後一名也不為過。眼看王族與上位領地相繼湧入，聽說她根本不敢靠近半步。

「另外，也是因為我告訴過她的關係，聽說蕊兒拉娣大人去亞倫斯伯罕參觀時，把錄在蘇彌魯魔導具裡的情話都聽完了，聽得十分開心呢。還說她聽到最後的書本宣傳時，真是迫不及待想買書。」

該不會就是蕊兒拉娣在亞倫斯伯罕那裡播放了我的廣告吧？想起斐迪南曾稱讚我說「非常好」，我也試著小聲說：「蕊兒拉娣大人，非常好。」

「不過，因為約瑟巴蘭納尚未與我們展開貿易，她還無法買書。看到蕊兒拉娣大人那麼惋惜的樣子，我便建議她可以試著自己撰寫故事、製作書籍。說不定以後會有越來越多新書問世呢。」

她說蕊兒拉娣對此表現出了非常大的興趣。我笑著稱讚繆芮拉。

「繆芮拉，妳做得很好喔。」

栽培新作家是非常重要的事情。蕊兒拉娣是上級見習文官，也許能成為像艾薇拉那樣的作家吧。懷抱著新作家即將誕生的預感，我吃完了午餐。

與法雷培爾塔克的社交

「羅潔梅茵大人，您還是決定今年不給予我們祝福嗎？今年傳萊芮默老師也許又會故意刁難。」

下午，萊歐諾蕾代表將比迪塔的見習騎士們上前一步問道。憶起去年大家與渾德爾泰連苦戰的模樣，我再看向一臉不安、眼帶懇求地朝自己望來的見習騎士們。但是，我已經打定主意不再給予大家祝福了，所以搖搖頭說：

「之前就算沒有祝福，訓練時比模擬賽也得到了第六名吧？代表大家的實力沒有問題，而且要是太過依賴我，也對大家的成長沒有幫助。」

「是。」萊歐諾蕾非常乾脆地退回原位。跟只是做個樣子問問看的萊歐諾蕾不同，柯尼留斯歪過頭問：

「羅潔梅茵大人，您今年為何不給予祝福？既然戴肯弗爾格能取得祝福，我們最好也該擁有祝福。而且有無您的祝福，比賽結果會有很大的差異。」

「現在戴肯弗爾格是所有人齊心協力，自行取得祝福。要是只有艾倫菲斯特每次都是倚賴我給予的祝福，以後可就糟了。」

……再加上艾倫菲斯特現在的方針，是要維持現有排名。

不過，這是在使用防止竊聽魔導具時聽到的對話，又可能影響到大家的士氣，所以我沒有說出口，只是在心裡補上這句話。

「而且今天學生比完迪塔之後，戴肯弗爾格的成年騎士們將上場示範儀式吧？他領看了以後一定也會效法。既然所有領地都在努力自行取得祝福，我希望艾倫菲斯特也一樣。否則的話，很有可能演變成明明當初是我們在研究如何能取得加護，結果卻是艾倫菲斯特的見習騎士最不容易取得加護。」

國王已經答應，畢業儀式結束後有意願的人可以再舉行一次加護儀式；我們自己在回到領地以後，也可以重新舉行儀式。但無論舉行多少次，祈禱次數與奉獻的魔力量若不足夠也沒意義。

「成功的關鍵在於奉獻的魔力量。請大家努力辦到可以自己取得祝福吧。」

「是！」

見習騎士們用力點頭後，安潔莉卡小聲發問：「羅潔梅茵大人，我若舉行那個迪塔儀式也能變強嗎？」聽到大家必須在自行取得祝福後變得更強，似乎引起了她的興趣。

「獲得祝福的那段時間，會變得比平常要強喔。因為戴肯弗爾格在舉行儀式時，會向複數的神祇祈求祝福。而且只要反覆認真地舉行儀式，也有助於取得神祇的加護。但若想取得加護，首先要記住諸神的名字才行唷，安潔莉卡。」

「記住諸神的名字……真希望斯汀略克能代替我呢。」

大概是非常受不了在神殿裡被逼著學習，安潔莉卡一臉憂鬱地嘆氣，摸著腰間上斯汀略克的魔石。劍鞘依然不長，看起來就像一把短劍。單從外表看去，恐怕沒人猜得出這其實是把長劍吧。

「若能取得大量的加護，不僅魔力的消耗量會變少，妳也能讓斯汀略克變得更厲害喔。身為魔劍的主人，妳應該盡量多取得加護，才有利於戰鬥時的發揮吧……」

「咦?!魔力的消耗量可以減少嗎？」

安潔莉卡猛然扭頭看來，彷彿是頭一次聽說。看樣子她似乎一直以為重背諸神名字只是研究的一環，完全不明白對自己有什麼好處。

「安潔莉卡，達穆爾不是早就說明過了嗎！」

「他好像確實說過。我今後一定竭盡所能背下諸神的名字。」

「看到妳能湧起幹勁，那我就放心了。」

「……安潔莉卡，妳要是能早點湧起幹勁，達穆爾就不用那麼辛苦了。」

柯尼留斯喃喃說著「真可憐」，對達穆爾大表同情。面對毫無學習意願的安潔莉卡，指導她似乎是一件勞心傷神的事情。我一邊聽著柯尼留斯與哈特姆特訴說達穆爾的辛勞，一邊往領地對抗戰的會場移動。

上午通常是上位領地在走動，前往關係良好或想加深交流的領地打招呼。然而，整個上午艾倫菲斯特根本沒有時間去拜訪他領。要是下午也繼續待在原位不動，就沒有辦法去其他領地看看了。

「艾倫菲斯特不用去其他領地打聲招呼嗎？」

我望向正為下半場作準備的各個領地，這麼詢問齊爾維斯特。他立刻目露兇光地朝我瞪來。

「我們正被要求該拿出上位領地應有的表現，結果妳卻要像下位領地一樣，下午跑去各個領地問好嗎？是不是想與上位領地再談一次話啊？」

我忙不迭搖頭否定。我一點也不想再與上位領地交涉，只是想參觀一下其他領地發表的研究成果，以及會場是什麼樣子。

「妳還是邊休息邊觀看迪塔比賽吧。既然妳已經與國王見過面了，今年的表揚儀式不能再缺席。」

「可是，下位領地會來問好吧？我能去休息嗎？」

我想下午應該會和上午一樣得忙著接待訪客，沒有時間休息吧。

「……從去年的情形來看，我也希望能有點時間觀看迪塔，但還是要看共同研究舉行的儀式造成了多大的影響吧。」

「唔唔……」

這次的共同研究成果，我們把參加過奉獻儀式的人都列在了協助者名單上，但由於至今從未有過這麼大規模的研究，名字還能與王族排在一起，聽說引發了非常熱烈的討論。尤其是那些現在並沒有領主候補生在讀、由上級見習文官代表參加的領地，這種榮幸就連領主候補生也不曾有過。

「但反過來說，那些被擋在舒翠莉婭之盾外的領地，很可能對我們心懷怨恨與不滿。只不過現在戒備如此森嚴，不至於出什麼狀況吧……」

齊爾維斯特看向守在各處的中央騎士，小聲說道。此刻中央騎士團正嚴防戒備，要是有人敢當著他們的面生事，遭受到的懲罰恐怕會比去年的英蒙丹克還要嚴厲。

……萬一連續兩年都有人鬧事，說不定還會被國王判定辦事不力，所以中央騎士團也是卯足了全力呢。

「接下來是下半場的競速迪塔！今年的下半場比賽我們添加了點趣味性，還請各位拭目以待！」

洛飛朗聲宣布後，下半場比賽開始了。由於去年艾倫菲斯特曾在應付渾德爾泰連時陷入苦戰，聽說今年的下半場迪塔，老師們也決定在魔獸的挑選上多花點工夫。理由是遇到罕見的魔獸時，懂得如何應對也是很重要的事情。

「那這對艾倫菲斯特來說很有利呢。因為去年碰到渾德爾泰連以後，我們已經假定傅萊芮默老師又會刁難我們，所有人都看了不少資料。」

「不知道有沒有領地會擔心輪到自己，自動自發地研讀魔獸資料？」

聽見柯尼留斯這麼說，我稍微歪過頭。感覺戴肯弗爾格就算預先做好了準備也不奇怪，但他們之前應該都忙著在提升儀式時引發光柱的機率。

「亞倫斯伯罕！」

下半場迪塔，第一個上場的領地是亞倫斯伯罕，負責召喚魔獸的老師是赫思爾。赫思爾會召喚什麼魔獸呢？我不禁非常好奇。

「養父大人，我可以去前面觀看比賽嗎？」

「……去吧。有重要客人來訪我再叫妳回來，和見習騎士一起去觀賽吧。」

得到許可後，我與自己的護衛騎士們一起移動到便於觀看迪塔的位置。黎希達和去年一樣為我準備好踏腳臺。一站上去，我便明顯感覺到自己望出去的高度比去年要高了一些。

……噢噢噢噢，我長高了！

低頭看向比去年看得更清楚的競技場後，我發現淡紫色披風已經在開始的地方就定位，赫思爾則是變出了思達普，往魔法陣灌注起魔力。隨後魔法陣倏然發光，眨眼間便出現小山一般的妥庫羅什。

「妥庫羅什?!」

「羅潔梅茵大人，您知道這種魔獸嗎？」

「嗯，是啊……」被安潔莉卡一問，我含糊其詞地點點頭。當初要回收尤列汾藥水所需的原料時，曾經遇到外形很像巨大青蛙的妥庫羅什。只不過蒐集原料一事是機密，所以我無法詳細說明，但曾與妥庫羅什打鬥過的我對牠留下了深刻印象。牠也屬於那種遭到攻擊後會不斷分裂的魔獸。想起那時候差點和布麗姬娣一起被魔獸吞下肚，密密麻麻的小青蛙還掉在自己身上，我全身竄起雞皮疙瘩。

「這種魔獸的特性與去年的渾德爾泰連十分相似。」

面對從未見過的魔獸，看得出來亞倫斯伯罕的見習騎士皆不知所措。但是，現在比的可是競速迪塔。猶豫不決的同時，時間正一分一秒流逝。

似乎是下定決心，騎士們開始試探性地發動攻擊，但力道不大的攻擊都被彈開了，看起來也沒對妥庫羅什造成任何傷害。

「上吧！」

「好！」

多半是領悟到這樣下去會沒完沒了，兩名見習騎士開始往劍灌注魔力，劍身隨即綻放虹光。想必是要施展強大的魔力攻擊吧。只見其他人都變出盾牌，準備迎接衝擊。緊接著兩名騎士揮下長劍，帶著神秘虹彩的魔力攻擊迅疾飛出。

兩道魔力攻擊互相纏繞，伴隨著「轟！」的巨響擊中妥庫羅什。下一秒，強烈的衝擊向外散開。

「好耶！」

「……還沒有！魔法陣還在發光！」

魔法陣的光芒在徹底消滅魔獸後就會暗下，然而此刻仍在發光。一名見習騎士驚覺比賽尚未結束，才剛開口提醒眾人，變小的無數妥庫羅什忽然從天而降。

「嗚、嗚哇！」

「全部消滅，一隻也別留下！」

見習騎士們東奔西跑，開始努力消滅散落各處的迷你妥庫羅什。儘管變小的妥庫羅什很輕易就能打倒，但也因為體積小、散布範圍又廣，想要悉數找到並不容易。

「現在的情況跟去年的艾倫菲斯特一模一樣呢……這是赫思爾老師想出來的報復方式嗎？」

「渾德爾泰連只要碰到彼此就能重新合體，還得讓牠們徹底分裂到最小才能打倒，所以相比起來妥庫羅什還是輕鬆多了。」

萊歐諾蕾說完，優蒂特也點一點頭。

「真要幫我們報仇的話，應該原樣不動地把渾德爾泰連還給他們才對呀。那種魔獸真的很難對付。」

「但渾德爾泰連會在亞倫斯伯罕出沒，老師是故意挑選了具有同樣特性，但他們從未見過的魔獸吧。」

馬提亞斯說完，大家一臉了然地看向競技場說：「原來如此。」要消滅所有的妥庫羅什，看來得再花點時間。我這麼心想時，莉瑟蕾塔走了過來。

「羅潔梅茵大人，奧伯找您。法雷培爾塔克的領主夫婦到了，請您返回會場。」

我帶著自己的護衛騎士們正要回座時，卻忽然發現哈特姆特不在這裡。我再左右環顧了一圈，還是沒看見他。

「哎呀？到處都沒看見哈特姆特呢。」

「他去向克拉麗莎的父母問好了。」

在我觀看迪塔比賽的時候，他似乎跑去戴肯弗爾格了。

「他能順利說服克拉麗莎的父母嗎？」

「這您不用擔心。上午亞納索塔瓊斯王子與戴肯弗爾格的第一夫人已經禁止了我們比迪塔，他也說過談話的重點，將會是倘若克拉麗莎擅自跑來艾倫菲斯特，屆時該如何應對。」

聽說哈特姆特已經假定婚事遭到反對時，克拉麗莎有可能自己跑來艾倫菲斯特，所以想先談好應對之法。比如屆時雙方該怎麼聯絡、該怎麼把克拉麗莎送回去，以及若要派人來接她，接走前該予以怎樣的待遇等。

「早在知道自己的女兒並不是因為喜歡哈特姆特，而是崇拜羅潔梅茵大人才想嫁來時，她的父母就不知該如何應對了吧。」

回到場內時，只見法雷培爾塔克的領主夫婦已經與齊爾維斯特一起在等我了。

「羅潔梅茵，這兩位分別是奧伯．法雷培爾塔克與我二姊康絲丹翠。」

……這位就是康絲丹翠大人嗎？

康絲丹翠是齊爾維斯特的二姊，在貴族院戀愛故事裡十分活躍，撮合了弟弟與芙蘿洛翠亞。因此很神奇地，明明我們是第一次見面，我卻覺得已經認識她了。她的五官比起喬琪娜或蒂緹琳朵，與齊爾維斯特更為相似。打量著我的眼光充滿興味與愉快光彩，讓我想起了首次見到齊爾維斯特時的情景。說不定兩人都是像到前任奧伯。但她的頭髮是金色的，眼瞳是水藍色，整個人的氣質也與齊爾維斯特截然不同。

至於一旁的奧伯．法雷培爾塔克，則與夏綠蒂相像到了彷彿父女的程度，看起來個性就很溫柔。我在兩人面前跪下來，說出初次見面的問候語。

「我是羅潔梅茵。歷經生命之神埃維里貝的重重嚴格遴選，得以有幸與兩位會面，願能為兩位獻上祝福。」

「准許妳。」

道完寒暄入座後，兩人看著我輕輕微笑。

「雖然我們每年都會來參觀領地對抗戰，但今天還是頭一次與妳交談呢。」

「盧第格也一直十分遺憾，說沒什麼機會能與羅潔梅茵接觸。他好像很想與妳多聊些有關神殿以及儀式的事情。」

對於會邀請我參加堂表親茶會、還會前往神殿幫忙提高收成量的盧第格，我對他的印象也不錯。若不是要回艾倫菲斯特舉行奉獻儀式，參加堂表親茶會時，比起蒂緹琳朵我一定與他更有話聊。

「今天似乎沒有見到芙蘿洛翠亞大人，她身體不舒服嗎？」

康絲丹翠邊留意周遭，邊小聲這麼問道。奧伯．法雷培爾塔克又是芙蘿洛翠亞的哥哥，社交場合上沒見到妹妹的蹤影，想必也會擔心吧。

「雖然此事還不能公開……但還是先向姊夫大人與姊姊大人知會一聲吧。其實是因為芙蘿洛翠亞有懷孕的徵兆，便讓她留在領內好好休息。我打算先觀察情況，明天再讓她出席……」

「咦?!」

始料未及的消息讓我睜大眼睛，齊爾維斯特馬上輕睨我一眼說：「妳小聲點。」通常直到受洗時，貴族幾乎不會讓人知道孩子的存在，原本也不會在這種社交場合上告知他人吧。儘管我很高興又要有弟弟或妹妹了，但此刻絕對不能表現出來。我有些坐不住地動了動身體，捂著嘴巴以免自己說出不該說的話。

……要有弟弟或妹妹了！那得再做一本嬰兒用的黑白繪本才行！快記下來！

不同於一聽到會有小寶寶就興奮起來的我，康絲丹翠則是有些傻眼地看著齊爾維斯特。

「居然在這種時候懷孕……你真的除了芙蘿洛翠亞大人，不打算再迎娶其他夫人了嗎？以你現在的年紀與領地排名，都不能再這麼任性了吧？對芙蘿洛翠亞大人一往情深固然可取，但你也該看看自己的處境。老是這樣，你……」

康絲丹翠換上了姊姊對弟弟說教時的語氣。聽著她壓低音量的嘮叨，齊爾維斯特語帶彆扭地反駁：

「我也不是故意的，總之結果就是現在這樣了。這大概也是黎蓓思可赫菲賜予的庇護，意思在告訴我不必迎娶第二夫人也沒關係吧。」

「你又說這種得意忘形的話……」

康絲丹翠按住額頭後，奧伯．法雷培爾塔克露出苦笑。

「看來即便領地的排名提升，芙蘿洛翠亞依然備受重視，那我也就放心了。」

眼看艾倫菲斯特與法雷培爾塔克的排名差距越來越大，奧伯．法雷培爾塔克似乎很擔心芙蘿洛翠亞的待遇會變糟，也擔心齊爾維斯特若是必須迎娶第二或第三夫人，妹妹的地位恐怕不再穩固。

「我聽說在法雷培爾塔克，盧第格大人也會參加儀式，不知道領地近來的情況怎麼樣呢？」

今年法雷培爾塔克並沒有與戴肯弗爾格比迪塔，所以沒有參加貴族院的奉獻儀式。法雷培爾塔克又與他領不同，領主候補生會在領內參加儀式，好奇領地情況的我於是開口發問。

「自從盧第格前往神殿舉行儀式後，收成便有了顯著的成長，如今其他領主候補生及近侍也會與他同行；也有基貝為了讓自己的土地更加肥沃，會主動為小聖杯灌注魔力。如今又多虧了你們與戴肯弗爾格的共同研究，今後將能更有效率地舉行儀式吧。」

「那真是太好了。不過，領主候補生居然想出入神殿、參加儀式，當初應該有很多人反對吧？這次在貴族院舉行儀式後，我才知道大多數人對神殿有多麼忌諱。」

我說完，康絲丹翠微笑道：

「這點在法雷培爾塔克也一樣喔。但是，當時的情況已經是不得不放手一試了。」

「頭一個接受盧第格提議的人，便是康絲丹翠。」奧伯．法雷培爾塔克也微笑道：「不管是任命領主候補生擔任神殿長或神官長，還是同意自己的孩子去神殿參加儀式，艾倫菲斯特出身的人不時總會做出驚人決定。不斷引領新流行的羅潔梅茵大人，也看得出確實是來自艾倫菲斯特的領主候補生。」

他說法雷培爾塔克現在正加快腳步對神殿進行改革，讓貴族能出入神殿，也能稍微減輕領內眾人的負擔。

「這次由於王族也參加了奉獻儀式，人們對儀式不會再那麼排斥了吧。現在應該是個好機會，可以建議落敗領地的貴族們不妨參加祈福儀式與收穫祭。」

至今無論法雷培爾塔克說了什麼，似乎都沒有人願意傾聽。因此康絲丹翠說了，趁著現在大家都對儀式產生興趣，應該會有領地願意採納他們的建議。

「既然兩領的領主候補生都會前往直轄地、參加祈福儀式與收穫祭，那明年要不要與法雷培爾塔克進行共同研究，調查收穫量究竟有怎樣的變化呢？我們的收成連兩年都有成長，這樣的研究很值得昭告眾人吧。齊爾維斯特，你覺得呢？」

目前只有法雷培爾塔克與艾倫菲斯特的領主候補生會前往各個直轄地，因此只有我們有這方面的數據。聽了康絲丹翠的提議，齊爾維斯特苦笑說：

「姊姊大人，做研究的可是學生他們喔。」

「那妳意下如何呢，羅潔梅茵大人？」

水藍色的雙眼盈滿期待。如果能夠展示領主候補生前往直轄地舉行儀式後、收成確實增加了的實際資料，也許會有越來越多的領地願意對神殿進行改革。其實我不介意與法雷培爾塔克進行共同研究，但更想把時間花在圖書館魔導具的製作上。

「目前我預計只有今年會一直待在貴族院。畢竟我還兼任神殿長，共同研究最好還是由韋菲利特哥哥大人或夏綠蒂的文官帶頭主導喔。當然我也會盡力提供協助。」

「那麼，我們去找韋菲利特大人與夏綠蒂大人商量此事吧。羅潔梅茵大人，往後請妳多指教了。」

法雷培爾塔克的領主夫婦隨即往韋菲利特與夏綠蒂那一桌移動。望著離開的兩人，我挨向齊爾維斯特小聲說：

「明明截至目前為止，他們從來沒讓他領知道盧第格大人會出入神殿，但一發現大家因為王族的關係對神殿儀式改觀，馬上就提議要進行只有我們能做的研究呢。即便排名下降了，還是看得出來原先曾是上位領地。」

「縱使領地排名因政變而下降，但奧伯・法雷培爾塔克本就十分優秀。等到收成穩定成長、貴族人數增加，他們的排名很快就會上升吧。」

倒是我們得改改貴族的舊觀念，可不能讓排名掉下去——齊爾維斯特喃喃道。

迪塔與戴肯弗爾格的示範

「奧伯，接下來要輪到艾倫菲斯特了！」

為了讓我們能及早做好觀賽準備，見習騎士前來通報。我們起身往前移動，準備觀賞見習騎士們的表現。站上踏腳臺後，只見代表格里森邁亞的深棕色披風正在競技場上來回飛竄。我好奇著他們要擊倒的魔獸，定睛一看後，發現五隻身上有著尖刺、身體呈圓球狀的黃色魔獸正在場內不斷彈跳。

齊爾維斯特低頭看向競技場，蹙起眉頭：「那是什麼？」

「那是……陶納頓吧。」

對於這種魔魚，我曾留下哀傷的回憶。因為之前處理魚的時候，牠變得全身滿是毒針，根本不能食用。外表看起來就像是長有尾巴的黃色海膽或刺魨。

「我看牠們在競技場上也施展不了什麼攻擊，應該能輕鬆取勝吧？」

「這可不一定喔。牠們攻擊時會往四周射出又細又長的毒針，要是不知道該怎麼應對的話會非常危險。」

我說完，在旁觀賽的見習騎士們大力點頭。

「像倒在那邊的見習騎士們，就是沒躲過陶納頓一開始的攻擊。由於陶納頓是生活在海裡的魔魚，可以離得遠遠的等牠們自己斷氣，也可以用風盾把牠們包圍起來、直到毒針完全排出，但兩種方法都非常耗時。」

看到格里森邁亞與陶納頓陷入苦戰，見習騎士們的神色都變得緊張。要是等一下出現我們完全沒聽過的魔獸，那可就糟糕了。負責牢記魔獸知識的萊歐諾蕾一臉僵硬，緊盯著場上的情況。

「不知道輪到我們的時候會出現什麼魔獸。沒想到領地對抗戰的競速迪塔會讓我這麼緊張呢。」

萊歐諾蕾不安地小聲呢喃時，洛飛的聲音響徹會場。

「格里森邁亞，比賽結束！下一個，艾倫菲斯特！」

艾倫菲斯特的見習騎士們跳上騎獸，飛往下方的競技場。明亮黃土色的披風先在場內繞了一圈，緊接著就定位。隨後，便見賈鐸夫走上前來。看來今年負責召喚魔獸的不是傅萊芮默。由於剛才她還送來奧多南茲，用尖銳的嗓音怒斥了我一頓，萬一由她負責召喚的話，肯定會出現極度難纏的魔獸。

「今年負責我們的不是傅萊芮默老師呢。我有些放心了。」

「不對，就算是賈鐸夫老師也不能放心。他應該對各種魔獸都很了解。」

「韋菲利特大人說得沒錯。打從進行共同研究，老師知道魔紙是用魔樹製成的以後，他便開始大力蒐集有關魔樹的資料。」

聽說賈鐸夫向伊格納茲提出了許多問題，比如艾倫菲斯特領內有哪些魔樹等等。伊格納茲答不上來時，還一臉受不了地對他說：「你當真有心想做研究嗎？」

「話說回來，今年來觀賽的人還真多。」

聽見韋菲利特這句話，我環顧了看臺一圈。明明現在上場的並非自領的騎士，卻有許多人都探出了身子準備觀賽。尤其戴肯弗爾格那邊，人更是多到摩肩擦踵。不知是否因為出現的魔獸完全無法預期，還是因為罕見的魔獸使得比賽結果多次難以預料，感覺現場觀眾的情緒都比去年還要激動。

「即便是已經成年的騎士，也沒有機會能見識到他領鮮為人知的魔獸。面對生平第一次見到的魔獸，見習騎士們究竟會如何打倒，大家都對此興致勃勃吧。」

在我們交談時，賈鐸夫已經變出思達普、發動魔法陣。魔法陣先是亮起耀眼強光，緊接著稍稍暗下後，出現了一棵樹葉繁茂的大樹。

「那是魔樹嗎？」

「應該是吧。要是在這種時候變出普通的樹木，賈鐸夫老師會挨罵的。」

但是，那棵樹既不像南娑扶會移動，也不像亞楏會發出大叫，看起來更不像陀龍布那樣會吸光周邊土地的魔力。外表看來就是非常普通的一棵樹，不像瑠耶露一看就充滿了奇幻色彩。

……嗯~讓人好想引吭高歌，來一句「這棵樹是什麼樹」呢。

由於那棵樹一動也不動，甚至讓人懷疑那真的是魔樹嗎？

「我第一次看到這種魔樹，這到底是什麼呢？」

為了發掘有趣紙張的原料，我曾向各地的基貝詢問過，艾倫菲斯特領內有哪些魔樹，但對他領的魔樹則是不太清楚。擔心起來的我集中精神，看向站在　行人中心的萊歐諾蕾。萊歐諾蕾知道那是什麼嗎？

「除了優蒂特，全員和討伐陀龍布時一樣，變出砍伐樹枝用的武器！上級騎士負責依序蓄積魔力！亞歷克斯，做好準備！」

萊歐諾蕾邊下指示邊將自己的思達普變成斧槍，同時開始蓄積魔力，話聲帶有明確的自信。看來她知道那是什麼魔樹。

「優蒂特，等我一下指令，妳馬上朝著古米摩伽投出威力最強的魔導具。大家應該也都知道，只要受到威力足夠強大的攻擊，藏在葉子底下的細小枝條就會同時冒出來。枝條的出現只有短短幾秒鐘，一定要趁著這段時間盡量砍斷。記住，千萬別碰到枝條。根據資料，枝條前端有刺，帶有強烈的麻痺效果。」

……古米摩伽？那不就是橡膠樹嗎？

記得很久以前斐迪南告訴過我，這種魔樹與陀龍布相似，但在我們那邊找不到。

「伊格納茲、瑪麗安妮，既然古米摩伽是賈鐸夫老師召喚出來的，代表那種魔樹產自多雷凡赫囉？還是說他只是剛好知道有這種魔樹，其實是生長在其他地方？我想問他有沒有辦法取得原料……」

我問向與賈鐸夫有過交流的伊格納茲和瑪麗安妮。但是，兩人似乎也不清楚。

「那再向賈鐸夫老師問問看吧。」

……要不是這棵魔樹是以老師的魔力召喚出來、還是比競速迪塔用的，我現在一定高聲呼喊：「優先回收原料！」噢噢，好想要橡膠！

我目不轉睛地盯著古米摩伽，一邊思考能用橡膠製作哪些東西時，莉瑟蕾塔輕輕按住我的肩膀。

「羅潔梅茵大人，您有些往前傾身了唷。請不要因為想獲得有關古米摩伽的資訊，便不假思索地衝去找賈鐸夫老師。」

莉瑟蕾塔提醒我，照我現在這副樣子，很可能什麼情報都被套出來。聽起來確實很危險。可是，我已經被首次見到的古米摩伽迷住了。

「羅潔梅茵大人，在請教賈鐸夫老師之前，請您先問問萊歐諾蕾吧。她既然只看一眼便知道那是什麼魔樹以及應對方法，代表她查了很多資料。至少會知道古米摩伽長在何處吧。」

「對、對喔。」

我只想到要去問變出古米摩伽的賈鐸夫，卻沒意識到萊歐諾蕾應該知道產地。瞬間我看見了希望。

「但即便知道了產地，萬一古米摩伽是只生長在他領的特殊魔樹，屆時還請您放棄取得原料。因為總不能為了採集原料，就帶著複數的騎士進入他領。」

要是有他領的騎士跑來，說他們想採集艾倫菲斯特的原料，您也會很困擾吧？柯尼留斯這樣向我勸道。想像了一大群戴肯弗爾格騎士跑來採集原料的畫面，我完全可以理解。接到這種要求只會非常頭痛。

「那如果向對方購買原料呢？」

「依羅潔梅茵大人的個性，您為了自己想要的東西，很可能對方提出的所有要求都會答應，因此恕我不贊成這麼做。」

柯尼留斯二話不說否決了我的提議。近侍們也表示贊成，說：「若可以在領內尋得也就算了，但要與他領進行交易還是不妥。」

……可是為了想要的東西，當然得不擇手段啊。

在身邊人們的再三勸誡下，我只好有些死心地注視古米摩伽。

競技場上，見習騎士們都把思達普變成了討伐陀龍布時也會出現的斧槍，散開來圍住古米摩伽。好像是因為不曉得樹枝會伸多長，他們皆有些戒備地保持距離。上級見習騎士們全照著指示蓄積魔力，每個人手上的武器都綻放虹光。

「不管是誰都能使出那種攻擊嗎？」

「是的。因為只是把擁有的魔力全傾注到武器裡，只要稍加訓練，任誰都做得到。只不過，威力會受到魔力量與屬性數的影響，因此下級與中級騎士就算施展了這種攻擊也沒有效果。但中級騎士當中，魔力量接近上級程度的人應該也辦得到吧。」

由於攻擊時會釋出體內所有的魔力，所以除非是有把握能一擊必勝，或是帶有回復藥水、而且回復時有人能夠支援，否則一般不會施展這個招式。這次因為還有奉獻儀式時沒發完的回復藥水，應該不用擔心吧。

「優蒂特，妳瞄準茂密的樹葉；上級騎士則請依序攻擊，樹幹上方有些許變色的地方吧？我叫到名字的人就朝那裡攻擊！」

「是！」

確認所有人都拿好武器，萊歐諾蕾揮下高舉的手臂。

「優蒂特！」

「喝！」

優蒂特馬上以彈弓射出與戴肯弗爾格比迪塔時沒用完的魔導具。擊中茂盛繁密的葉子後，巨大的爆炸聲立刻響起。

古米摩伽受到驚嚇般猛然一晃，細小枝條從繁茂的葉子底下「咻」地伸了出來。數量大約有三十至四十根吧。確實如萊歐諾蕾所說，伸出來的枝條前端都帶有利刺。

「呀！」

「喝啊！」

坐在騎獸上的見習騎士們立即揮舞斧槍，接連砍斷往外伸直的枝條。然而，枝條只筆直伸長了短短幾秒鐘而已。轉眼它們便縮回葉子底下，緊接著像觸手般緩緩蠕動，想要捕捉周遭的見習騎士。觸手在隆起的茂密葉子底下伸縮蠕動的模樣，讓我聯想到了水母。

……而且枝條還有麻痺人的效果，這簡直是水母樹嘛！古米摩伽就是水母樹，非常危險。好，我記下來了。

「那些枝條沒有伸直時無法砍斷！大家先後退！我來攻擊！」

萊歐諾蕾讓見習騎士們退開後，釋出自己累積的魔力。她大聲吶喊，用力揮下斧槍，釋出的虹色魔力攻擊朝著樹幹上方顏色略淺的地方飛去。

被魔力擊中後，古米摩伽的葉子大力一晃。但是，往常會有的衝擊竟沒有接著發生，彷彿釋出了所有魔力的攻擊全無效果。意想不到的情況讓我瞠大雙眼，但下一秒只見枝條「咻」地伸直。

「就是現在！」

見習騎士們沒有錯過這一瞬間，揮起斧槍砍斷危險的枝條。「娜塔莉，儲存魔力！」萊歐諾蕾邊下達指示，邊喝著回復藥水注視騎士們的動作。

要繼續釋出所有魔力發動攻擊嗎？可是，這種攻擊方法真的有效嗎？我擔心地看向萊歐諾蕾，卻發現她下起指示毫不遲疑。

「亞歷克斯！」

「喝啊啊啊啊！」

聽見萊歐諾蕾的指令，接著換亞歷克斯釋出攻擊。威力相當強大的光芒擊中了古米摩伽，但依舊沒有半點衝擊襲來。見習騎士們立刻上前砍斷伸出的枝條，枝條縮回去後，他們馬上後退與古米摩伽保持距離。緊接著又是魔力攻擊。

「托勞戈特，預備！娜塔莉！」

托勞戈特依言開始往武器灌注魔力，娜塔莉則是揮出攻擊。柯尼留斯說得沒錯，魔力攻擊的威力確實會因魔力量與屬性數而有不同。儘管每個人釋出的攻擊都帶有複雜的虹彩，但各自的顏色都不太一樣，威力也大不相同。

「那些危險的枝條是不是砍得差不多了？幾乎沒有再出現。」

娜塔莉的攻擊命中後，這次幾乎沒有枝條冒出來了呢——安潔莉卡喃喃地說。顯得有些心浮氣躁的她，可能是因為自己也很想上場吧。

「優蒂特，用最後絕招清空樹葉！全員保持安全距離！馬提亞斯，儲存魔力！」

「是！」

萊歐諾蕾緊接著呼喊的卻不是正在蓄積魔力的托勞戈特，而是優蒂特。優蒂特火速從腰包裡拿出拳頭大小的魔導具，以彈弓射出。

射出的魔導具彷彿被吸過去般，就這麼飛向隆起的茂密葉子。下一秒鐘，就連魔力擊中時也沒出現過的爆炸聲轟然響起，無數綠葉瞬間起火燃燒。

「這、這是怎麼回事?!」

「競速迪塔會用到這種魔導具嗎?!」

柯尼留斯與安潔莉卡都訝聲大叫，整個會場也嘈嚷起來。這麼說來，記得馬提亞斯曾說過，自從改成比競速迪塔以後，幾乎再也沒有領地會用魔導具。

「那是之前為了與戴肯弗爾格比迪塔，哈特姆特製作的魔導具喔。因為不用也是浪費，就決定拿來在領地對抗戰上使用了，想不到威力這麼強呢。」

「原本居然要用來對付戴肯弗爾格，這更是讓我吃驚。也太狠毒了。」

「……我們把這當成最後絕招，真的快輸的時候才會拿出來喔。」

原先那般繁茂的綠葉都徹底燒光了，古米摩伽卻還是沒有倒下。樹幹上方儘管遭到火焰吞噬，卻一點也沒有要燒起來的樣子，顏色略淡的地方依然好端端的。

……古米摩伽未免太強了吧?!

我正這麼心想時，樹幹上顏色略淺的地方再往上一點，也就是分出樹枝的頂端開始淡淡發光。與此同時，局部的樹枝開始緩緩蠕動，又要重新長出觸手般的枝條。

「在長出來前解決它。托勞戈特、馬提亞斯，從上空發動攻擊！全員舉好盾牌！」

「是！」

萊歐諾蕾一聲令下，托勞戈特與馬提亞斯便留意著彼此的動作，騎著騎獸往高空飛去。虹光形成的軌跡耀眼絢麗。

「喝啊啊啊啊！」

「哈啊啊啊啊！」

緊接著兩人同時揮下斧槍，以墜落之勢向下俯衝。釋出的兩道魔力攻擊彷彿閃電一般，筆直地貫穿古米摩伽。

分不清是「咚」還是「滋」的擊中聲先是響起，隨後是震耳欲聾的劈哩啪啦聲響，古米摩伽碎裂開來。

下個瞬間，古米摩伽與魔法陣上的光芒都消失了。但是，攻擊後造成的衝擊並未消失。見習騎士們舉著盾牌奮力抵擋衝擊時，洛飛朗聲宣布：

「艾倫菲斯特，比賽結束！」

「做得好。這場迪塔太精采了！」

見習騎士們從競技場回到看臺上後，齊爾維斯特語帶興奮地表揚眾人。今年下半場的迪塔不斷出現罕見魔獸，當他領的見習騎士都在不知所措、花費不少時間應付時，艾倫菲斯特的見習騎士們卻是毫不遲疑地接連發動攻擊，表現份外出色。

「萊歐諾蕾，我真沒想到會有人對他領的魔物如此了解。」

「不敢當。但是，知道古米摩伽的並不只有我而已。為了讓每個人都有辦法應付，也為了讓重要的知識能傳承下去，所有見習騎士都把資料背起來了。」

萊歐諾蕾一臉驕傲地說道，看向在場的見習騎士們。

「今年因為由我發號施令，大家會比較注意到我的表現吧。但是，其實現在不管由誰負責指揮，艾倫菲斯特的見習騎士都能打倒古米摩伽。今年就算我畢業了，到了明年、後年，知識的傳承也不會斷絕。」

萊歐諾蕾把自己調查過的魔物整理成了資料，放在書架上供大家翻閱。所以，大家只要記住上面的內容就好了。知識將永遠傳承下去——萊歐諾蕾微笑道。

「身為奧伯，我為你們的努力感到驕傲。」

齊爾維斯特這麼讚許後，代替卡斯泰德擔任奧伯護衛的一名騎士團高層，也點著頭上前一步。

「不光從所知所學能看出你們的努力，中級與下級騎士的動作也非常迅速，懂得遵從指示、砍斷上級騎士們引誘出來的枝條，團隊合作默契絕佳。看了你們今天的表現，說不定現在就能參加本要成年後才能參與的陀龍布討伐吧。你們的實力確實變強了，今後要持續精進。」

「是！」

就連騎士團高層也開口表揚，見習騎士們高興得互相對看，笑了起來。這場迪塔他們同心協力，取得了好成績，臉上的笑容洋溢著成就感。

「見習騎士們接下來就負責保護夏綠蒂與羅潔梅茵，一邊觀看他領的迪塔吧。韋菲利特，你跟我來。」

齊爾維斯特把韋菲利特叫過去，吩咐我們留下來觀看迪塔後，轉身回到會場。看著齊爾維斯特與韋菲利特帶著自己的近侍們回到會場，我不禁納悶：「自己不跟著過去沒關係嗎？」這時，夏綠蒂發出了輕笑聲。

「姊姊大人，您不用這麼擔心。父親大人是為了讓哥哥大人更習慣這種社交場合，而且可能也是想討論我的婚事該怎麼回答吧。」

夏綠蒂邊說邊牽起我的手，帶我走向看臺。近侍與見習騎士牢牢圍在我們四周，堵得密不透風。

夏綠蒂在我身旁站定後，看著底下的競技場微笑道：

「上位領地給我們的批評與指教都沒有錯，現在艾倫菲斯特是只憑姊姊大人一個人的功績在提升順位。甚至直到領內的情勢穩定之前，領地排名恐怕還會有變動吧。如果不讓領內貴族們的觀念產生改變，也無法決定我的婚事。」

究竟該把艾倫菲斯特視為上位領地，還是該假定我們的排名很快就會下降，他領都還無法判斷。聽說就是因為這樣，求娶夏綠蒂的從上位領地到下位領地皆有。

「……今後須大力改掉大家原有的行事作風，希望能在我快要畢業之前，旁人都已經認可我們的表現像是上位領地了呢。」

這樣一來，要決定對象也會輕鬆得多——夏綠蒂如是說。她說若能挑選到與艾倫菲斯特地位相當的對象，對雙方都有好處。但是，現在就連艾倫菲斯特處於什麼地位也還不確定。

「夏綠蒂，截至目前為止，艾倫菲斯特幾乎沒有過走投無路的情況。由於政變時保持中立，和落敗後遭受到嚴重打擊的領地不同，我們不需要去適應劇烈的改變。但是，既然現在領內進行了肅清，將無可避免地面臨巨變吧。」

如今領內的舊薇羅妮卡派遭到肅清，相繼有人受到懲處，內部情勢想必非常混亂。趁著這種時候，我們必須提升整體的行事效率、導入新思維。

「不過，這些事情等回到領地以後再說也不遲。夏綠蒂，現在先好好享受領地對抗戰吧。」

「是，姊姊大人。」

接下來的競速迪塔不斷出現從未見過的魔物。我一邊觀賽，一邊聽著用功學習過的見習騎士們講解正確的應對方法，看得津津有味。

「大家還真是認真學習。是萊歐諾蕾教的吧？」柯尼留斯一臉佩服地這麼稱讚後，萊歐諾蕾露出了高興的靦腆笑容。一眼就能看出兩人是對許久不見的戀人，「幸好達穆爾不在」的想法一瞬間閃過腦海。

「對了，安潔莉卡是來確認托勞戈特有沒有進步吧？妳覺得怎麼樣呢？」

這裡也有個有望發展戀情……更正，是大家都屏息注視著、希望她好歹發展一下的人在。安潔莉卡說過，「結婚對象至少要比柯尼留斯還強才行」，不知道在她看來托勞戈特的表現如何？

面對眾人的目光，安潔莉卡輕輕以手托腮，微笑道：「……我再一次確認了波尼法狄斯大人有多麼強大。」看樣子是不會照大家所期待的發展了。

「以上，今年的競速迪塔就此結束。接下來有請戴肯弗爾格的騎士們為各位表演儀式。」

「噢噢噢噢……！」

洛飛話一說完，戴肯弗爾格的騎士們便發出洪亮吶喊，跨上騎獸一同朝著競技場飛下。他們和迪塔開始前的學生一樣，也在競技場內繞了一圈，隨後消除騎獸降落至地面上。

緊接著騎士們以奧伯．戴肯弗爾格為中心，迅速圍成圓圈。動作之熟練，看得出來就連站位也已經徹底固定。而且明明還沒有半個人變出思達普，奧伯．戴肯弗爾格的右手上就已緊緊握著萊登薛夫特之槍。八成是從戴肯弗爾格的神殿搶——不對，是借來的吧。這陣子理應剛舉行過奉獻儀式，槍尖的魔石卻是藍色的。想必是為了領地對抗戰，奧伯自行補充了魔力。

奧伯舉起長槍，以尾端敲擊地面，開口說了：

「如今早已成年的騎士們，應該有許多人都不曾在貴族院接受過洛飛指導，所以未曾學習過這個儀式的戰舞。即便參觀過了研究成果，恐怕也很難理解究竟有何效果。為此，戴肯弗爾格的騎士團決定為各位實際示範一次。展示長年來已慢慢偏離本質、也逐漸遭人遺忘的真正儀式與神具！」

現場響起的「噢噢」讚嘆聲比預期還要大，我嚇了一跳地看向整個會場。只見各領似乎都十分感興趣，幾乎所有觀眾全擠到看臺前方，觀看戴肯弗爾格的儀式。

「原本應該在前一天就舉行儀式、取得複數的祝福，等到身體適應以後，再恢復魔力準備上場戰鬥。」

因為取得的祝福若太多，會像先前艾倫菲斯特的見習騎士們一樣身體不受控制，而且就算喝了一般的回復藥水也無法馬上恢復魔力。

「但是，戴肯弗爾格的騎士已不需要多花時間去適應。因為在此之前，我們已經多次舉行過儀式，計算出了取得祝福大約需要多少魔力，也藉由增加參與人數，成功減輕了每個人的負擔。」

他們似乎特意做了調整，好讓自己不喝回復藥水也能進行示範。投入的程度太驚人了。我有點明白為什麼齊格琳德想怨恨我了。

「再來，這便是從神殿借來的真正神具，萊登薛夫特之槍。」

奧伯．戴肯弗爾格一邊說道，一邊以雙手握住萊登薛夫特之槍，緊接著開始灌注魔力。很快地萊登薛夫特之槍不只槍尖，就連整個槍身也變成藍色，甚至放電般亮起劈哩啪啦的閃光。

「那、那是怎麼回事?!」

「神殿的神具居然會變成那樣嗎?!」

從未去過神殿、也從未親眼見過神具的貴族們，都看著綻放藍光的萊登薛夫特之槍驚聲大叫。

「賜予將上場戰鬥的吾等力量吧！」

奧伯．戴肯弗爾格高舉綻放藍光的長槍，扯開喉嚨大聲嘶吼。與此同時，變出了思達普的騎士們也齊聲喊道：「嵐恩翠！」將思達普變成長槍。

「創世諸神，吾等在此敬獻祈禱與感謝。」

隨後熟悉的禱詞傳來，騎士們先是舉起長槍敲向大地。

「賜予吾等贏取勝利的力量吧，強大如同無人能敵的安格利夫。賜予吾等贏取勝利的速度吧，迅疾如同無人可比的休泰菲黎茲。」

和上次見過的一樣，騎士們一邊高歌一邊旋轉長槍，不時以尾端敲擊地面。每當他們換手拿取，長槍便會撞上魔石變成的鎧甲發出鏗鏘聲響，一次又一次像在打著拍子。只不過與見習騎士相比，成年騎士們的動作明顯更加老練。不單是整齊劃一，充滿力量的同時還兼具流水般的優雅。因此雖說是同樣的儀式，看起來卻大不相同。

「戰鬥吧！」

奧伯．戴肯弗爾格高舉起萊登薛夫特之槍，周遭的騎士們也「噢噢！」地發出威猛吶喊，向著天空一致舉起長槍。

瞬間，藍色光柱猛地向上竄起。祝福光芒灑落下來，有一部分則向外飛去。

在貴族院舉行儀式時一定會出現這種景象，但在領內舉行的時候多半沒有吧。戴肯弗爾格那邊從未見過光柱的人也發出了驚訝叫聲。而艾倫菲斯特的成年人們看著首次見到的光柱，全都一臉不敢置信。

「這就是光柱嗎……」

即便看過報告書所描述的景象，沒有親眼見識過還是難以體會吧。我與夏綠蒂對不知何時來到身後的齊爾維斯特點點頭。

「在貴族院舉行儀式時，一定會發生這種現象喔。很不可思議吧。」

學生當中看過光柱的人也屬少數。除了戴肯弗爾格與艾倫菲斯特的學生，頂多只有參加過奉獻儀式的領主候補生與上級文官吧。還有就是宿舍離戴肯弗爾格舍比較近的人。

怪不得。若妳總是一副理所當然地引發這種現象，也難怪眾人會聲稱妳是聖女或女神的化身。」

隨後，戴肯弗爾格的騎士們打倒了洛飛召喚出來的魔物。不管是速度、力量，還是得到複數的祝福後仍能馬上行動的強韌，與學生相比簡直是天壤之別。

最後由漢娜蘿蕾上場，舉行將勝利獻予諸神的儀式，並將得到的祝福還予眾神。漢娜蘿蕾將思達普變成緋亞弗蕾彌雅之杖，舉至頭頂後畫圓般地緩慢旋轉。涮涮、涮涮的浪濤聲傳來，魔力猶如熱氣般從騎士們身上裊裊升起，匯集後飛向天際。

「以上，便是在戴肯弗爾格代代傳承的儀式。」

奧伯・戴肯弗爾格拿著已不再發光的萊登薛夫特之槍，朗聲說道。看臺上爆出了夾雜著興奮與感嘆的歡呼。

首次參加的表揚儀式

「稍後將舉行表揚儀式。第五鐘響後，請所有學生來到競技場上集合。」

戴肯弗爾格的儀式結束後，看臺上的觀眾都鬧哄哄地興奮交談。為了讓大家可以聽見，洛飛使用了具有擴音效果的魔導具，宣布接下來的行程。

「得開始收拾才行呢。」

和去年一樣，第五鐘響起前還有一點時間，得趁著這個時候簡單收拾場地。見習文官們開始撤下為了發表成果而搬過來的貴重魔導具，見習侍從們也開始整理端給訪客的茶具與點心。大家忙碌地來回走動時，我則坐在椅子上稍事休息。因為一直站著觀看迪塔，兩腳痛得要命。

……不過，身體並沒有因此不舒服，看來我真的變健康了呢。

第五鐘「噹啷噹啷——」地響起後，大家停下手邊在做的事情，一一飛向競技場準備參加表揚儀式。所有學生都騎著騎獸，五顏六色的披風在空中翻飛，這幕景象十分壯觀。

「韋菲利特哥哥大人、夏綠蒂，麻煩你們負責指揮了。」

畢竟全領地的學生正同時飛往底下的競技場，一個不小心造成混亂的話，可能會引發小規模的衝突或爭吵。我麻煩兩人像去年那樣引導大家，韋菲利特爽快地一口答應。

「嗯。那妳先和父親大人一起坐在那裡吧。晚點就要面對叔父大人的說教了，我看妳最好先休息一下。」

「請更正成是稱讚！……在斐迪南大人開始說教之前，我會讓他稱讚我的。」

儘管我已下定決心，但也清楚記得剛才一見到面，斐迪南就用力捏我的臉頰。居然連韋菲利特也覺得我肯定會面臨訓話，那得想想辦法才行。

……不如在斐迪南大人張開嘴巴要說教的時候，就舀口法式清湯塞到他嘴裡？或是我也拿出蘇彌魯布偶一起對他嘮叨，來個以毒攻毒？

正深感苦惱時，齊爾維斯特輕戳了下我的臉頰。我仰頭看向他後，發現他似乎在回想什麼事情，表情顯得有些懷念。

「羅潔梅茵，妳臉色不用這麼凝重。」

「養父大人？」

「妳只要上臺得到國王的表揚，這樣就沒問題了。然後再跟他炫耀這件事情，他就罵不了妳。畢竟妳已經連續三年都獲選為最優秀者，卻因為我們的關係到了今年才首次參加表揚儀式。」

聞言，我想起了有關斐迪南就讀貴族院時的事情。記得他曾說過，每次獲選為最優秀者，就是他能得到父親稱讚的寶貴機會。

「雖然妳很多事情都不懂得適可而止，但也確實非常努力。至少今天該讓斐迪南誇獎誇獎妳。反正他沒看過報告書，應該不清楚妳做了哪些好事。」

等回到了艾倫菲斯特，再由我好好教訓妳——聽到齊爾維斯特這麼說，我卻因為他的貼心而有些心虛。

「那個，養父大人。我已經在寫信時坦白了不少事情，真的沒問題嗎？」

「妳只寫了檢查時被人看到也無妨的事情吧？只要妳自己別多嘴，應該不用太過擔心。」

但我好像已經用發光墨水寫了一堆不該寫的事情喔——儘管這句話沒有說出來，但看我噤不作聲，齊爾維斯特顯然有所察覺。

「是嘛。那就是妳自找的了。乖乖挨罵吧。」

「啊嗚……」

「好了，快下去吧。國王開口表揚後，妳只要回答『這是我的榮幸』就好了。千萬不准多說半個字，也別做任何事情。知道了嗎？」

齊爾維斯特再三叮囑後，要我趕緊下去。我坐著騎獸，在近侍們的包圍下飛往競技場。由上往下看去時，由於披風的顏色整整齊齊，一看就知道自己該往哪裡集合，這讓我十分高興。

來到場地上後，我走向艾倫菲斯特列隊的地方，聽見已經先下來的韋菲利特與夏綠蒂正在交談：「希望艾倫菲斯特今年也有很多優秀者。」同一時間大概是所有學生都下來了，王族開始進場。

中央騎士團披著黑色披風，全程戒備地護在四周；王族則操控著騎獸張開翅膀，逐一落地後走到臺上。有國王與他的第一夫人，以及席格斯瓦德、阿道芬妮、娜葉拉耶、亞納索塔瓊斯與艾格蘭緹娜。

……這樣看過去，真的幾乎所有王族都參加了奉獻儀式呢。

只有國王的妻子們皆未出席，但王子這一代的王族成員都參加了嘛。現在回想起來，當時奉獻儀式的規模好像真的很不得了。

「經過了生命之神埃維里貝進行嚴選的冬季，你們皆已通過嚴格的遴選，在此齊聚。」

國王和去年一樣先說了這句致詞，表揚儀式旋即正式開始。由於使用了擴音魔導具，國王嘹喨的話聲傳遍競技場。感覺聲音好像比奉獻儀式那時還要有精神。希望不是我的錯覺就好了。

「首先，表揚今年的競速迪塔。宣布到的前三名請派代表出列。」

一名男性披著黑色披風，多半是中央的貴族，這麼說明後開始宣布前三名。

「上位領地第一名，戴肯弗爾格。」

今年戴肯弗爾格不僅憑著自身的能力得到祝福，也勤於研究魔物，所以第一名可謂是實至名歸。加上速度之快大家也是有目共睹，現場瀰漫著「不愧是戴肯弗爾格」的氛圍。

「第二名，庫拉森博克。」

庫拉森博克顯然也對魔物十分了解，比迪塔時毫不猶豫就展開攻擊。經年累月的知識底蘊果然不容小覷。而且面對的魔獸又不像古米摩伽那麼難纏又棘手，所以很快就打倒了。我覺得庫拉森博克運氣很好。

「第三名，艾倫菲斯特……以上派代表出列！」

艾倫菲斯特的名字一出現，場上一片譁然。畢竟比模擬賽時艾倫菲斯特還是第六名，正式比迪塔時竟然得到了第三名。再者綜觀艾倫菲斯特至今的排名，我們從未在領地對抗戰上得到第三的名次。

「想必是因為他們很了解那個魔物吧。因為艾倫菲斯特與多雷凡赫在進行共同研究時，特別專注在魔樹上嘛。」

「一定是他們拜託了賈鐸夫老師，請他變出這個魔物吧。」

前方忽然傳來這樣的對話，充滿惡意的輕笑聲在嘈雜的場地上傳了開來。聽見這種不懷好意的言語，萊歐諾蕾與馬提亞斯他們的表情都僵住了。

儘管我很想反駁：「艾倫菲斯特要是有本事能先跟老師打好關係，就不會被人嫌棄我們都不懂往來社交了。迪塔明明是憑實力！」然而話聲來自前方，代表對方是上位領地的人。到底該忍氣吞聲還是該反駁呢？我還在猶豫的時候，又有其他領地的人開口說話了。

「競速迪塔都是比賽開始之前，才會決定由哪位老師負責為哪個領地召喚魔物，怎麼可能事先與老師說好。別因為自領的見習騎士表現不佳，就去貶低其他領地。」

「會遇到什麼魔物全憑運氣，艾倫菲斯特今年遇到的魔物可是比去年還難對付。明眼人都能看出是艾倫菲斯特自己的實力。」

……對！這就是我想說的話！

曾一起上過課、仔細觀看過迪塔比賽的見習騎士們，似乎都知道要打倒古米摩伽有多麼不容易。其他幾個領地的見習騎士們幫忙說話後，惡意批評我們的聲音立即變小許多。

「……看來也有人能夠理解我們呢。」

萊歐諾蕾綻開笑容說完，艾倫菲斯特的見習騎士們也高興得直點頭。接著，由萊歐諾蕾與亞歷克斯作為代表上前。

「……在我還一年級的時候，大家的團隊合作可說是漏洞百出，與戴肯弗爾格交手時的表現更是慘不忍睹。大家真的很努力呢。」

見習騎士們當然很努力。他們互相指出對方的不足、一起學習，還拋開派系的成見齊心協力，忍受刻苦的訓練。但是，也不能忘了波尼法狄斯與卡斯泰德的付出。是兩人優先指點領主一族的護衛騎士，為他們加強訓練。多虧帶頭訓練的師長警覺到了課程內容改變後、騎士們的整體實力下滑，大家才能變強。

「你們今年的表現非常精采。今後也要繼續努力，並考慮加入中央騎士團。」

表揚見習騎士們的，是中央騎士團的團長勞布隆托。大家拿了類似獎章的紀念品後便走回來。看起來是塊透明的藍色魔石。

「我們還是第一次得到這種紀念品。」

「之後再拿給辛苦訓練大家的祖父大人看吧，他一定會很高興。」

「是呀。」

場上的吵鬧聲安靜下來後，接著是表揚文官發表的研究成果。能夠得到表揚的，似乎也都是極具影響力、中央貴族一致認可成果出色的研究。

「第一名，戴肯弗爾格與艾倫菲斯特的儀式與加護研究。」

「第二名，格里森邁亞的魔力增幅魔導具。」

「第三名，亞倫斯伯罕與艾倫菲斯特的魔導具魔力減量研究。」

聽到「代表請上前」，我不禁十分為難。因為兩個共同研究的代表都是我。

「那個，韋菲利特哥哥大人。能麻煩您當代表，去接受與戴肯弗爾格的共同研究的表揚嗎？因為我得去接受與亞倫斯伯罕的共同研究的表揚。」

「不不不，等一下。與戴肯弗爾格的共同研究也是妳在主導吧？既然分別得到了第一和第三名，妳只能優先接受第一名的表揚，不然就是兩邊都接受。而且這樣好像我搶了妹妹的功勞一樣，我才不要。」

聽他這麼說，我只好與護衛騎士萊歐諾蕾一同上前。

「韋菲利特哥哥大人不擔任艾倫菲斯特的代表，這樣真的好嗎？」

「畢竟這兩項共同研究的負責人，都是羅潔梅茵大人啊。」

戴肯弗爾格派出的代表則是藍斯特勞德。可能是中午被齊格琳德狠狠罵了一頓，儘管他臉上沒有任何表情，整個人的感覺卻有些消沉，而且看都不看我一眼。但總不可能從頭至尾都不說一句話，堅決保持沉默吧。

「藍斯特勞德大人，沒想到我們的共同研究得到了第一名呢。」

「……我倒是早就料到了。」

藍斯特勞德先瞥了我一眼，夾帶著嘆息這麼說後，隨即稍微挺直腰桿。瞬間，原先消沉的感覺消失無蹤，渾身散發出了戴肯弗爾格領主候補生該有的氣勢。

「羅潔梅茵，妳……」

「真沒想到我們的研究會得到第三名呢。對不對呀，羅潔梅茵大人？」

「……咦？蒂緹琳朵大人？」

就在這時，蒂緹琳朵出聲打斷了藍斯特勞德。為什麼她會一派神采飛揚地以代表身分出來呢？我愣愣地探頭看向蒂緹琳朵身後，想要尋找雷蒙特的蹤影，卻完全沒看到他。

「請問，亞倫斯伯罕的代表應該是雷蒙特吧？我記得除了他以外，並沒有任何人也參與研究……」

對於我的困惑，蒂緹琳朵「呵呵呵」地一笑置之。

「因為雷蒙特不喜歡出鋒頭嘛，這也沒辦法。何況這是我未婚夫的研究，由我作為代表接受表揚也沒問題吧。」

面對她的咄咄相逼，雷蒙特只是無法拒絕而已吧。

……真是的！難得這是讓大家記住雷蒙特的好機會耶！

我在心裡對搶他人功勞的蒂緹琳朵大感憤慨，一邊站到藍斯特勞德旁邊。

「藍斯特勞德大人，您剛才要說什麼呢？」

「沒什麼，算了。」

在王族旁邊待命的一群人當中，接著走出了一位素未謀面的男性。由於剛才表揚見習騎士的是騎士團長，這位多半是中央的文官代表吧。

「第一名，戴肯弗爾格、艾倫菲斯特。你們所進行的研究，不僅讓世人重新認識了如今已經式微的儀式，也查明了能夠取得諸神加護的方法。甚至藉由取得加護，還能減少魔力的消耗，這點更是值得深入探討。就連王族也曾參與這項研究，由此可知未來這在尤根施密特將是一項非常重要的研究。」

文官述說了研究當中感到佩服的地方。最受到讚揚的，似乎是取得的加護越多，魔力的消耗量會越少這一點。還說希望我們能繼續研究，讓往後的學子可以取得大量加護。

……可是，已經沒有什麼事情能再做研究了吧？

「今日贈送此物以茲紀念。期望你們今後能為尤根施密特繼續效力。」

與萊歐諾蕾剛才拿回來的迪塔獎章不同，這次拿到的獎章是顆淡黃色魔石。拿在手上時，沉甸甸的很有重量。我請萊歐諾蕾幫忙拿著獎章，趁著中央的文官代表在表揚第二名的格里森邁亞時，移動到蒂緹琳朵旁邊。

「第三名，亞倫斯伯罕、艾倫菲斯特。你們所進行的研究，改良了原先需要大量魔力的魔導具，使其能以較少的魔力發動。比起至今減少魔力消耗量的其他方法，各方面的功能都更加優異；而且不光是展示時陳設的魔導具，亦能廣泛應用在各種魔導具上。希望你們今後能在改良上繼續鑽研。」

比起魔導具本身，中央文官們更關注的似乎是雷蒙特這項研究的核心目的，也就是如何能節省魔力。仔細回想後可以發現，這次受到表揚的，全是如何能減少魔導具的魔力消耗量、如何能增加自己魔力的研究。這也成了一種判定基準，可以看出現在的尤根施密特有多麼缺乏魔力，魔力又有多麼重要。

帶著兩個獎章回到原位後，接著是表揚來客數與接待表現。很可惜地這部分並沒有叫到艾倫菲斯特，前三名還與領地的排名一模一樣。第一名是庫拉森博克，第二名是戴肯弗爾格，第三名則是多雷凡赫。

「但我覺得艾倫菲斯特今年的表現也很好啊……」

聽完結果後我忍不住噘起嘴唇，布倫希爾德只是一臉無奈地搖搖頭。

「這是因為艾倫菲斯特能接待訪客的侍從與領主候補生太少了，必然會讓客人久候，所以滿意度也就下降了吧。這部分想要擠進前三名恐怕不太可能。」

由於我們會推出點心與各種新流行，加上可以預先商討貿易一事，所以能吸引許多訪客前來。但是，我們並沒有足夠的人力做好接待工作。聽說若不是原本人數就很多的大領地，絕對應付不來。「畢竟現在也不可能馬上增加見習侍從的人數。」聽到布倫希爾德這麼說，我也只能釋懷。

……艾倫菲斯特明明是中領地，人數卻很少呢。

今後必須想辦法慢慢增加貴族的人數才行。

與領地對抗戰有關的表揚結束後，接著是表揚貴族院的成績優秀者。剛才的表揚是給予整個領地，接下來的則是針對個人。

「接下來宣布今年的成績優秀者。被叫到名字的人請上前來。」

隨後，從最高年級開始公布成績優秀者。最高年級的最優秀者是多雷凡赫的一名上級文官。居然不是領主候補生嗎？我大吃一驚，但緊接著宣布領主候補生課程的最優秀者時，被叫到的竟是據說一直沉迷於畫迪塔故事插圖的藍斯特勞德。

……原來藍斯特勞德大人的成績好到了足以獲選為領主候補生課程的最優秀者啊。我現在才知道。

要是沒有沉迷於畫插圖、更用功點讀書的話，說不定整年級的最優秀者也能手到擒來。想著這些事情時，我聽見萊歐諾蕾與亞歷克斯也獲選為優秀者。

「亞歷克斯，做得好。」

「萊歐諾蕾，恭喜妳。」

「都是託羅潔梅茵大人的福。」

萊歐諾蕾與亞歷克斯邊接受大家的祝福邊往前走去。看著他們離開時，接著叫到了五年級的優秀者。首先是最優秀者，再來會依照領地排名宣布優秀者。

「艾倫菲斯特……布倫希爾德、娜塔莉、馬提亞斯。」

「布倫希爾德、馬提亞斯，恭喜你們。」

馬提亞斯去年也曾獲選為優秀者，但布倫希爾德還是頭一次。只見她驚訝地睜大蜜糖色雙眼，緊接著眼眶泛起淚光，嘴角彎起微笑。

「……我還是第一次被選為優秀者。」

「是啊。因為布倫希爾德面對上位領地，非常努力在接待嘛。妳的努力能得到認可，我也很高興喔。」

「羅潔梅茵大人，謝謝您。」

布倫希爾德微笑道，高興得臉頰微微發紅。看起來頓時更加可愛，笑容嬌俏動人。

「優秀者啊……」

聽見這句低語，我仰頭看向馬提亞斯。與布倫希爾德不同，他看起來並不高興的樣子。可能是與原先的目標還有些距離，但中級貴族能獲選為優秀者已經很難得了。他應該表現得開心一點。

「馬提亞斯，你應該高興一點、以自己為榮喔。我身為主人也覺得很驕傲呢。」

聞言，馬提亞斯眨了眨眼睛後，忽然當場跪下來。那雙藍色眼眸筆直看來，接著他執起我的手，將額頭抵在我的手背上。這是貴族表達最高等級謝意時的動作。

「咦？馬提亞斯，你做什……」

「若不是羅潔梅茵大人當初設法拯救了我們，我也沒有機會得到這樣的榮耀。將榮耀與感謝獻給我的主人。」

……拜託，快停下來！這種感謝對心臟造成的刺激太大了！而且好引人注目！超多人在看我們！

「我、我知道了。馬提亞斯，你快點過去吧。大家在等你喔。」

我急忙抽回手，要馬提亞斯趕快過去。布倫希爾德、馬提亞斯與娜塔莉開始往前面移動時，宣布了四年級的成績優秀者。艾倫菲斯特的優秀者有勞倫斯與伊格納茲。

「我也想跪下來向羅潔梅茵大人表達感謝，能請您允許嗎？」

勞倫斯用微帶促狹的口吻這麼說。我輕睨了他一眼，要他趕快去前面。

「我會叫人多裝點晚餐的肉給你當獎勵，請在沒什麼人的時候再感謝我吧。」

「遵命。」

勞倫斯忍笑似的掩著嘴角，與得到了韋菲利特稱讚的伊格納茲一起上前。

「三年級，最優秀者，艾倫菲斯特的領主候補生羅潔梅茵。」

緊接著，領主候補生課程的最優秀者、文官課程的最優秀者都叫到了我的名字。由於同個名字一再被叫到，周遭在響起「噢噢」驚嘆聲的同時，也混雜了一些聲音在說：「又是她嗎？」宣布優秀者時，則叫到了韋菲利特。

「羅潔梅茵大人，恭喜您。這是您第一次參加表揚儀式呢。好了，快過去吧。」

菲里妮與莉瑟蕾塔看起來比我還要高興。

「羅潔梅茵，手。」

在笑容滿面的近侍們目送下，韋菲利特護送著我走向前方。四周傳來的交頭接耳聲，讓我感覺到了自己備受矚目。

「她就是艾倫菲斯特的……在奉獻儀式上請來了王族的領主候補生嗎？」

「她就是之前連續兩年都缺席表揚儀式的領主候補生吧？」

……怎麼大家在意的事情好像有點奇怪?!

眾人在議論的根本不是我的成績嘛。聽見旁人這樣竊竊私語，我開始覺得早知道今年也缺席就好了。

「把背挺直。接下來妳得一個人上去。」

走到優秀者列隊的地方後，韋菲利特停下腳步，放下護送我的手臂。

於是我努力優雅地踏出步伐，慢慢走到臺上。到了臺上，可以清楚發現不管是臺下的學生，還是看臺上的家長們都往我這裡看來。眾人的目光幾乎要把我壓垮，但我仍是挺直了背，不讓自己低下頭，臉上也擠出笑容。

……嗚啊啊，好緊張喔。早知道還是應該缺席。

我走向站成一排的王族時，艾格蘭緹娜朝我投來溫柔微笑。稍微感受到了她的鼓舞，我在國王面前跪下來。低頭往我看來的國王，臉色似乎比奉獻儀式那時要好得多。而且他的眼神溫柔，對我說話的嗓音也和煦又沉穩。

「艾倫菲斯特的領主候補生羅潔梅茵，妳已連續三年取得了非常優秀的成績。尤其今年還與戴肯弗爾格、多雷凡赫以及亞倫斯伯罕都進行了共同研究，其成果亦為尤根施密特帶來莫大貢獻。妳的努力與貢獻皆值得嘉許。」

可能因為平常老是挨罵，大家總說我愛惹麻煩，現在聽到國王稱讚我說「貢獻良多」、「幫了大忙」，我不由自主高興起來。感覺得出國王是真心這麼認為，並不只是說些客套話。

……我真的幫上忙了呢。

「能為君騰效勞，是我莫大的榮幸。」

接著場內響起偌大的掌聲。我在得到國王的許可後站起來，回頭發現不光是臺下的學生，看臺上的大人也在拍手。在艾倫菲斯特的看臺那裡，齊爾維斯特、騎士們與家長們也都在鼓掌。

我順勢將目光轉向另外一邊的亞倫斯伯罕，在一片淡紫色中找到了明亮黃土色的披風。凝神細看後，斐迪南、艾克哈特與尤修塔斯也在為我拍手。

……啊，養父大人與斐迪南大人真的都很高興呢。

有這麼多人讚許我在就讀貴族院時的表現，也為我感到開心，這是我至今從未體驗過的事情。開心的感覺霎時大過緊張，內心深處也溫暖起來，我感到非常快樂且幸福。

……嗯，明年也加油吧。

這天的表揚儀式，讓我自然而然湧現了這樣的念頭。

與斐迪南共進晚餐

「保存食物用的魔導具請他們放在這邊就好了吧?這樣推車便能順利通過。」

「亞倫斯伯罕派來的近侍人數沒有變動吧?」

從領地對抗戰會場回到宿舍以後,近侍們移動到茶會室細心做起準備。環顧茶會室一圈,我點了點頭。準備工作非常完美。齊爾維斯特與韋菲利特也在,現在就等斐迪南抵達了。

「你們學生還要整理一下才能用晚餐,都先回房去吧。」

負責發號施令的黎希達這麼吩咐後,在場的學生們都退出茶會室,準備去用晚餐。留下來的,全是像黎希達這樣的成年侍從,以及齊爾維斯特的近侍,還有晚餐期間負責擔任我們護衛的騎士團成員。

不久,門外響起輕快的鈴聲。

「斐迪南大人到。」

齊爾維斯特在門前待命的侍從立即開門。尤修塔斯、斐迪南與艾克哈特依序走了進來,最後是一個我完全不認識的人。他推著推車,上頭放有偌大的保存用魔導具。他就是亞倫斯伯罕指派給斐迪南的近侍吧。

「斐迪南大人，歡迎回來。」

我上前這麼開口後，斐迪南有些吃驚地眨了眨眼睛，回道：「……嗯。」

「斐迪南大人，不能只說『嗯』，應該說『我回來了』才對。好好打招呼是很重要的事情吧？」

「……我回來了。」

斐迪南說得既不乾脆又一臉不情願，接著從我身上別開目光，轉向齊爾維斯特與韋菲利特問好。

「抱歉，硬是提出了無理要求。今晚就打擾了。韋菲利特，尤修塔斯與艾克哈特你已經認識了吧？這位是賽吉烏斯。是在亞倫斯伯罕服侍我的侍從，他也是萊蒂希雅大人首席侍從的兒子。」

意思是他雖然是亞倫斯伯罕的近侍，但不屬於喬琪娜派吧。我仰頭看向賽吉烏斯。他有著黃綠色眼瞳、青綠色頭髮，沉穩的笑容一看就像是侍從。

「還請不吝賜教。」

介紹完來自亞倫斯伯罕的近侍，也互相道過寒暄後，齊爾維斯特招呼斐迪南入座。他再要我與韋菲利特也坐下後，自己則是準備離開。

「我要與學生們共進晚餐，所以得離開一陣子。斐迪南，你今天別太責備羅潔梅茵了。」

丟下一句「我用完晚餐再過來」，齊爾維斯特很快便走出茶會室。看著他有些匆匆忙忙的背影，斐迪南低聲嘀咕。

「既然稍後會再過來，何必特意留在這裡等我……」

「想必是因為無論如何都想先擠出時間，見斐迪南大人一面吧……不說這個了。斐迪南大人，我如您所說的得到了最優秀表彰喔。就連共同研究也得到了表揚。好了，請快點稱讚我吧！」

在聽訓話之前，我想先被誇獎一番。這樣一來，稍後的說教不管有多長我都能忍受。齊爾維斯特也告訴過我，只要炫耀自己得到了最優秀表彰，斐迪南就會稱讚自己，所以我立刻挺起胸膛自賣自誇。誰知道斐迪南卻往我額頭拍了一掌。莫名其妙！

「您為什麼打我?!」

「因為在稱讚妳之前，還有很多事情該盤問和教訓妳吧？」

斐迪南邊說邊伸長手臂。眼看臉頰又要慘遭毒手，我急忙採取防禦，用雙手捂住自己的臉頰。

「養父大人不是才說過，至少今天別太責備我嗎！要罵請等一下再罵，現在請先稱讚我吧。我已經作好訓話會聽很久的心理準備了。」

「與其對訓話作好心理準備，倒不如從一開始就謹慎些，別做會挨罵的事情。」

斐迪南頻頻搖頭嘆氣，我不滿地噘起嘴唇。奇怪了。明明我已經炫耀自己得到了最優秀表彰，卻沒從他嘴裡聽見半句誇獎的話。

「所以我已經請您等一下再說教，現在先誇獎我了嘛。要是連獲選為最優秀者也得不到稱讚，那我到底該怎麼做才能讓您開口呢？」

我讓內心的不滿悉數爆發，結果斐迪南只是超級沒有抑揚頓挫地稱讚說：「……非常好。」

……不對！這不是我想要的稱讚！

「根本一點也不真心誠意！明明領地對抗戰上蘇彌魯布偶那時候……」

「關於這點我很抱歉，羅潔梅茵。明明妳已打算要把魔導具送人，我卻阻止不了她，這是我的過錯。」

其實我是想說，請像那時候一樣稱讚我，卻被斐迪南沒頭沒腦的道歉打斷。此刻斐迪南的神情非常苦澀，就和他說起薇羅妮卡時的表情一樣，顯然是在搶走我布偶的蒂緹琳朵身上，看見了她外祖母的影子吧。

……嗚啊，好像不小心刺激到了他的心理創傷。

「呃……斐迪南大人，我不是想聽您道歉，而是想請您稱讚我。而且，這件事情斐迪南大人不需要道歉吧？」

「但是……」

「發生什麼事了嗎？」

當時韋菲利特是在另一張桌子接待訪客。我先聲明：「不是什麼大不了的事情。」然後簡單說明事情經過。

「這確實不是叔父大人的責任吧。」

「您看，韋菲利特哥哥大人也這麼說了。就不要再道歉，稱讚也算了吧。我帶您去參觀房間。」

感覺斐迪南會沒完沒了地道歉下去，所以我趕緊打斷他，站起來走向後面的屏風：

「黎希達很努力地布置了這處空間喔。」

「因為大小姐也卯足了勁，想讓斐迪南大人能好好放鬆歇息。」

大概是想讓氣氛能輕鬆一點，黎希達輕笑著開始說明。向斐迪南展示的同時，也順便說給侍從們聽。

「我們在這裡準備了斐迪南大人的休息空間。雖然無法設置頂蓋，但有了屏風，應該能讓您比較放鬆吧？」

接著她也說明了行李要收到哪裡、日常生活用的魔導具放在哪些地方等等，其實已經算是侍從間的談話了。於是我輕拉斐迪南的衣袖，指向長椅。

「斐迪南大人，這是為了今天，請人從艾倫菲斯特送過來的喔。」

「做好了嗎？」

「是的。跟其他長椅比起來，躺起來應該會舒服得多。請坐坐看吧。」

斐迪南十分感興趣地坐下後，用手按壓了幾次椅面，確認觸感。他一坐下來，我們臉部的距離就變近了。面對面一看，完全可以看出他的臉色有多麼糟糕。儘管他滿意地說著：「嗯，還不錯。」但些微的表情變化仍掩蓋不了滿臉的疲憊。

……平常是不是狂喝超級難喝藥水呢？

「羅潔梅茵，這張長椅是什麼？」

我定睛觀察起斐迪南的臉色時，韋菲利特第一次見到加有墊子的長椅，小聲向我問道。

「這是我讓古騰堡夥伴們製作的新產品。這張長椅是斐迪南大人之前就訂做的，只是在做好前他就前往亞倫斯伯罕了。」

這是剛剛做好的長椅喔——我這麼向韋菲利特說明後，斐迪南便自豪地摸摸椅墊，說：「你好奇的話可以摸摸看。」韋菲利特於是走向長椅，眼裡盈滿好奇。他的近侍奧斯華德也一樣。

「只要躺在這上面好好睡一覺，應該可以讓臉上的疲倦不那麼明顯吧。斐迪南大人，您很久沒這麼憔悴了吧？臉色就和我在奉獻儀式上見到的君騰一模一樣。您到底在亞倫斯伯罕過著怎樣的生活呢？」

聞言，韋菲利特一臉納悶地看向斐迪南，無法理解地歪了歪頭。

「我覺得和平常一樣啊……妳居然看得出叔父大人的臉色嗎？」

「因為韋菲利特哥哥大人與斐迪南大人很少相處，看不出來也很正常吧。」

貴族本就要擅長隱藏情緒，斐迪南又曾拚了命不讓薇羅妮卡看出自己真正的想法，隱藏起情緒更是出神入化。只有非常親近的人才看得出不同。

大概是被韋菲利特一直盯著瞧很不自在，斐迪南微微蹙眉，朝我伸長手。

「羅潔梅茵，妳的臉色也不太好看。從領地對抗戰到表揚儀式這段期間，妳完全沒休息吧？該不會在逞強？」

不要多嘴——斐迪南輕捏了下我的臉頰後，一如既往為我做起健康檢查。他碰了碰我的額頭與手腕，確認體溫和脈搏。貼在肌膚上的那隻手令我感到非常懷念，不由得輕輕閉上眼睛。

「多虧斐迪南大人的關係，我現在強壯許多了喔。今天都沒有在中途暈倒呢。最近昏睡的次數也減少了，即使昏睡也大約兩天就能下床了。」

「但依我看妳還是有些發燒。領地對抗戰結束後到現在，妳喝過藥水了嗎？現在這樣可會影響到明天的行程。」

會覺得貼在脖子上的手冰冰的很舒服，說不定就是因為我有些發燒了。

「我已經喝過好心版回復藥水了，所以應該沒問題……」

「那就好。妳記得定期運動，增強體力。妳還在仰賴那些輔助魔導具吧？」

大致檢查完一遍後，斐迪南收回手。「我會加油。」我這麼回答後睜開眼睛，便見韋菲利特正一臉吃驚地看著這邊。

「韋菲利特哥哥大人，怎麼了嗎？」

「不，我只是有些驚訝。」

對什麼感到驚訝呢？我仔細看向韋菲利特，發現他的手正按著椅墊。肯定是驚訝於裝有彈簧的椅墊吧。

「這種長椅目前還無法量產，而且好像還有不少地方需要改良，但摸起來很舒服吧？」

「唔？嗯，是啊……」

韋菲利特擠出笑容，往椅墊按了好幾次，同時不停看向我與斐迪南。

「怎麼了嗎？」

「不，沒事。什麼也沒有。奧斯華德，差不多該準備用餐了吧。」

韋菲利特下達指示後，奧斯華德也一邊在意地往我們看來，一邊開始動作。侍從們

同樣從艾倫菲斯特舍搬來了一個偌大的保存用魔導具。裡頭裝有今天的晚餐，以及要讓斐迪南帶走的大量餐點。

順便說明，這個保存用魔導具是我向艾薇拉借來的。我拜託說：「我想把美味的餐點送給斐迪南大人。」她便爽快地一口答應，聽說還出了馬車幫忙載去神殿。

「尤修塔斯，清點餐點想必要花不少時間，你可以在我們用餐的時候進行喔。」

「大小姐，感激不盡。在斐迪南大人沒什麼食慾的時候，艾倫菲斯特的餐點十分有用。沒想到能在這裡進行補充，真是不勝感激。」

從尤修塔斯這番話，想也知道斐迪南肯定成天都在工作。我沒好氣地瞪向斐迪南後，他只是一臉不滿地回道：

「這也是無可奈何。賽吉烏斯，麻煩你服侍我用餐。」

「遵命，斐迪南大人。」

隨後我們開始用餐。今天的餐點基本上都是斐迪南喜歡的菜色。由於宿舍裡的廚師都已為了領地對抗戰而忙得焦頭爛額，城堡裡的廚師也忙著在準備要讓斐迪南帶走的餐點，因此我實在說不出口，想請他們製作程序非常繁複的香濃清湯。最後，我便拜託了神殿的廚師製作今天的餐點，再放進艾薇拉提供的保存用魔導具裡，然後請人送到城堡。

「嗯？今天的餐點用了塔歐夏肉嗎？」

由於平常很少能抓到塔歐夏，宿舍裡從未出現過加了塔歐夏肉的餐點，韋菲利特吃驚得雙眼圓睜。我小聲提醒：「要對其他人保密喔。」因為我們的餐點是請神殿廚師製作的，菜色和其他人在餐廳裡吃的不一樣，還使用了大量比較罕見且昂貴的食材。

「是神殿的廚師們說，斐迪南大人很喜歡以法式清湯和普瑪熬煮的塔歐夏肉，訂好了今天的菜單。」

神官長室的專屬廚師們都曾配合斐迪南的喜好，在菜色與調味上下足苦工。經由哈特姆特下達委託後，他們便完美地回應要求，準備好了今日的餐點。

「您很想念這些會依自己喜好製作餐點的廚師吧？」

「……是啊。幫我告訴他們，餐點我很滿意。」

斐迪南品嘗著普瑪燉塔歐夏，神色極其平靜，看得出來正純粹地享受著食物的美味。用餐期間，話題主要都是領地對抗戰，以及韋菲利特接待他領訪客時的情形。

「由於與戴肯弗爾格的共同研究太受矚目了，很多領地都希望明年也能和我們一起進行研究。可以拒絕的領地，當下我都想辦法回絕了。」

「哦……這樣聽來，與我在學時期相比，確實可以明顯感覺到艾倫菲斯特的排名上升了。」

斐迪南語帶佩服地表示後，韋菲利特露出苦笑。

「但父親大人說了，他不會讓我們的領地排名再繼續上升。因為就算排名又提升了，艾倫菲斯特也應付不來。」

「……這都要怪妳不知節制吧？」

斐迪南目光兇狠地瞪過來，我一時間沒有否認：「嗯，好像是呢。」有些事情我的確稍微做過了頭。

「但王族似乎也已經同意，會給予艾倫菲斯特和獲勝領地一樣的待遇，以此獎勵我們今年的貢獻，所以領地排名不會再上升了喔。再說了，要怪就怪那些人一直說養父大人的壞話，我才會氣得一時衝動……」

「我能明白妳想略施報復的心情，但妳的衝動總讓事情變得更加嚴重。我三不五時就提醒妳要記得報告、聯絡與商量，妳卻一樣也沒做到。難道不是嗎？」

我微微垮著腦袋，聆聽斐迪南的訓斥。我想說教大概也有助於宣洩壓力，所以沒打算阻止他，但至少等吃完飯再說嘛。

「叔父大人，明明大家都囑咐羅潔梅茵別與王族接觸，結果她卻一而再地與王族有往來。請您狠狠罵她一頓吧。」

聞言，斐迪南兇狠的目光瞪向韋菲利特。

「最該管好羅潔梅茵的人是你。她行事有差錯的時候就要斥責她，再說明正確的做法，否則她永遠也不會改正。畢竟齊爾維斯特才剛勸過我，別太責備羅潔梅茵。」

……你說什麼？

看著講話時一臉老大不高興的斐迪南，我真心感到驚訝。

「明明一句話也沒有稱讚我，一直在訓話，斐迪南大人居然自認為聽進了養父大人的勸告嗎？那剛才那些嘮叨是怎麼回事？」

「那些都只是叮嚀，我並沒有斥責妳吧？我若真心想責罵，用字遣詞可不會這麼溫和。」

原來剛才那些訓話對斐迪南來說，都還不算是「斥責」。

「不管是妳還是韋菲利特……真要罵我可是能罵上三天三夜。現在已經盡量克制到最低限度了。」

看見斐迪南邊說邊露出爽朗至極的笑容，我和韋菲利特雙雙瘋狂搖頭。如果這都已經是最低限度了，上限簡直不敢想像。

結束了伴隨著斐迪南嘮叨的晚餐，我們接著開始喝茶。這時，尤修塔斯似乎已經把餐點都裝進了保存用魔導具裡，便與賽吉烏斯交接。與此同時，我與韋菲利特的近侍們也都用完餐回來了。換黎希達、奧斯華德與負責護衛的騎士團成員們暫時離開去用餐。

「對了，今年冬天的狩獵進行得如何？平安結束了嗎？」

「狩獵好像已經結束了。但因為我們一直待在貴族院，詳細情況並不清楚。等一下請您再問養父大人吧。」

我回答有關肅清的問題後，韋菲利特表情有些嚴肅地抬起手來。

「羅潔梅茵，叔父大人現在已經去其他領地了。不能隨便告知艾倫菲斯特的內情。」

但斐迪南會前往亞倫斯伯罕，就是為了取得與喬琪娜有關的情報，設法要從那裡守護艾倫菲斯特。如果不交換一下情報，他會很為難的吧。

「韋菲利特哥哥大人，斐迪南大人他是……」

「羅潔梅茵，別說了。」

但我剛要開口說明，斐迪南便制止了我，並看向屏風後方賽吉烏斯所在的近侍用空間。

「韋菲利特說得沒錯。今後妳若要傳遞消息給我，都必須斟酌再三。現在已經和以前不一樣了。」

「話雖如此，但共享情報也是很重要的事情喔。」

擔心斐迪南有可能在亞倫斯伯罕遭到孤立，我表現出不滿後，斐迪南神色無奈地聳聳肩。

「關於艾倫菲斯特的內情，我再與齊爾維斯特討論吧。至於和妳……對了，說說蘇彌魯布偶那件事吧。妳原先打算要送給誰？需要補償妳的損失吧？」

「我都說了，這件事斐迪南大人不需要道歉……」

「羅潔梅茵大人。」

這時莉瑟蕾塔出聲打斷我。她在請求發言後，揚起嘴角微笑，小聲向我耳語：

「不如您就接受斐迪南大人的道歉吧？倘若斐迪南大人在補償後心裡能好過一些，那便讓他補償您的損失吧。」

我一直覺得做錯事的是蒂緹琳朵，才不想接受斐迪南的道歉，但如果能讓他心裡好過一點，那就接受倒也沒關係。

「可是，就算要補償……」

「可以請斐迪南大人製作新的錄音魔導具，這麼做您覺得如何呢？這樣一來，不僅斐迪南大人能彌補對您的虧欠，若再請他錄些留言給您，您也會很高興吧？」

說完，莉瑟蕾塔忽然攤開一塊畫有轉移陣的布料，並接二連三地從中取出調合鍋與原料。看來她早就在調合室裡放有對應的轉移陣，還預先備好了鍋子與原料。轉眼間茶會室的一個角落就變成了調合空間。

「由於調合桌實在不容易準備，只好使用這邊的桌子了。斐迪南大人，請用這些物品為羅潔梅茵大人製作錄音魔導具吧。」

斐迪南啞然失聲地看著莉瑟蕾塔布置好調合空間，但聽到她提出的請求，立刻愉快地勾起嘴角。

「只要重新製作，確實就能補償妳吧。現在時間所剩不多。羅潔梅茵，能麻煩妳擔任助手嗎？」

「我已經做過好幾遍了，交給我吧。」

斐迪南興沖沖地拿起原料，開始調合。雖說是拿補償當藉口，但能夠進行調合，他看起來高興得不得了。本來斐迪南還一臉陰鬱疲倦，如今雙眼卻是炯炯有神。見狀，我朝莉瑟蕾塔投去無比燦爛的笑容。

「你們也來幫忙。見習文官應該懂得調合該做哪些準備吧。」

斐迪南一邊向我和韋菲利特下達指示，一邊也把工作分配給我們近侍中的見習文官。他自己則在桌上畫起設計圖。由於雷蒙特會向他報告，他似乎早把做法記起來了。

「嗯，雖說要做給羅潔梅茵，但妳需要幾個魔導具？也要做給妳原先想贈送的對象吧？」

幾名見習文官施展洗淨魔法在清洗調合用的器具時，斐迪南向我問道，我「嗯……」地想了一下。

「其實本來是想送給萊蒂希雅大人喔。因為斐迪南大人太嚴厲了，我原本想錄些勉勵的話，或是請您別再斥責她了。」

「啊，那的確有必要。和羅潔梅茵一起接受叔父大人的指導時，我也覺得作業很多，要求的標準十分嚴格。」

在我沉睡的那兩年，韋菲利特似乎被斐迪南出的作業追著跑。他一邊與見習文官們一起施展洗淨魔法，一邊有些遙望遠方。

「韋菲利特哥哥大人，您也這麼覺得吧？誇獎是不可或缺的。」

我說了幾則本想錄給萊蒂希雅聽的備選留言。聽完，斐迪南不高興地板起臉孔，尤修塔斯則是按捺不住地輕笑道：「是因為萊蒂希雅大人那封信吧。」看來尤修塔斯也知道信上的內容，我點一點頭。

「如果賽吉烏斯與萊蒂希雅大人的首席侍從關係很好，那麼重新做給她的魔導具，也許最好由賽吉烏斯來登記魔力。因為萊蒂希雅大人是為了當養女，才與家人分隔兩地的吧？可以的話，我想請人在多雷凡赫的父母錄留言給她。因為家人的聲音是這世上最好的鼓勵。」

「……原來如此。那麼，一個要錄妳的聲音，一個要請萊蒂希雅大人的家人錄音，一個則是我送給妳的，最後再多做一個備用，總共四個就夠了吧。」

照這上面寫的量好原料──斐迪南遞去紙張後，見習文官們立即開始秤重。我與斐迪南則是做起準備工作，把量好的原料切碎、分離屬性，方便等一下進行調合。

「嗚嗚，這種準備的速度我們根本比不上。」

「至今的調合從不需要準備得這麼仔細。而且要讓原料的品質達到一致這一點，對我們來說太困難了。」

之前學做回復藥水的時候，哈特姆特倒是從容自若，相當應付得來，菲里妮與羅德里希則是完全幫不上忙。現在的伊格納茲等上級見習文官們也和兩人一樣，而且可能是第一次親眼目睹斐迪南調合，全都一臉驚愕。

「咦？這些要同時一起做嗎？」

「是啊。斐迪南大人教過我，這樣可以節省時間，很方便喔。這樣子做，就可以同時讓原料的品質達到一致……斐迪南大人，我完成了。」

處理好交給自己的那些原料，讓品質達到一致後，我再交給斐迪南。尤修塔斯也進行著同樣的作業，對伊格納茲他們投以微笑。

「關鍵在於熟能生巧。這是因為你們調合的次數與投入的心力還遠遠不夠吧。」

「我單純是因為會自己調配回復藥水，調合次數才必然比較多喔。」

包括以前製作的尤列汾藥水在內，我的調合經驗應該比同年的見習文官多得多。另外也因為最先教我調合的人是斐迪南，為了追求效率，他常常提出難度很高但我又能勉強做到的要求。

「斐迪南大人的調合跟課堂上教的調合不一樣，用了很多技巧來追求效率，所以光在旁邊觀摩就是很好的學習喔。」

伊格納茲等人眼神認真地觀摩起來。斐迪南將思達普變形，從一開始就邊使用縮短時間的魔法陣邊進行調合。

……嗯～我還沒辦法從一開始就使用縮短時間的魔法陣呢。

調合時，一般都是一邊觀察原料的變化情形，一邊加入下一樣原料，一旦使用了縮短時間的魔法陣，變化過程會在頃刻間就結束。因此很可能在自己覺得差不多的時候其實早已過了最佳時機，導致調合失敗。我一向是等到放完所有原料，只剩以魔力進行攪拌這個步驟時，才會使用縮短時間的魔法陣。

……再不精進自己，我永遠也追不上斐迪南大人吧。

等放完所有原料，到了只剩以魔力進行攪拌的階段時，斐迪南低聲喊道：「尤修塔斯，再加一道縮短時間的魔法陣。」見習文官們頓時發出驚呼，但就在斐迪南身旁待命的尤修塔斯只是回答：「遵命。」然後在調合鍋上畫起魔法陣。

使用縮短時間的魔法陣時，會一鼓作氣消耗掉本要花時間慢慢消耗的魔力，因此掌控上難度會變高。我頭一次看到有人施加兩道魔法陣。等一下的調合究竟會是什麼樣子呢？我感到心跳加速，看著尤修塔斯一派熟練地畫上第二道魔法陣。就在這時，斐迪南往我瞥來一眼。

「羅潔梅茵，等尤修塔斯畫完，妳也再畫一道。」

「您打算加上三道嗎？咦？這沒問題嗎？」

「我剛才說過，現在沒時間了吧？還是妳以為我辦不到？」

「豈敢。」

斐迪南只做自己有把握的事情，這我當然知道。但知道歸知道，還是很難不感到震驚。事實上在旁邊觀摩的見習文官們也都一臉愕然，完全無法理解現在是怎麼一回事，只有韋菲利特除外。因為一起預習領主候補生課程時，他曾見識過幾次非常人可為的調合，所以儘管嘴上說著「還是老樣子莫名其妙」，但表情卻已習以為常。

「好了。大小姐，請。」

在見習文官們瞠目結舌的注視下，我與尤修塔斯交換位置，以思達普畫下縮短時間的魔法陣。由於斐迪南正配合著已經畫好的兩道魔法陣在傾注魔力，看得出來此刻他的注意力都放在調合鍋與魔法陣完成的那一瞬間上。

我畫好的瞬間，斐迪南猛然用力握緊了手中的攪拌棒。由於施加了三道縮短時間的魔法陣，想必會一口氣消耗大量魔力，但斐迪南只是注視著調合鍋，嘴角泛著無畏的笑意，顯然對於難度的提升樂在其中。

「……完成了。」

按一般的做法，原本一個魔導具要調合一鐘的時間，斐迪南卻在短時間內就一下子做好了四個。他臉上洋溢著成就感，將錄音魔導具拿出來。看他這麼心滿意足，比什麼都重要。

「你們收拾吧。總不能把調合用具一直放在這裡。」

藉由轉移陣取出的調合工具，必須再以轉移陣送回調合室。

「我已經在調合室準備好了轉移陣，有人能去那裡幫我把東西拿出來嗎？」

莉瑟蕾塔攤開傳送用的轉移陣，將清洗完畢的調合用具一一放上去。看到侍從們動作俐落地開始收拾後，幾名見習文官才恍然清醒一般，前往調合室回收器具。

「見習文官會負責將器具歸位。」

「知道了。那就麻煩你們了。」

留下來的見習文官們則接過莉瑟蕾塔遞來的調合工具，以洗淨魔法清洗後放上轉移陣。每當魔法陣發出光芒，上頭的器具與原料就會自動消失，讓我覺得有些好玩。

斐迪南好一會兒看著見習文官們手忙腳亂地收拾整理，接著才走回已經清理乾淨的桌子，緩緩吐了口氣。似乎已在調合期間用完餐的賽吉烏斯馬上開始泡茶。我與韋菲利特也跟著坐下來，請自己的侍從泡茶。

「沒想到會在這麼短時間內就完成四個魔導具。」

看著桌上的四個錄音魔導具，我再轉向斐迪南投以微笑。

「斐迪南大人，那既然您做了錄音魔導具，請支付四筆設計圖的使用費吧。」

「設計圖我是自己記下來的，可沒使用妳的設計圖。」

「可是我已經買下設計圖了，而且為了雷蒙特，也為了確保將來研究者們在展現才華時能得到報酬，確實支付費用是必要的喔。」

其實以我個人而言，這些魔導具都是做給我的，本來並不需要收錢。但是，這筆錢能用來讓雷蒙特理解到「原來自己的研究優秀到能賺錢」，同時這麼做也有助於讓大家意識到智慧財產權。我說明自己想像版稅一樣推廣智慧財產權後，斐迪南一邊說著：「妳的想法還是這麼異於常人。」但還是指示尤修塔斯付了錢。

「現在印刷協會與鍛造協會合作得很順利，關於魔導具的各種專利費用，或許也該成立一個對貴族有約束力的機關呢。」

「等大家都習慣了妳會向貴族購買原稿、並根據銷量支付版稅的做法後，再來考慮有關研究者的這些事情吧。導入曾經成功的做法，眾人也比較容易接受。不要所有事情都想同時進行，這是妳的壞毛病。」

斐迪南說了，首先我必須自己購買設計圖，然後支付授權費，讓研究者們知道原來還有這種做法；同時每賣出一本書也要確實支付版稅，不斷累積實例。

……確實需要一步一步慢慢努力呢。

將器具都歸位後，見習文官們回到茶會室來。他們興奮地嘰嘰喳喳，討論著剛才看到的調合有多麼厲害、自己應該要怎麼做。斐迪南儘管面帶笑容回應他們的問題，看起來卻非常疲憊。已經不是那種疲憊中還帶有愉快的成就感，更像是累積至今的疲勞全一鼓作氣爆發出來。

「等一下您還要與養父大人談話吧？是否需要治癒呢？」

「……有的話我會很感激。」

斐迪南這麼回答後，我環顧茶會室裡的眾人。不只斐迪南，尤修塔斯與艾克哈特也都滿臉倦意。就連賽吉烏斯看來也有點憔悴，突然要幫忙調合的近侍們也都有些累了吧。

於是我站起來變出思達普，詠唱「修得列坎布恩」變成芙琉朵蕾妮之杖，向茶會室裡的所有人施以治癒。

「這是怎麼回事……」

但明明我好心施以治癒，斐迪南卻按住太陽穴，一臉像是頭又更痛了。

「……咦？難道是沒有效果嗎？」

「是妳異於常人的程度又更離譜了。才過一個季節，為何會變成這樣……」

「咦？咦？」

這件事有必要這麼頭痛嗎？我覺得自己只是在做平常會做的事情，完全無法理解斐迪南為什麼要按住太陽穴。他用指尖「咚咚」地敲了敲桌面，要我坐下來，很明顯說教即將開始。

我消除了芙琉朵蕾妮之杖後，假裝坐下來，把椅子挪得離斐迪南遠一點。

「好了，羅潔梅茵。為何只是施展治癒，妳卻要特意變出芙琉朵蕾妮之杖？」

「因為可以同時對許多人施展治癒，非常方便。如果是用戒指，就得一個個施展才行吧？但若使用芙琉朵蕾妮之杖，即便現場人很多，也能同時施予治癒。在貴族院舉行奉獻儀式的時候我也採用了這個方法喔。」

聽完我的說明，斐迪南長嘆口氣。韋菲利特則是開口：「羅潔梅茵，妳不要多嘴……」我對他微微一笑。

「韋菲利特哥哥大人，這些事並不是領地的內情喔。參加過奉獻儀式的人都知道吧？」

「話是不錯……但感覺妳什麼都有可能說溜嘴，讓人心驚膽顫。」

儘管韋菲利特這麼說了，但我還是把大家都已經知道、而且感覺可以讓斐迪南停止說教的情報說出來。

「還有斐迪南大人不在的這段時間，我也進步了喔。我現在可以用思達普同時變出兩把神具了。」

「……原來不是妳寫錯，也不是妳理解錯誤嗎？」

為了在檢查時被人看見也沒關係，先前我使用了貴族特有的措辭寫下回信，但好像沒能向斐迪南明確表達我的意思。

「這就和騎士們可以同時變出劍與盾牌一樣喔。王族成員也接受了這樣的說法。再過不久，我也能和斐迪南大人一樣同時變出好幾面盾牌了，請您拭目以待吧。」

說完自己的抱負後我投以微笑，斐迪南卻像強忍著頭痛般用力閉上雙眼。

「明顯並不一樣吧。」

「哪裡不一樣呢？」

「不，算了。現在不管再說什麼也沒用。我即將成為他領的貴族，往後只能艾倫菲斯特自己想辦法了。」

斐迪南擺擺手說完，韋菲利特露出了驚訝表情。

「對了，奉獻儀式時我們還發送了斐迪南大人教我的、能夠大幅恢復魔力的回復藥水，感覺這個藥水很有價值呢。王族成員也都大吃一驚。」

「……那又如何？」

斐迪南朝我看來，表情像是再也沒有力氣說任何話。

「我想您可以用來獻給王族賣個面子，或在蒂緹琳朵大人做了什麼事得罪王族的時候，用來避免遭到連坐，所以向您報告一聲。最好把這當成一個籌碼喔。」

我說完，斐迪南看著我的眼神忽然變得凌厲。

「羅潔梅茵，妳認為她將採取什麼行動吧？若能預先阻止的話就告訴我。」

「韋菲利特哥哥大人，髮飾與閃亮亮奉獻舞不算是內情吧？」

「……嗯，是啊。」

我姑且向韋菲利特徵得同意，然後說明蒂緹琳朵很可能在明天的畢業儀式上佩戴比王族還要華麗的髮飾，還可能讓身上的魔石發光，跳起燈泡奉獻舞。

「絕不能放任她對王族如此不敬。關於髮飾，我想盡辦法也會讓她摘下來。但是，唔……妳說的閃亮亮奉獻舞是什麼意思？」

「說起來，這件事一開始是因為羅潔梅茵在舉行加護儀式以後，曾有段時間無法好好控制魔力，結果在奉獻舞課上讓全身的魔石發光。」

韋菲利特開口說明後，我急忙再補充：

「可是我沒有讓祝福溢出來喔。從頭到尾，我只是讓魔石發光而已，這應該是值得表揚的事情吧？」

斐迪南只是瞥來一眼就沒再理我，韋菲利特則是搖搖頭說：「妳怎麼會覺得這件事值得表揚啊？」然後接下去說了：

「由於羅潔梅茵在奉獻舞課上非常引人矚目，蒂緹琳朵大人便在茶會上說，成年禮跳奉獻舞時她也想要模仿。」

「羅潔梅茵，妳實在是……」

「這、這不能只怪我一個人喔！練舞那時候我是無法控制自己，但韋菲利特哥哥大人卻建議蒂緹琳朵大人，只要降低魔石的品質，就能輕易讓魔石發光。」

要是蒂緹琳朵照著這個提議，準備了適合自己的魔石再練舞，那韋菲利特應該要負更大的責任吧。我打小報告後，斐迪南目光不善地瞪向韋菲利特。

「我看最多嘴的人是你。」

斐迪南責罵起韋菲利特時，布倫希爾德輕拍我的肩膀。

「羅潔梅茵大人，第七鐘就要響了。若要將送給萊蒂希雅大人的魔導具交給賽吉烏斯大人，必須盡快開口。」

眼看大家徹底遺忘了做好的錄音魔導具，我實在非常擔心——布倫希爾德小聲說道。正好藉著這件事可以解救韋菲利特脫離挨罵的苦海，我輕拉了拉斐迪南的袖子。

「斐迪南大人，可以把其中一個魔導具交給賽吉烏斯，請他去找萊蒂希雅大人的家人錄下鼓勵的話語嗎？」

我不能向身分為斐迪南近侍的賽吉烏斯直接開口詢問。斐迪南停止了對韋菲利特的訓話，看向賽吉烏斯。

「賽吉烏斯，如何？你有辦法聯絡到萊蒂希雅大人的父母嗎？」

「沒問題。因為我是在多雷凡赫長大。」

賽吉烏斯說自己是在多雷凡赫出生，萊蒂希雅來到亞倫斯伯罕當養女時，他便與父母親一起過來。因此，他自己在多雷凡赫也有很多認識的人。

「那麼，這個魔導具就由賽吉烏斯登記魔力吧。不嫌棄的話，我也想錄幾句勉勵的話給萊蒂希雅大人，可以麻煩你嗎？」

「當然可以。我定將羅潔梅茵大人的關心傳達給萊蒂希雅大小姐。」

賽吉烏斯微微瞇起黃綠色雙眼，笑容非常溫柔。我請斐迪南將桌上其中一個魔導具拿給賽吉烏斯，再教他怎麼使用。

然後，我請他幫忙登記了要送給萊蒂希雅的留言。總共有三則，分別是「萊蒂希雅大人，您真的非常努力喔。」「斐迪南大人，講話不可以太嚴厲。」「偶爾請稱讚萊蒂希雅大人做得很好。」

「妳錄的這是什麼內容？」

「只要萊蒂希雅大人拿出這個魔導具，請一定要好好誇獎她喔。絕不可以像稱讚我那樣一點誠意也沒有。」

我毫不畏懼斐迪南的瞪視，這麼頂回去後，繼續囑咐賽吉烏斯。

「現在因為沒有時間再做一隻蘇彌魯布偶，請向萊蒂希雅大人的侍從拜託看看吧。」

「賽吉烏斯，不如你現在就向多雷凡赫送去奧多南茲吧？最好能在明天就錄好留言……」

「感謝斐迪南大人。恕我暫且告退。」

賽吉烏斯很快消失在了為近侍準備的屏風後頭，接著斐迪南表情有些厭惡地看向剩下三個魔導具。

「那麼，要送妳的魔導具要錄什麼留言？」

「當然是稱讚啊！」

本來我還想把魔導具裝在小熊貓布偶身上，只可惜我的野心被莉瑟蕾塔粉碎了。

「依我來看……雖然是該有句稱讚，但好像也需要一些像是羅潔梅茵大人錄給斐迪南大人的那些話呢。」

「像是可以讓羅潔梅茵大人停止看書或乖乖去休息的留言吧。」
莉瑟蕾塔身旁的布倫希爾德也重重點頭。對於侍從們的提議，不光我的近侍，韋菲利特也贊成地補上一句：「我覺得罵她的話比較需要。」
「若要錄些責罵妳的話，我倒是不介意……」
「我想要的明明是稱讚喔？」
「這種事無關緊要。倒是剛才說的，錄給我的話是什麼意思？」
「羅潔梅茵大人準備了這個布偶要送給斐迪南大人。」
莉瑟蕾塔動作極其迅速地拿出藏青色的蘇彌魯布偶，輕輕放在我面前。想必是早就去我房間拿來的吧。侍從的貼心真是教我心痛。
「莉瑟蕾塔，不是的。這個布偶我打算交給尤修塔斯。因為要是直接交給斐迪南大人，他肯定會永遠放在箱子裡，絕對不拿出來用。」
我拿起桌上的藏青色布偶，遞給尤修塔斯。
「尤修塔斯，要是斐迪南大人都只顧著工作、不聽別人說話，到時候你就使用這個蘇彌魯吧。」
「裡頭錄了什麼留言呢？」
「尤修塔斯，等一下！你晚點再確認吧！」
我嚇得冷汗直流，偷偷覷向斐迪南的表情。只見他揚嘴一笑。
「看來得聽到最後做確認才行。萬一和領地對抗戰那時一樣就糟了。」
「斐迪南大人，有關休華茲他們的研究資料就放在那個木箱裡喔！我們去看那些資料吧！好嗎？」

「我稍後再去。尤修塔斯，播放留言。」

尤修塔斯依著主人的指示，播放魔導具裡的留言。

「斐迪南大人，您有沒有好好休息呢？工作之餘也要適度休息喔。」

「不管再忙，不用餐就沒有力氣。不可以太過依賴藥水，請記得按時用餐。」

「艾倫菲斯特的餐點要是吃完了，請與我聯絡吧。」

只聽了幾則留言，斐迪南就用力捏起我的臉頰。

「好痛喔！」

「我想也是。尤修塔斯，夠了。把那東西交給我吧。」

斐迪南露出爽朗至極的假笑，朝著尤修塔斯伸出手。再這樣下去蘇彌魯布偶一定會慘遭封印！

「不行、不行！尤修塔斯，與其交給斐迪南大人，不如還給我吧！」

「你們在吵什麼？」

這時，齊爾維斯特邊用傻眼的語氣說著邊走了進來。近侍與擔任護衛的騎士們跟著進來後，感覺茶會室一下子變得很擁擠。

「養父大人！斐迪南大人要搶走我送給尤修塔斯的魔導具！」

「……這就是那個魔導具嗎？到底錄了什麼留言？」

齊爾維斯特一把搶走尤修塔斯手上的藏青色蘇彌魯布偶，觸碰魔石。聽見我錄製的叮嚀小語後，他放聲哈哈大笑，再把布偶扔回去給尤修塔斯。

「只要威脅斐迪南，要在亞倫斯伯罕播放羅潔梅茵錄給他的這些叮嚀，相信他會馬上停下手邊的工作。你就帶去吧。」

「感謝奧伯・艾倫菲斯特。」

尤修塔斯揚起開心的笑容，將藏青色蘇彌魯收在放置近侍行李的地方。

「好了，接下來是大人的時間。你們都回房去吧。」

齊爾維斯特早已備好了酒。他的侍從們立即將擺有茶具的桌子清理乾淨，改為放上酒器。齊爾維斯特揮了揮手催促我們離開，我與韋菲利特在道完睡前的問候後，便起腳離開茶會室。

……結果還是沒讓斐迪南大人稱讚我半句話。我真是太失望了。

道別與成年禮

領地對抗戰隔天，就是成年禮與畢業儀式。第二鐘快要響起前，谷麗媞亞便來叫我起床。

「羅潔梅茵大人，請起來吧。」

「谷麗媞亞，難得是妳來叫我呢。黎希達怎麼了嗎？」

我在棉被裡翻了個身，仰頭看向谷麗媞亞。

「因為奧伯捎來通知說了，儘管時間尚早，但要您在第二鐘響後與斐迪南大人共進早餐。黎希達正在茶會室準備餐點。」

聞言，我飛身而起。由於早餐後的茶會室要忙著收拾整理，原本是禁止我與斐迪南一起用早餐。

「聽說昨晚斐迪南大人與奧伯一起喝了酒，聊了許多之後，又看起了研究資料。奧伯希望羅潔梅茵大人您幾位去用早餐時，順便叫醒斐迪南大人。」

聽說齊爾維斯特命令我們早點去叫斐迪南起床，趕在儀式開始前送他離開。似乎也是因為他盤算著若有三名領主候補生的近侍同行，茶會室很快就能整理好。

……耶～！養父大人，謝謝你！

在谷麗媞亞與布倫希爾德的協助下，我興沖沖地開始更衣。這天早晨，莉瑟蕾塔與萊歐諾蕾都沒有出現在我的房間裡。這是因為第二鐘就快到了，她們正急急忙忙用早餐。畢業生必須趕在父母抵達之前吃完早餐、沐浴淨身。

「畢業生得做好多準備呢。」

想起兩年前安潔莉卡幾乎沒做什麼準備，都是莉瑟蕾塔與她的父母親三個人在忙碌張羅，我輕聲笑了起來，同時送出奧多南茲。

「斐迪南大人，早安。我這邊已經準備好了，接下來要去茶會室用早餐喔。」

走出房間，只見夏綠蒂也做好了準備。到了二樓，韋菲利特同樣已經在等我們。大家一起走進茶會室後，幫忙作準備的侍從們便前來迎接。原先設置在茶會室裡的近侍用空間早已消失，長椅也移動了位置，方便畢業生們等候前來迎接的對象。放置行李用的木箱一樣不見蹤影，似乎是搬到了斐迪南的休息空間裡。

「看起來已經收拾得差不多了呢。」

「是呀。這邊已經備好了早餐。小少爺、兩位大小姐，這邊請。你們都去餐廳用早餐吧。」

陪同來到茶會室的未成年近侍們隨即往餐廳移動，我們領主候補生則在黎希達的帶領下走向桌子。大概是聽到我們一行人抵達的聲響，斐迪南從屏風後頭走了出來。儘管服裝已經穿戴整齊，臉上的表情卻明顯睡眠不足。

「斐迪南大人，早安。」

「嗯，早。」

「聽您的聲音好像還沒睡醒，是不是看太多研究資料了呢？」

兩年前與赫思爾徹夜討論了研究以後，隔天早上他就是這樣的表情。看起來呆呆的斐迪南極其罕見。

「……這也是原因之一，但主要是那張長椅比預想的要舒適。」

「能幫助斐迪南大人有頓好眠，就不枉我們特地把它搬過來呢。等到了春天運送行李的時候，要一起把它送過去嗎？」

當初斐迪南在接到緊急通知後，很快便前往亞倫斯伯罕，因此只帶了當下會用到的生活必需品與基本該帶的結婚賀禮。換季後需要的生活用品，以及今年冬天貴族們從各地送來的大量賀禮，都還留在艾倫菲斯特。

「目前我還住在客房，所以暫無必要。」

「我是指等到了春天，星結儀式結束以後喔？」

「……等我有了自己的房間再考慮吧。」

一向深思遠慮的斐迪南難得回答得這麼含糊，但要是還沒有自己的房間就把東西送過去，確實會給他造成困擾吧。「那一有必要請告訴我喔。」我這麼回應後，斐迪南點點頭坐下來，接著向我招手。

「羅潔梅茵，妳過來。已經退燒了嗎？」

「今天早上我覺得自己狀況還不錯喔……」

我聽話地站到斐迪南面前。看見斐迪南開始確認我的體溫與脈搏，夏綠蒂驚叫道：

「姊姊大人，您昨天身體不舒服嗎？」

「只是因為領地對抗戰太累了，有些發燒而已。我已經乖乖喝了藥水，今天早上也退燒了喔。」

「羅潔梅茵，太吵了。閉上嘴巴，不然我量不到脈搏。」

「對不起。」

結束了一如既往的檢查，斐迪南便說：「雖然妳已經退燒，但仍要小心別太過勞累。」我這才也坐下來。

「由於姊姊大人近來很少昏睡在床了，我沒想到您竟然會身體不適。」

「可能也是因為第一次參加表揚儀式，情緒太激動了吧。夏綠蒂，昨天用晚餐時的氣氛還好嗎？養父大人過來茶會室以後，就說接下來是大人的時間把我們趕走，所以我沒來得及問他。」

昨晚我們並未去餐廳一起用餐，因此我一邊吃著早餐，一邊向夏綠蒂詢問當時的情況。她說由於今年有許多人獲選為優秀者，學生們的情緒也相當亢奮，大家一起度過了愉快的晚餐時光。

「那我們睡了以後，斐迪南大人又與養父大人聊了哪些事情呢？隔了這麼久又能一起喝酒，應該聊得很開心吧？」

我接著再問向斐迪南，他卻垂下雙眼思索片刻，不肯告訴我詳細情況，只說：「之後妳再問齊爾維斯特吧。」

用完早餐，桌面收拾好後，尤修塔斯拿出了幾樣東西擺在桌上。有兩個錄音魔導具，以及一個皮袋。斐迪南將其中一個魔導具推到我前方。

「這是錄音魔導具。照著妳侍從的要求，錄了許多用來提醒妳的叮嚀。」

「斐迪南大人，那我的要求呢？」

「這嘛……」

「太過分了！」

我不滿地鼓起臉頰，拿起魔導具播放留言。確實如斐迪南所說，從一開始就是嘮叨：「用餐時間到了。不管妳現在在做什麼，立刻停下來。」

……其他是什麼呢？

「羅潔梅茵，別在這裡，至少等妳回房後再聽。在同一處空間裡聽到自己的聲音，感覺實在詭異。」

斐迪南皺著臉龐制止我。儘管我很想當場聽完全部，但不照做的話感覺會被沒收，所以我決定帶回房間再聽。緊接著，斐迪南再遞來能阻隔魔力的皮袋。打開一看，裡頭有張紙和另一個錄音魔導具。

「昨晚妳往登記了賽吉烏斯魔力的魔導具錄了留言，這個便多出來了吧？我想繼續進行這項研究，所以麻煩妳照著紙上的指示使用魔導具，再把結果告訴我。結果寫信告知即可。」

反正這本來就是共同研究，斐迪南想要繼續的話，我也無法拒絕。「我知道了。」這麼回答後，我收下皮袋。

「最後，剩下的這個備用魔導具可以給我嗎？我想在明年冬天之前，試著發掘其他種用途。」

「這些都是斐迪南大人做的、還付了錢的魔導具，當然可以呀。」

依著齊爾維斯特的指示叫醒斐迪南、一起用早餐後，我們的任務就完成了。接下來斐迪南得換上正裝，去接蒂緹琳朵。由於我們會妨礙到他更衣與收拾行李，必須離開去多功能交誼廳。

「羅潔梅茵、黎希達，齊爾維斯特告訴我這個空間都是妳們兩人所布置。昨晚我過得非常舒適，在此謝過。」

看得出來斐迪南確實放鬆休息了一番，還特地向我們道謝。之前我還與黎希達一起討論該怎麼布置會更舒適，苦心總算沒有白費。而且大概是因為昨晚沒得到稱讚的關係，這番話讓我特別高興。雖然高興，卻也感受到了這是不得不再次分開前的道別，心中無比寂寥。

「這種時候應該好好說聲謝謝嘛。」

為了驅散心裡的失落，我故意這樣耍嘴皮子。還以為斐迪南會和往常一樣嗤聲冷笑或隨口敷衍一句，沒想到他居然露出了至今極少展現的溫柔笑容。

「……羅潔梅茵、黎希達，謝謝妳們。」

話一說完，多半是真的沒有時間了，斐迪南立即轉身消失在了屏風後方。面對斐迪南難得這麼坦率的道謝，似乎不只我一個人紅了眼眶。黎希達也閃著淚光，向我們催促道：

「好了，快去多功能交誼廳吧。斐迪南大人得更衣才行。」

看見學生都在玄關大廳集合，要去大禮堂作準備時，我正想與大家會合，立刻被韋菲利特制止。

「妳還是聽黎希達的話，在多功能交誼廳待命吧。昨天的領地對抗戰結束後妳就已經身體不適，要是從現在就鼓起幹勁，今年又得中途離席。叔父大人要擔任蒂緹琳朵大人的男伴，如果沒在會場看見妳，他也會擔心吧。」

我完全無法反駁。結果今年我也交由大家作準備，自己則在交誼廳內與護衛騎士優蒂特一起待命。同一時間，畢業生的家長們陸續到來。萊歐諾蕾與莉瑟蕾塔的父母親向我打過招呼後，各自走向孩子的房間。

家長們都抵達後，接著輪到畢業生的男女伴。柯尼留斯與哈特姆特穿著隆重的正裝出現：「羅潔梅茵大人，早安。」

「柯尼留斯哥哥大人，萊歐諾蕾的父母剛到，可能要再花點時間作準備喔。哈特姆特，你快點去接克拉麗莎吧。根據貴族院的戀愛故事，聽說女孩子在等待的時候都會非常不安。」

照克拉麗莎至今那股氣勢，要是不去接她，她很有可能自己跑來，但還是不能讓女孩子感到不安。

「她的父母親同意你們結婚了吧？」

「當時他們回覆我：經過諸多考量，這恐怕是最好的辦法了。」

……這樣的同意算是同意嗎？

大家都接受了固然很好，但真的沒問題嗎？我有些擔心。與哈特姆特交談的時候，

曾在城堡裡見過的韋菲利特的近侍向我走來。

「羅潔梅茵大人，請容我向您道聲問候。」

這麼開口的人，是莉瑟蕾塔的男伴妥斯登。我聽過他的名字，也知道他是韋菲利特的文官，但無法把長相和名字連起來，所以沒有什麼真實感。他看起來穩重沉著，應該會與莉瑟蕾塔合得來。

「莉瑟蕾塔就拜託你了。」

「遵命。」

與妥斯登打過招呼後，領主夫婦也到了。齊爾維斯特似乎回了一趟艾倫菲斯特，帶著臉色有些蒼白的芙蘿洛翠亞一起過來。怎麼看她身體狀況都不是很好的樣子。齊爾維斯特小心地扶著愛妻，讓她坐下。

「齊爾維斯特大人，謝謝你。」

「養母大人，您身體還好嗎？」

「好像是因為轉移陣，有些頭暈而已。」

「所以我都說了，叫妳留在艾倫菲斯特休息。」

「對學生們來說，一輩子只有一次畢業儀式。我也知道自己任性，但還是想來為他們慶祝嘛。」

聽得出來同樣的對話兩人已經重複了好幾遍。從這些細節，就能看出齊爾維斯特有多麼深愛芙蘿洛翠亞。

「大小姐，我們去大禮堂吧。若不趕在監護人們進場前進去，會太過醒目喔。」

「那養父大人與養母大人呢？」

「我會讓芙蘿洛翠亞休息到最後一刻。妳走路速度慢，還是先過去吧。」

齊爾維斯特揮了揮手作勢驅趕，我便和黎希達以及優蒂特一起往大禮堂移動。

和去年一樣，大禮堂內已經不見上課時會看到的牆壁，變成了羅馬競技場般的階梯式看臺；中心則設置了表演奉獻舞與劍舞用的白色圓柱形舞臺，更後方可以看見祭壇。我參考去年正要走向觀眾席區，黎希達阻止了我。

「大小姐，既然您今年的身體狀況不錯，去領主一族的座位區吧。」

不同於家長區，領主一族的座位距離舞臺極近，想必也能清楚地觀看到奉獻舞吧。

「姊姊大人，這邊。」夏綠蒂向我招手後，我坐了下來。

「父親大人與母親大人來了嗎？」

「嗯。但養母大人因為轉移陣的關係有些頭暈，會休息到快開始再過來。」

「母親大人的身體狀況這麼不好嗎？真教人擔心。」韋菲利特說。

齊爾維斯特已經囑咐過我，芙蘿洛翠亞可能有孕一事還不能告訴其他人。因為現在有許多他領的奧伯在，萬一牽扯到第二夫人這個問題會有很多麻煩，等回到艾倫菲斯特以後他再告訴大家。

畢業生即將進場前，齊爾維斯特與芙蘿洛翠亞終於出現。可能是因為喝過藥水，也可能是剛才休息過了，也或許貴族的特色就是要隱藏情緒與不適，芙蘿洛翠亞坐下來時已經帶著與往常無異的笑容。

「養母大人，請您別太勉強自己喔。」

「羅潔梅茵，這句話同樣能對妳說唷。」

芙蘿洛翠亞發出銀鈴輕笑時，大禮堂的門扉打開了。畢業生們開始進場，在舞臺上排開來。當中有一個人格外醒目，引得大家議論紛紛。

蒂緹琳朵面帶得意的微笑走進來後，只見她的頭髮硬是比別人高出了一截，驚人程度惹得場內眾人瞠目結舌。斐迪南走在她身旁時，就連假笑也顯得十分無力，恐怕不是我的錯覺。

……啊啊啊啊啊！斐迪南大人，你說服失敗了吧?!

八成是想要添加許多飾品，蒂緹琳朵盤起的頭髮高得和瑪麗・安東妮有得比。加上她的頭髮本來就是亮眼華麗的金色，往上高高盤起以後，閃亮程度更是加倍。然後她還戴了三個顏色接近紅色的艾倫菲斯特髮飾，甚至在旁邊密密麻麻地纏上蕾絲與緞帶當點綴。

……呃，從另一個角度來看還真是了不起。真沒想到我會在尤根施密特目睹這樣的髮型。

我再定睛仔細觀察，發現蒂緹琳朵並沒有把所有髮飾都用上。肯定是身邊的人拚命阻止了她，說如果不減少髮飾的數量，會對王族不敬吧。所以她在減少了髮飾的數量後，就再補了其他裝飾。

……為了配合王族佩戴的數量，她確實是少戴了幾個艾倫菲斯特的髮飾。可是，緞帶與蕾絲都密密麻麻到那種程度了，那髮飾多還是少根本無關緊要了嘛。最主要是，頂著那顆頭能跳奉獻舞嗎？

我忍不住看向亞倫斯伯罕領主一族所在的位置。喬琪娜一臉若無其事地坐在座位上。她都沒有阻止女兒的奇異行為嗎？

……但如果阻止了的話，不會讓自己的女兒以這副模樣入場吧。喬琪娜大人到底在想些什麼，才會讓蒂緹琳朵大人為所欲為呢？

我忽然感到非常不安，但備受矚目的蒂緹琳朵本人倒顯得非常滿足。護送畢業生到舞臺上後，並非畢業生的男女伴便往預先安排好的座位移動，這時候斐迪南看起來已是精疲力竭。

接著由中央神殿的神殿長舉行成年禮，結束後畢業生們開始奉獻音樂。由於我在畢業生離開宿舍之前就先過來了，所以沒有看到萊歐諾蕾與莉瑟蕾塔盛裝打扮的模樣。偏偏剛才還被極具震撼效果的髮型吸走目光，到現在我還沒有找到兩人。奉獻音樂時蒂緹琳朵會離開舞臺，這段時間是我唯一的機會。

「莉瑟蕾塔在哪裡呢？剛才目光都被蒂緹琳朵大人吸走了，我完全沒找到她。」

「姊姊大人，我明白您的心情。我也沒找到自己的近侍。」

畢竟剛才舞臺上有那麼多人，那顆隆起的頭勢必會最先映入眼簾。莉瑟蕾塔的裝扮又是樸素風格，想要找到她更是不可能。記得她負責唱歌的我，睜大了眼睛努力尋找。蒂緹琳朵一不在，要找人顯然就容易多了。

「我找到了。莉瑟蕾塔在那裡。」

莉瑟蕾塔穿著淺米色正裝，盤起的頭髮上戴著相同顏色的髮飾。她的個性文靜內斂，平常總是站在大家一步後方。大概也是因為這個緣故，出眾的容貌很少引起注意，但今天的她看來特別高雅脫俗。

……而且據繆芮拉所說，莉瑟蕾塔在他領學生間好像也很受歡迎呢。

總算發現了莉瑟蕾塔的蹤影，我正為此鬆一口氣時，音樂的奉獻也結束了。負責奉獻音樂的畢業生們走下舞臺，在底下圍成一圈。緊接著上臺的，是身穿藍色正裝、獲選表演劍舞的二十名騎士。其中一個人是萊歐諾蕾。由於女性騎士不多，我一眼就看到她了。在那頭葡萄般的紫紅色頭髮上，綻放著白色與紅色的花朵。多半因為她是冬季出生的吧。

騎士們拿著思達普變成的劍擺好姿勢。隨著樂聲悠揚響起，劍身開始反射光芒。強而有力的動作中，又有種女性特有的柔韌。儘管手持利劍，萊歐諾蕾的劍舞卻如流水般優雅，也給人非常柔和的感覺。

「萊歐諾蕾真的跳得好漂亮喔。」

「嗯，是很出色。不過，亞歷克斯的表現也不輸她。」

韋菲利特稱讚自己的近侍，笑了起來。

我們爭論著誰更厲害時，劍舞也結束了。

「接下來是奉獻舞嗎……她那顆頭有辦法跳舞嗎？」

齊爾維斯特的嘀咕想必說出了所有人的心聲。場內眾人的目光，悉數集中在穿著飄逸奉獻舞衣的蒂緹琳朵身上。

蒂緹琳朵的奉獻舞

集眾人的目光於一身，蒂緹琳朵穿著光之女神的舞衣，靜靜走向穿著黑暗之神舞衣的藍斯特勞德。得護送她上臺的藍斯特勞德一臉嫌棄至極地看著蒂緹琳朵的頭。

「妳戴那麼多飾品有辦法跳舞嗎？」

藍斯特勞德代表滿心擔憂與不安的眾人直截了當地問出口，我不禁在心裡拍手叫好。居然有勇氣當面問她，簡直勇者！然而，蒂緹琳朵並沒有領會到勇者這麼詢問的意圖。

「嗯，當然可以呀。因為我練習很多遍了。」

回答時蒂緹琳朵卻不是看向自己沉甸甸的頭，而是低頭看向雙手。

……藍斯特勞德大人是在說髮飾吧。妳在看哪裡呢？……是手臂上戴了什麼東西嗎？啊，難不成是魔石？

看來不光是頭髮上華麗繽紛的飾品，她也確實準備好了發光用的魔石。發現蒂緹琳朵準備得這麼周全，我難掩驚訝。她到底是怎麼逃過斐迪南的法眼？

我正在疑惑這件事時，領主候補生們一個個走上舞臺，長長的衣袖在空中飛揚。儘管黑暗之神要護送光之女神，藍斯特勞德卻極力不讓蒂緹琳朵進入自己的視野。只見他微微側過頭，而不是朝向正面。

……表情就和剛才的斐迪南大人一模一樣。但藍斯特勞德大人，加油啊！

上臺後領主候補生們站到自己該站的位置，跪下來觸碰舞臺。只是這麼簡單的動作，蒂緹琳朵那顆頭就沉甸甸地一晃。反而是我捏把冷汗，很擔心會垮下來。

「創世諸神，吾等在此敬獻祈禱與感謝。」

藍斯特勞德揚聲唸出禱詞的瞬間，原本一片雪白的舞臺上，今年也浮現出了魔法陣。其他人似乎看不見，因此我只是安靜地看著舞臺。

樂聲響起後，舞者們慢慢起身。手一緩緩抬起，衣袖便跟著飄揚擺盪。奉獻舞正式開始。

……啊，蒂緹琳朵大人真的打算讓魔石發光。

才剛開始跳舞不久，蒂緹琳朵身上的魔石便微微發光。看來她在全身上下都藏了魔石，微小的光點在手腕與頭髮上一一亮起。由於只有她一個人在發光，確實十分引人注目。但是，舞蹈本身並不出色。而且頭果然太重了吧，她每次旋轉都會重心不穩，讓人在意得不得了。

「噢噢，光之女神在發光呢。羅潔梅茵上次練舞時也像這個樣子嗎？」

齊爾維斯特小聲問道。夏綠蒂模稜兩可地笑了笑，搖搖頭說：

「姊姊大人身上的魔石品質高多了。除了有許多護身符，髮飾上的虹色魔石也在發光，所以非常璀璨耀眼，並不是這麼微弱的光芒。而且知道真實情況的我根本沒有餘力去想漂不漂亮，只擔心祝福會溢出來。」

聽完夏綠蒂這番話，我感覺自己狂冒冷汗。因為那時候我只拚了命不讓祝福溢出，完全不曉得自己處在何種狀態。

「……那個，該不會當時我比現在的蒂緹琳朵大人還要醒目吧？」

「連在旁邊一起練舞的我都注意到了，忍不住停下來看妳，所以當時妳身上的光芒確實更醒目吧。」

……不要啊啊啊！要是比蒂緹琳朵大人還醒目，那旁人到底會以為我有多愛現啊?!

我在心裡大聲慘叫，這時卻發現蒂緹琳朵身上的光芒消失了。亮起的光芒只持續了幾秒鐘的時間，轉眼就熄滅了。大概是注意到了，蒂緹琳朵微微蹙眉，幾秒後又讓魔石發光，不久卻又再度暗下。同樣的情況開始一再反覆。

不斷閃爍的光芒讓人很難不去留意。起先我還以為蒂緹琳朵是故意的，想要引人注目，但是仔細觀察以後，我發現每次光芒暗下，她都會微皺著眉再使魔石發亮。顯然蒂緹琳朵不是要引起關注才刻意這麼做。

……為什麼一直忽明忽滅呢？……嗯？那是魔力嗎？

蒂緹琳朵周遭似乎有魔力在縈繞飄動。釋放大量魔力時會出現的淡色霧氣，好像全被魔法陣吸了進去。但是，我不確定是否只有看得見魔法陣的自己才注意到這件事。我下意識地看向斐迪南，只見他臉上已經沒了假笑，眉頭正用力皺起。

「我發現蒂緹琳朵大人的魔力好像正在往外釋出……」

是我的錯覺嗎？芙蘿洛翠亞低喃說完，夏綠蒂點了點頭。

「我也看到了。一開始我還以為是錯覺，但飄散出來的魔力是不是越來越明顯了呢？」

原來看得見搖曳魔力的不只我一個人。正這麼心想時，似乎在場所有人也都注意到了，觀眾席上的人們嘈雜起來：「她是不是釋放太多魔力了？」

「羅潔梅茵，那樣沒問題嗎？居然釋出那麼多的魔力……」

「有段時間羅潔梅茵也經常變成這樣，但蒂緹琳朵大人不會有事嗎？」

齊爾維斯特與韋菲利特紛紛問我，但我怎麼知道呢？我曾極力抑止快要滿出的魔力結果還是溢了出去，也曾克制不了情緒而在威懾狀態下魔力盈滿全身，但從來不曾為了讓魔石發光而使魔力遍布全身。

「我從來不曾為了讓全身的魔石發光就釋放魔力，所以無法判斷蒂緹琳朵大人現在的情況。但如果全身都在釋放魔力，確實會對身體造成很大的負擔，我就算喝過藥水也要昏睡好幾天呢。」

明明我回答得非常認真，齊爾維斯特卻一臉傻眼地看我。

「妳連在屋外稍微走動都會病倒好幾天，依妳虛弱的程度，妳所謂的負擔根本不能當參考。」

「……我也不知道一般人在釋放魔力時，會對身體造成多大的負擔嘛。」

但是，奉獻儀式時大家被吸走魔力後看起來都虛弱無力，在哈爾登查爾舉行喚春儀式的時候，被強行吸走了魔力的女性當中還有人暈倒。由此來看，總之不可能完全不造成負擔吧。

「不過，蒂緹琳朵大人既是領主候補生，又是下任奧伯，想必早已習慣供給魔力，不會對身體造成太大的負擔吧。應該是不用擔心。」

我話才剛說完，周遭的觀眾忽然接連大喊：「啊！」「危險！」只見蒂緹琳朵的身體猛然一晃，開始往在旁邊跳舞的黑暗之神倒去。

……結果超級需要擔心！

我用力倒吸口氣，注視著舞臺上失去平衡的蒂緹琳朵。感覺眼前的畫面甚至呈現慢速播放，一朵紅花還從蒂緹琳朵高高盤起的頭髮上滾落。

「什麼?!」

不知是否因為極力不看蒂緹琳朵，還是太專心在跳舞，抑或是張開手臂旋轉時長長的袖子遮住了視野；儘管是受過訓練的戴肯弗爾格領主候補生，藍斯特勞德卻慢了半拍才注意到往自己倒來的蒂緹琳朵。

「這?!」

瞪大了雙眼的藍斯特勞德還在轉圈。結果踉蹌不穩的蒂緹琳朵一撞上他，立刻被用力往後彈開，還連累了跳風之女神的領主候補生一起倒地。蒂緹琳朵的髮飾甚至全掉下來，往上盤起的髮型也開始崩塌。

「快閃開！」

「危險！」

觀眾們正驚聲大叫時，慘遭波及的風之女神舞者「呀啊！」地發出尖叫，被蒂緹琳朵推得往後跌坐，飛揚的袖子在空中鼓起。

蒂緹琳朵則是「啪噹」一聲趴倒在地，手在碰到舞臺的那一瞬間，臺上的魔法陣還倏然發光。但是，亮光也只持續了幾秒鐘。

「我剛剛在舞臺上看到了魔法陣。」

但亮起的那幾秒鐘，大家似乎也都看到了魔法陣。儘管持續時間非常短暫，但顯然已經足以讓眾人留下深刻印象。看見舞臺上浮現了未知的魔法陣後，現場人們開始喧譁議論。

「那種地方怎麼會有魔法陣……？」

「那究竟是什麼？」

對此，我發現斐迪南按住了太陽穴。目光與他對上的瞬間，斐迪南邊做出沉思狀，邊以食指抵在嘴唇上。

……意思是要我什麼也別說吧？

「肅靜！奉獻舞尚未結束！」

「儀式絕對不能中斷。」

中央神殿的神殿長與神官長，對著鬧哄哄的觀眾席和一臉不明所以地看著舞臺的畢業生們喝道。但是，蒂緹琳朵似乎已經徹底失去意識，波及了風之女神的舞者趴倒在地後，就此不再動彈。在這樣的舞臺上，根本無法繼續跳奉獻舞。

「不能讓蒂緹琳朵大人繼續留在臺上。走吧。」

斐迪南起身向亞倫斯伯罕的貴族們吩咐道，自己也走上舞臺。貴族們像是恍然清醒一般，急忙開始動作。

「你負責把蒂緹琳朵大人帶下舞臺，指示侍從幫她脫下奉獻舞衣。你們趕緊回收髮飾。」

一名近侍將趴在舞臺上的蒂緹琳朵抱起來帶走，其他人則是撿拾掉了一地的髮飾。

斐迪南向被帶走的蒂緹琳朵瞥了一眼，隨後在跌坐於地的風之女神舞者面前跪下來，鄭重道歉。

「實在非常抱歉，蒂緹琳朵大人突然失去意識後，竟害得您受到牽連。適才那樣突然倒地，身體想必仍然十分疼痛，能允許我為您施展治癒嗎？」

「……准許你。」

斐迪南為慘遭波及的風之女神舞者施展洛古蘇梅爾的治癒後，伸手扶她站起來。協助她起身後，確認她已沒有任何不適，斐迪南便離開舞臺。

舞臺下，蒂緹琳朵的侍從們正幫她脫下光之女神的服裝。斐迪南吩咐她們將服裝交給中央神殿的人以後，便遵照喬琪娜的指示，陪著失去意識的蒂緹琳朵一起離開大禮堂。

「奉獻舞重新開始。」

收下原由蒂緹琳朵穿在身上的光之女神舞衣後，中央神殿的人再交給負責替補的領主候補生。那名領主候補生急忙做好準備，走上舞臺。於是在中央神殿的神殿長主持下，奉獻舞重新開始。

「創世諸神，吾等在此敬獻祈禱與感謝。」

儘管觀眾的交頭接耳聲始終沒有止息，臺上的舞者們仍是重新跳起奉獻舞。這次沒有任何人發光，也沒有魔法陣亮起光芒。順利結束後，代表中午到來的第四鐘鐘聲響起，在大禮堂內迴盪。

「從進場直到退場，蒂緹琳朵大人還真是讓人吃驚連連。」

不僅綁了高高盤起的髮型，還讓身上的魔石明滅閃爍，跳舞跳到一半蒂緹琳朵甚至失去平衡，連累其他人一起倒地，最後更使得舞臺亮起神秘的魔法陣。今年的畢業儀式，她肯定是最受矚目、又最被大家討論的人物了。事實上就連在艾倫菲斯特舍內用午餐時，大家也都在討論蒂緹琳朵以及舞臺上瞬間浮現的魔法陣。

「我還是現在才知道舞臺上有那種魔法陣。」

「我們畢業生並沒有看到什麼魔法陣……」

萊歐諾蕾與莉瑟蕾塔說完，互相對看。她們說當時畢業生都在舞臺下待命，沒有半個人看見發光的魔法陣。於是坐在階梯式看臺上的在校生們，便向畢業生們描述了奉獻舞時的情景。

「羅潔梅茵、夏綠蒂，妳們不覺得那和哈爾登查爾的魔法陣很像嗎？呃，雖然魔法陣並沒有發動，很快就消失了，但同樣是白色的舞臺上突然浮現魔法陣，也好像都需要達成某些條件才能發動。」

韋菲利特說完，我與夏綠蒂點了點頭。儘管魔法陣的圖案與符號不一樣，但都是有魔法陣隱藏在白色的舞臺當中，這點非常相似。

「羅潔梅茵，妳對那個魔法陣有印象嗎？既然奉獻舞也是儀式，妳是不是知道些什麼？」

齊爾維斯特問道，朝我投來探問的眼光。我忙不迭搖頭。

「我什麼都不知道喔。艾倫菲斯特會舉行的儀式裡並不包含奉獻舞，這是中央神殿才有的儀式吧。」

「這樣啊……」

齊爾維斯特仍然一臉懷疑地看著我。就在這時，有奧多南茲飛進屋內。雖說已經快吃完飯了，但很少有人會在午餐時間送奧多南茲來。正這麼心想時，奧多南茲在我面前降落，張開嘴巴：

「羅潔梅茵大人，我是艾格蘭緹娜。抱歉在用餐時間打擾妳。稍後我將派人前往茶會室，能請妳收一下信嗎？」

儘管艾格蘭緹娜的聲音不疾不徐，但不論是午餐時間送來奧多南茲，還是畢業儀式當天派人來茶會室，這種情況都非比尋常。肯定發生了什麼很嚴重的事情。

「養父大人。」

「妳回覆後我們就去茶會室待命。走吧。」

我以奧多南茲回覆「遵命」後，急忙吃完午餐。所有領主一族都前往了茶會室。我們一邊在茶會室裡喝著餐後的茶，一邊等著使者到來。

「近侍們都退下吧。這是王族的緊急委託，其他人不適合在場。」

齊爾維斯特說完，只有幾名護衛騎士留下來，其餘近侍全部退了出去。看著他們離開後，齊爾維斯特再擔心地看向芙蘿洛翠亞。

「使者帶來的恐怕不是什麼好消息。芙蘿洛翠亞，妳要不要也先回房休息？」

「現在知道或晚一點知道，衝擊都是一樣的吧？我要以艾倫菲斯特第一夫人的身分留在這裡。」

芙蘿洛翠亞這麼表示後，齊爾維斯特只能無奈點頭。

「不知道是什麼事情呢？」

「想也知道要問妳那個魔法陣。也只有這件事明明如此緊急，卻無法在奧多南茲裡明說。」

聽了齊爾維斯特的回答，我暗暗嘆口氣。真是這件事的話，如果不先問過斐迪南，我什麼都無法回答呢。

輕脆的鈴鐺聲傳進了氣氛無比緊張的茶會室裡。緊接著，亞納索塔瓊斯的首席侍從歐斯溫以使者身分走進來。發現近侍都已被屏除在外，歐斯溫先是為此道謝，再詢問齊爾維斯特能否使用指定範圍的防止竊聽魔導具。

「無妨。護衛騎士都退到指定範圍外吧。」

歐斯溫發動了指定範圍的防止竊聽魔導具後，向我遞來一封信。

「羅潔梅茵大人，這是亞納索塔瓊斯王子給您的信。很抱歉給您造成麻煩，但他吩咐過了，我得將您寫好的回信帶回去。」

我打開信件開始閱讀。既然還派了亞納索塔瓊斯的首席侍從過來，想也知道是非常嚴重的事情。然而，始料未及的內容還是讓我一陣暈眩。

原來中央神殿的神殿長與神官長竟然在午餐時宣稱，奉獻舞時浮現的那個魔法陣是用來選出下任君騰，還說現在最有資格成為下任君騰的人就是蒂緹琳朵。

……哇噢，蒂緹琳朵大人居然有資格成為下任君騰，不是下任奧伯嗎？

聽說中央神殿主張，由於王族沒有半個人知道奉獻舞的舞臺上藏有魔法陣，再加上席格斯瓦德、亞納索塔瓊斯與艾格蘭緹娜他們在跳奉獻舞時，從來不曾讓魔法陣發亮，所以也許再過不久將有真正的君騰會被選出，取代現在這些並未持有古得里斯海得的王族。

信上寫著，在開始出現奇怪的流言之前，他們想盡可能蒐集情報。比如那個魔法陣是否真是用來選出下任君騰，蒂緹琳朵又是否真的最有資格成為下任君騰。信上甚至寫道，如果蒂緹琳朵真能成為持有古得里斯海得的君騰，特羅克瓦爾有意要將王位讓給她。

……蒂緹琳朵大人要成為君騰?!這種未來也太恐怖了吧！

亞納索塔瓊斯認為，既然我對儀式與魔法陣這麼了解，應該曉得中央神殿的主張是否正確，所以希望能趁著下午神殿的相關人員都出席畢業儀式時，在他的離宮向我詢問詳情。名義上說是請求，但連時間都指定好了，實際上等同王族的召見。

「對您實在是很過意不去，但有關儀式的事情，除了中央神殿以外，王族能夠請教的也只有羅潔梅茵大人了。」

說話時，歐斯溫臉上的笑容和往常一樣沉穩，但話聲中卻隱隱透著焦急。的確，亞倫斯伯罕的下任奧伯可是在成年禮時頂著驚人的髮型出場，聽到她是最有資格成為下任君騰的人選，心裡會不著急才怪。

……可是，這種事情已經超出我能力範圍了！斐迪南大人！

「奉獻舞是中央神殿獨有的儀式，所以妳什麼也不知道。沒錯吧，羅潔梅茵？」

妳剛才不是這麼說過嗎——齊爾維斯特朝我看來，我連連點頭。我已經聲稱自己什麼也不知道。齊爾維斯特再把目光投向歐斯溫。

「王族既已召見，自然該讓羅潔梅茵過去一趟。但是，倒不如問問人在亞倫斯伯罕舍的斐迪南，也許會有機會取得王族想要的情報。而且趁著現在，還能以詢問蒂緹琳朵大人是否安好為由召見他。」

畢竟事態嚴重，這種時候不可能拒絕王族的召見。齊爾維斯特建議不只我，也召見斐迪南。歐斯溫立即點頭。

「艾倫菲斯特認為，有關儀式的事情，斐迪南大人可能更加清楚，因此建議以詢問蒂緹琳朵大人是否安好為由召見他。」

歐斯溫接著向艾格蘭緹娜送出了這樣的奧多南茲。他的側臉流露出了難以形容的焦急。

「奧伯・艾倫菲斯特，非常感謝您寶貴的建議。」

收回指定範圍用的魔導具後，歐斯溫快步離開。

如今留在茶會室裡的，只剩下艾倫菲斯特的領主一族。大家都是一臉傷透腦筋。

「沒想到那個魔法陣居然是用來選出下任君騰……」

「韋菲利特，你別亂說話。現在還不確定。儘管我覺得不可能，但羅潔梅茵，妳還是要去聽聽斐迪南怎麼說。」

「是。」

亞倫斯伯罕就在艾倫菲斯特旁邊，還是斐迪南要入贅過去的領地。今後蒂緹琳朵將受到的對待，也會大幅影響到艾倫菲斯特。必須盡可能多蒐集點情報。

「既然王族想趁著畢業儀式時向妳詢問詳情，代表我們對外最好表現如常。羅潔梅茵就和往年一樣，我們會對外宣稱妳身體不適，再由黎希達陪妳前往……另外，我會馬上把卡斯泰德叫來。」

齊爾維斯特說他們會一臉若無其事地出席畢業儀式，我則等到畢業儀式開始後，再與從艾倫菲斯特趕來的卡斯泰德，一起前往亞納索塔瓊斯的離宮。

「總之我也請王族召見斐迪南，找來了最適合與妳一起出席的監護人。基本上一切都交給斐迪南，妳只要在旁邊乖乖聽著就好。」

齊爾維斯特這麼叮嚀後，我點一點頭。

與艾格蘭緹娜的談話

「抱歉如此突然把妳叫過來。」

道完寒暄，艾格蘭緹娜招呼我坐在長椅上。由於歐斯溫馬上開始準備指定範圍的防止竊聽魔導具，擔任護衛騎士的卡斯泰德一臉擔憂地看著我，只能與黎希達一起往後退開。

艾格蘭緹娜也已經屏除近侍，坐在我對面的長椅上，筆直地注視我。她說現在亞納索塔瓊斯也去出席畢業儀式了，只有她一個人要與我們談話。

「羅潔梅茵大人，沒有時間了。妳介意我有話直說嗎？」

我也不希望她講些迂迴又難懂的特殊用語，導致我曲解或誤會了她的意思。況且我本就不擅長解讀貴族在說什麼，能有話直說最好，所以點頭回道：「當然不介意。」

艾格蘭緹娜告訴我，午餐時間，中央神殿的神殿長與神官長聲稱那個魔法陣其實是用來選出君騰以後，引發了眾人激烈的爭論。資歷已久的近侍們主張辛苦至今的特羅克瓦爾更有資格取得古得里斯海得；有人在看到蒂緹琳朵今天的表現後，則對於她若成為君騰感到不安。不僅如此，還有人認為這一切全是斐迪南的陰謀，他因為無法在艾倫菲斯特操控羅潔梅茵，便改為操控蒂緹琳朵。

「大家各持己見，但特羅克瓦爾大人說了，統治尤根施密特時古得里斯海得是不可或缺的存在；倘若蒂緹琳朵大人真的能夠取得，屆時他不會把它搶走，並且會把王位讓給她。」

「為什麼對蒂緹琳朵大人是把王位讓給她，對於只是懷有疑心的斐迪南大人，卻是要求他入贅至亞倫斯伯罕呢？」

都願意把王位讓給持有古得里斯海得的人了，我不明白為什麼只因為莫須有的懷疑，就要求斐迪南入贅至亞倫斯伯罕。那也可以等到斐迪南取得了古得里斯海得，再把王位讓給他啊。

「我只能說明，這是領地間的差異。如今艾倫菲斯特的貢獻已經得到認可，明年的領主會議過後，待遇將會與政變時向王族靠攏的領地相同。但是，當時艾倫菲斯特不過是保持中立的中領地，亞倫斯伯罕卻是政變時站在我們這一邊的大領地。因此如果是他們的領主候補生得到了古得里斯海得，應對方式自然不同。」

艾格蘭緹娜說明，就算斐迪南取得了古得里斯海得成為君騰，願意支持他的領地也不知道有多少。即便想尋求支持，但艾倫菲斯特無論是排名、送往中央的貴族人數，還是領地的應對進退及立場，恐怕都不夠資格。再加上，很可能會有人想搶走斐迪南得到的古得里斯海得，導致尤根施密特再次陷入動盪。

「追根究柢，當初會發生政變，據說就是因為當時的第一王子對於第二王子繼承了古得里斯海得心生不滿，遂發動襲擊想要搶過來。」

然而，即使殺死了第二王子，聽說第一王子仍是沒有拿到古得里斯海得。他接著懷疑可能是同母兄弟的第三王子拿到了，雙方於是展開鬥爭。

「由於古得里斯海得的關係，王族失去了許多家人與摯友，所以才想盡量避免紛爭。倘若蒂緹琳朵大人真的得到了古得里斯海得，那個……雖然各方面都令人感到不安，但特羅克瓦爾大人似乎認為，既然未來的丈夫斐迪南大人知識淵博，有他在旁輔佐，蒂緹琳朵大人應該可以擔起君騰的重任。」

……拜託千萬不要。斐迪南大人的雙眼恐怕會永遠黯淡無光。

「但是，目前我們也不曉得中央神殿的主張是否屬實，因此必須盡快蒐集與魔法陣有關的資訊……羅潔梅茵大人，中央神殿說的是真的嗎？」

艾格蘭緹娜的橙色雙眼定定凝視我。望著她那雙想要看穿我有無撒謊或欺瞞的眼睛，我擺出貴族該有的樣子微微一笑。

「艾格蘭緹娜大人，實在非常抱歉。成年禮上跳的奉獻舞，是只在貴族院才有的儀式，艾倫菲斯特這裡並沒有。」

「……羅潔梅茵大人也不曉得嗎？」

艾格蘭緹娜惋惜嘆氣。對於自己有所隱瞞，我感到有些良心不安。但是，我並沒有撒謊。從聖典裡浮出的「汝，欲為王者」這句話來看，可以推敲出那個魔法陣應該確實與王位有關。但我並不曉得確切的用途，也沒有調查過，所以不能胡亂回答。

「只不過，貴族院的地下書庫裡有許多儀式相關資料。曾經看過那些資料的斐迪南大人，也許知道些什麼吧。」

說人人到，歐斯溫恰巧在這時通報：「亞倫斯伯罕的斐迪南大人到。」我們暫且停止交談，接著艾格蘭緹娜走到魔導具指定的範圍外，與斐迪南互道寒暄。讓近侍們退開後，只有斐迪南走進指定範圍內。

陪同前來的近侍是尤修塔斯與艾克哈特，兩人站到擔任我護衛的卡斯泰德旁邊。正好卡斯泰德與艾克哈特是父子，黎希達與尤修塔斯是母子。

……他們一定會偷偷交換情報吧。因為我剛看到齊爾維斯特把折起的紙條交給卡斯泰德，黎希達也做了某些準備。

我一邊觀察大家一邊想著這些事情時，發現斐迪南低頭朝我看來，一臉像是在說：

「妳為何在這裡？」

「斐迪南大人，能請您坐在羅潔梅茵大人旁邊嗎？」

「恕我失禮了。」

「蒂緹琳朵大人還好嗎？她是不是原先就身體抱恙呢？」

「並非如此。她似乎是在跳奉獻舞時魔力枯竭，因而失去意識。現在已經讓她喝下回復藥水，相信不久便會復元吧。成年禮上，在表演奉獻舞如此重要的場合，亞倫斯伯罕的領主候補生竟恣意擾亂，在此致上十二萬分的歉意。」

不僅盤了怪異至極的髮型，還在跳奉獻舞時讓自己發光，跳到一半甚至暈倒，最後更發動了神秘的魔法陣……蒂緹琳朵讓眾人目瞪口呆的事蹟實在太多了，斐迪南為此鄭重道歉。

「我已盡力阻止過她，無奈她並不聽勸。全怪我力有未逮。」

斐迪南一邊道歉，一邊拿出今早他剛帶走的錄音魔導具，播放錄音。錄音中可以聽見斐迪南正在勸阻蒂緹琳朵不該佩戴五個髮飾，否則會對王族不敬，蒂緹琳朵語帶不悅地回道：「那我減少髮飾的數量就好了吧。」

「沒想到她雖然減少了髮飾的數量，卻再添加了其他飾品。」

「斐迪南大人從一早開始就很辛苦呢。」

我忍不住脫口說出感想後，艾格蘭緹娜也面露苦笑。

「比起蒂緹琳朵大人的各種奇異行徑，如今發生了更嚴重的事情，所以我想幾乎不會有人為此責怪你們吧。還請放心。」

聞言，斐迪南稍稍放鬆緊繃的肩膀，但隨即用力皺眉。

「由於蒂緹琳朵大人剛有那樣的失態，王族又突然派人前來，本以為會狠狠斥責我們一番……但原來詢問狀況只是藉口，其實是關於羅潔梅茵有話要說嗎？」

「我確實是要詢問有關蒂緹琳朵大人的事情喔。由於中央神殿在午餐時間提出的主張，如今中央正陷入一團混亂，我們亟需蒐集情報。會找斐迪南大人過來，是因為奧伯·艾倫菲斯特與羅潔梅茵大人都說您十分了解神殿的儀式。」

艾格蘭緹娜一臉歉疚地微笑說完，不知為何斐迪南卻是往我瞪來，臉上寫著：你們又亂說話把我拖下水。

「我只有說斐迪南大人比我還了解而已。更何況這是事實吧？」

「……那告訴我究竟發生了什麼事吧。」

斐迪南死心地嘆口氣後，我與艾格蘭緹娜便把後來發生的事情講了一遍。中央神殿的發言也包括在內。

「斐迪南大人，你曉得浮現在奉獻舞舞臺上的那個魔法陣嗎？」

面對艾格蘭緹娜的提問，斐迪南緩緩點頭，只回了一句：「……我知道。」然後就此沉默，不再作聲。艾格蘭緹娜更是追問。

「中央神殿主張，那個魔法陣是用來選出君騰……」

「老實說，明明中央神殿無法看見完整的聖典內容，竟然有人會有這方面的知識，我十分吃驚。」

去年的聖典檢證會上，中央神殿的人可見的聖典內容連一半也不到。他們多半也看不到翻開聖典時會浮現的魔法陣吧。然而，剛才舞臺上的魔法陣僅僅浮現數秒，他們卻能辨識出魔法陣的用途。我也很驚訝他們居然會知道。

「在艾倫菲斯特的神殿裡，會有記載儀式流程的木板資料，供灰衣神官們在準備時當作參考，另外也有從前舊聖典的手抄本等等。說不定中央神殿也有神殿圖書室，裡頭存放著沒有魔力也能閱覽的資料。」

我的心思馬上飛向了從未進去過的中央神殿圖書室，斐迪南便瞪著我說：「我贊成妳的看法，但妳先安靜。」我立刻閉上嘴巴。艾格蘭緹娜扯開一抹更像苦笑的微笑後，眉毛微微顫抖。

「所以，中央神殿的人所言屬實，那個魔法陣確實是用來選出下任君騰嗎？」

「並不能說完全正確。但是，這種事為何要來問我們？」

斐迪南提出疑惑後，艾格蘭緹娜單手托腮道：「說來慚愧，因為王族當中並沒有人了解儀式。」她說現在王族與中央神殿的關係並不好，因此並不具有足夠的知識能反駁中央神殿的主張。

「由於羅潔梅茵大人先前在貴族院舉行了奉獻儀式，得到了王族的信任，被認為是能夠主持真正儀式的神殿長。因此，我們希望這次也能得到建言……」

「我不是這個意思。而是我早就經由羅潔梅茵，向王族告知過貴族院圖書館的地下書庫裡，有著王族與領主候補生應該知曉的資料。為何接收到了我的訊息，王族卻不去獲取知識？……該不會妳明明常與王族接觸，卻沒把這件事告訴他們吧？」

斐迪南兇狠的目光掃了過來，我急忙搖頭。

「我說了。還與三位王子一起去了地下書庫，幫忙把資料譯為現代用語喔。」

「……我不是囑咐過妳，絕對不能進入書庫嗎？」

本來想主張自己的清白，結果不小心把會挨罵的事情也抖出來了。我連忙再說：

「因為羅潔梅茵大人精通古文，我們才請她幫忙。請你別責怪她。」

「因、因為當時有王族的命令嘛！我無法拒絕！」我那是迫不得已。

「羅潔梅茵只要一看到書，其他事情就會拋諸腦後。再加上能夠進入那處書庫的，只有王族與部分領主候補生。一旦她進去了，難保不會對某位大人不敬，所以最保險的做法就是別讓她進去。」

曾經敷衍地回應席格斯瓦德、最後還被亞納索塔瓊斯趕出來的我，對於斐迪南這番話全然無法反駁。

「可是，席格斯瓦德王子與亞納索塔瓊斯王子幾乎都看不懂古文喔。這也是沒辦法的事情吧？我與漢娜蘿蕾大人也答應了春天的領主會議期間，會來貴族院幫忙閱讀資料。」

我說明王子他們幾乎看不懂古文後，斐迪南皺起臉龐。

「結果要由妳來看嗎……那恐怕還得等上很久。」

「要等很久是什麼意思呢？」

「妳向來是從書架的左上角開始，按著順序一本一本閱讀吧？不管是在神殿、卡斯泰德家還是城堡的圖書室，甚至是對我的書櫃，妳都有這樣的習慣。我記得關於那個魔法陣的資料放在下方，所以等妳看到那邊，可能還得花一段時間。」

……為了看完所有的資料，我確實都是從最角落開始看起，但沒想到斐迪南大人連我這種習慣都掌握到了！

「總之，那處書庫裡充滿了下任君騰該曉得的知識。倘若王族無法經由神殿取得儀式的相關知識，可以從閱讀書庫裡的資料開始。若真的需要這些知識，學習古文應該不是難事吧。」

「……王族抽不出這樣的時間。」

我想起了一直忙於供給魔力、臉色曾和斐迪南一樣難看的國王。要撥出時間來學習古文，確實不容易吧。

「想當初羅潔梅茵可是在設法讓孤兒院的孩子們能活下來時，還會背誦木板上各種儀式的祈禱文，再加上幾乎每天都沉迷於閱讀聖典，不過一、兩個季節的光景就學會了古文。王族再忙，只要和睡前都會帶著書本上床的羅潔梅茵一樣頻繁接觸古文，相信不出多久也能學會吧。」

斐迪南說完，艾格蘭緹娜用不敢置信的眼神朝我看來。的確，當青衣見習巫女時因為不得不背祈禱文，記得我每天都拿著木板狂記猛背，還曾經抱怨神的名字太長。但是現在想來，感覺是很久以前的事情了。

「如今看來王族確實沒有時間，也毫無相關資訊，所以這次我願意提供情報。但是，自己需要的資料若不自己能夠讀懂，也將無法了解資訊遭受過怎樣的扭曲。我認為能夠看懂古文，應該是君騰必須具備的技能。因為睿智女神梅斯緹歐若拉所授予的古得里斯海得，恐怕比神殿長持有的聖典還要古老。」

斐迪南點出這件事後，艾格蘭緹娜恍然驚覺般地抬起頭來。他這麼一說確實有道理。比起教人如何成王的聖典，當然是睿智女神授予的古得里斯海得更為古老。

「那個魔法陣確實是用來選出君騰的候補人選。但是，若說奉獻舞時讓魔法陣浮現出來的蒂緹琳朵大人最有資格成為下任君騰，這句話就不對了。」

斐迪南接著開始說明魔法陣。我也只知道那個魔法陣和聖典上會浮現的一樣，所以認真傾聽。

「當優秀的王族與領主候補生在貴族院修完課程、正值成年之際，便會檢測他們的魔力是否足以成為君騰，這才是奉獻舞的真正用意。」

他說只要向諸神獻上祈禱，一邊跳奉獻舞一邊奉獻魔力，魔法陣便會浮現。而擁有全屬性、魔力量也足以成為君騰的人，還能立起光柱。

「只有成功立起光柱的人，才能進到下一階段。但蒂緹琳朵大人甚至沒能讓魔法陣發動，並不具有候補人選的資格。」

「可是，我與亞納索塔瓊斯大人也未曾讓魔法陣發動……」

艾格蘭緹娜說著，神色不安地望向斐迪南。要是沒有半個王族辦得到的事情，蒂緹琳朵卻辦到了，代表中央神殿的主張沒有錯：「比起現有的王族成員，蒂緹琳朵大人更有資格成為下任君騰。」

「最主要的關鍵，應該是跳奉獻舞時必須一邊向神祈禱，一邊奉獻魔力吧。蒂緹琳朵大人跳舞時，是為了讓魔石發光才會釋放魔力。只是因為至今從未有人這麼做過，才沒能讓魔法陣浮現。」

她能讓魔法陣發光只是碰巧而已——斐迪南如是說。

「其實王族大可自己查證。正好艾倫菲斯特與戴肯弗爾格在進行共同研究以後，發表了能夠增加屬性的方法。王族可以自己舉行儀式、奉獻魔力，然後在重新舉行加護儀式的同時，試著讓魔法陣發動。不知您覺得如何？」

斐迪南說完，艾格蘭緹娜低聲喃喃道：「所以要邊跳舞邊奉獻魔力嗎？」同時注視著我。

「既然兩位對儀式如此了解，能否請你們提供協助呢？就連在貴族院練舞的時候，羅潔梅茵大人也曾試著給予祝福吧？」

對於艾格蘭緹娜的請求，斐迪南當場回絕。

「我們不能再惹來更多懷疑。況且羅潔梅茵早已習慣祈禱，魔力量又豐富，相信比起蒂緹琳朵大人，更能讓魔法陣輕易浮現吧。但是，並非光憑如此就能決定下任君騰的人選。這終歸只是候補人選罷了。重點在於之後……」

「之後？」艾格蘭緹娜輕聲複述。但斐迪南沒有回答，接著說明我讓魔法陣發光的話，屆時會有什麼後果。

「即便推舉羅潔梅茵成為下任君騰，想必王族最為清楚，她若想要尋求支持，艾倫菲斯特並不是足夠有力的領地。此外，若是大規模地跳奉獻舞進行驗證，導致各地的領主候補生中都出現君騰的候補人選，那樣也只會引發混亂。因此關於奉獻舞，還請王族自行查證。」

望著斷然回絕的斐迪南，艾格蘭緹娜像在思考該怎麼開口般眼神有些游移，隨後略顯遲疑地說了：

「斐迪南大人，有人主張你正透過羅潔梅茵大人與蒂緹琳朵大人在尋找古得里斯海得，企圖得到王位。對此，不知你有何看法呢？」

「畢竟騎士團長當初就是覺得我可疑，才讓我前往亞倫斯伯罕，沒想到蒂緹琳朵大人竟又讓未知的魔法陣浮現。他會有這樣的見解也不奇怪吧。」

斐迪南一派泰然自若地回答。看著他故作無事的側臉，我心裡一陣光火。明明斐迪南已經受了這麼多委屈，搬往亞倫斯伯罕，現在居然還要懷疑他的忠誠，這教人怎麼不火大。

「看來君騰身邊，有人很會搬弄是非呢。明明我們拒絕過奧伯．亞倫斯伯罕的要求，最終卻是國王下令，要斐迪南大人前往亞倫斯伯罕吧？」

我直截了當地說出自己的想法後，但可能是太直接了，艾格蘭緹娜瞪大眼睛。那還好「王族還真會視情況遺忘這件事呢」這句話我忍住了。

「羅潔梅茵，我說過了妳別說話。」

斐迪南目光凌厲地朝我瞪來。但是，我完全不打算閉嘴。

「但如果一味沉默，王族根本不會明白我們的苦衷和想法。與其一臉若無其事地忍氣吞聲、心中卻不斷累積怨恨和不滿，還是把心裡話全部說出來比較好。談話時應該詳盡說明一切，這不是斐迪南大人教我的嗎！」

我兇巴巴地瞪回去以後，斐迪南仍想勸阻。

「我確實是說過，但這樣對王族太不敬了。」

「但明明有可能違背與父親最後的約定，斐迪南大人還是接受了國王的命令，就是為了洗清自己的嫌疑吧？儘管如此，王族與其身邊的人還在懷疑您的忠誠，那您當初到底是為了什麼要接受王命呢？」

斐迪南似乎一時語塞，沉默片刻後，接著繼續制止我。

「羅潔梅茵，夠了。我的事情無關緊要……」

「就是不無關緊要我才要說。如果從不說明我們的情況，王族又怎麼可能為我們著想。想傳達自己的希望時必須直接告訴本人，這是很重要的事情。您說對不對，艾格蘭緹娜大人？」

聞言，艾格蘭緹娜點頭微笑道：

「是呀，這點非常重要。斐迪南大人若有什麼苦衷，還請告訴我吧。儘管力量微薄，但也許我能幫上忙。」

「我不知道王族與騎士團長持有什麼證據、抱有什麼懷疑，但斐迪南大人的興趣就是做研究。他想要的，也只是有時間可以做研究和擁有自己的工坊。所以，懷疑他也只是浪費時間。他本人甚至說過，可以的話只想待在自己的工坊裡，過著成天做研究的生活。」

若能待在神殿的工坊裡，對他來說就是最大的幸福喔——我這麼主張後，艾格蘭緹娜輕笑起來。

「斐迪南大人，羅潔梅茵大人說的是真的嗎？」

在艾格蘭緹娜的定睛注視下，斐迪南先是捏起我的臉頰說：「妳太多嘴了。」接著死心似地嘆一口氣。

「相信與否是王族的自由，但我個人毫無成為君騰的意圖。」

就算艾格蘭緹娜相信我們，其他人也未必相信。但是，王族當中有沒有人能稍微理解我們，就會讓情況產生很大的變化吧。

「但是，明明斐迪南大人對各種儀式如此了解，卻沒想過要試著取得古得里斯海得嗎？」

艾格蘭緹娜提問時的眼神無比認真。對此，斐迪南露出了極其無奈的苦笑。

「我絕不會試圖得到古得里斯海得。因為我並不想在成為君騰後，將自己的一輩子徹底奉獻給尤根施密特。」

「我懂、我懂。要是成為君騰，就會忙於處理公務，沒有多少時間能做研究吧？對我來說就和讀書時間減少了一樣。」

我對斐迪南的看法表達全面的支持，不知為何他卻露出了非常嫌棄的表情說：「別把我和妳混為一談。」
「咦？除了研究時間會減少以外，還有其他理由嗎？」
「有，但已經無所謂了。」
……既然已經無所謂了，代表其實不是很重要的理由吧？
艾格蘭緹娜來回看了看我與斐迪南，再度開口。
「我還有件事情想問羅潔梅茵大人。奧伯・庫拉森博克曾來找我商量，說艾倫菲斯特拒絕了與他們進行共同研究，明年也不想再舉行奉獻儀式……」
「是的。因為對艾倫菲斯特造成的負擔太大了。」
我說明今年是請自領盡快舉行完奉獻儀式，再把所需用具帶過來；而負責管理用具的神官長又只有當天能夠出入貴族院，對我們造成很大的負擔；再加上魔力回復藥水的準備也很費工夫；以及明年我很可能會回領地舉行奉獻儀式。
「對於這個共同研究，庫拉森博克能提供什麼協助呢？」
「奧伯似乎就是想與你們討論這件事唷。首先要有共識才能開始交涉吧？但在開始交涉之前你們就拒絕了提議，因此讓他十分困惑。」
「可是，我們不能因為要在貴族院舉行奉獻儀式，就要求他領的神殿借出神具。畢竟這麼做會影響到隔年的收成。再者奉獻儀式時我也說明過了，那個魔力回復藥水並非是我想出的配方。」
聞言，艾格蘭緹娜看向斐迪南。看來她早就猜到藥水配方是誰想出來的了。但是，斐迪南完全沒有理會她的目光。因為到了明年，斐迪南舉行完星結儀式後，他就是亞倫斯伯罕的人了。他和庫拉森博克與艾倫菲斯特的共同研究毫無關係，就算提供協助也沒意義吧。

況且，與其為了與庫拉森博克的共同研究而公開藥水配方，還不如當成籌碼以備不時之需。萬一以後要為蒂緹琳朵收拾爛攤子，或是避免受她牽連，手上的籌碼自然越多越好。

「當然，我也支持庫拉森博克想為王族多提供點魔力的想法。可是，這是學生該在貴族院進行的研究嗎？如果不打算只舉行一次，而是要讓奉獻儀式成為每年例行性活動的話，至少該由中央神殿出借神具與神官，再由庫拉森博克以自己擁有的或貴族院教的配方，為參加者們準備魔力回復藥水。至於艾倫菲斯特，就只負責派出神殿長出席儀式。若不做到這種地步，我認為很難每年都舉行奉獻儀式。」

這種共同研究，除了能為王族提供魔力外根本沒有任何意義，我才不想被準備和善後等工作占掉寶貴的讀書時間——我自認為掩飾得很好，沒讓人聽出底下的這層深意。然而我正覺得自己做得很好時，卻發現斐迪南朝我投來了「這孩子真是不成材」的眼神，一邊還輕敲著太陽穴。

……嗯？怎麼覺得我好像失敗了？

「我明白羅潔梅茵大人的意思了。只有一次的話倒還無妨，但若想長期持續，確實會面臨許多困難呢。今天的談話內容，我會再轉告給所有王族與奧伯．庫拉森博克。」

畢業儀式還沒結束，我們與艾格蘭緹娜的談話便提早結束了。這是因為雖然亞納索塔瓊斯要她找我過來談話，但找來斐迪南一事，卻是艾格蘭緹娜的自行判斷。艾格蘭緹娜非常迂迴委婉地表示，儘管亞納索塔瓊斯應該可以理解情況的緊急與必要性，但因為愛吃醋的關係，安撫起來會有些麻煩。

……亞納索塔瓊斯王子還是老樣子，很像埃維里貝呢。

借書與心靈的依靠

告退後，我們馬上離開離宮。由於既沒帶防止竊聽的魔導具，各自又帶著近侍，即便並肩行走，我與斐迪南也不能聊些過於機密的事情。因此聊的都不是關於奉獻舞的魔法陣，而是與他領的共同研究。

「妳是笨蛋嗎？為何不回一句『我會與奧伯商量』就結束這個話題？」

「但我聽說共同研究是學生可以自己決定的事情，不需要與領地商量喔。」

我搬出齊爾維斯特說過的回答後，斐迪南皺起眉頭。

「按理是這樣沒錯。但是，妳主導的共同研究規模太大，早已不只是學生之間，還把兩領的奧伯乃至王族也牽扯進來了吧？況且照妳剛才開的條件，很可能今後將變成例行性活動。妳畢業後打算怎麼辦？」

「麥西歐爾以後會就任為神殿長，只要從現在開始指導，相信沒問題的。」

而且再過不久，艾倫菲斯特又會有新的領主候補生誕生——但這句話我只在心裡小聲說。等這個孩子進入貴族院就讀的時候，韋菲利特的孩子也出生了吧？我還打算像哈特姆特那樣，請麥西歐爾的其中一名近侍擔任神官長，所以就算變成了例行性活動，應該也能一直持續下去。

……慢著，韋菲利特哥哥大人的小孩，是由我來生嗎？嗯～真難想像那樣的畫面呢。

不管是戀愛、結婚、懷孕還是生產，全是麗乃那時候我也不曾經歷過的事情。到時候究竟會是怎樣的光景，我想像不太出來。

通往亞納索塔瓊斯離宮的門扉，與艾倫菲斯特舍的大門距離並不遠。才講沒幾句話，很快就到了。

「斐迪南大人，請您處理公務時別忘了注意身體健康喔。」

「別一直說同樣的話。妳才要小心自己的身體，別以為稍微變健康了就大意。」

「是……下次再見到斐迪南大人，應該是春天的星結儀式了吧？」

「或許吧……」

斐迪南沒有明白表示屆時能再見面，思索了一會兒後小聲道：

「中央神殿有可能再說些教人頭痛的發言。儘管我由衷希望妳別再做些會被捲進麻煩裡的事情，但再怎麼耳提面命只怕也沒用吧。」

「嗚……可是，其實我已經很努力在迴避麻煩了。」

我也不是自願想蹚那些渾水，而是回過神的時候就發現自己已經身處其中。不過，斐迪南顯然不接受我的反駁，冷冷地低頭看著我說：「我只覺得妳根本是卯足了勁去插一腳。」

「主觀與客觀的認知常常會有差異嘛。」

「是啊，妳要學會如何客觀地檢視自己。」

還在你一言我一語時，黎希達已經打開宿舍大門。我跨出步伐準備進入宿舍，斐迪南則是直接經過，接著走向排名第六的亞倫斯伯罕舍大門。明明披著同樣顏色的披風，我們卻走向不一樣的大門。這讓我感到十分奇怪。

「呼，總算結束了。要在王族的離宮裡擔任護衛，很難不緊張得全身僵硬。所幸還有斐迪南大人在。」

一回到宿舍，卡斯泰德馬上開始放鬆脖頸與肩膀。由於剛才我都待在防止竊聽魔導具的指定範圍裡，他只能在旁邊安靜站著，也不知道我會說什麼話、做什麼事，似乎因此非常疲憊。

「父親大人，謝謝您特意過來擔任我的護衛。艾倫菲斯特的情況還好嗎？」

「……這件事還是等回領再說吧。因為已經說好不把這些事帶到貴族院裡來。」

卡斯泰德神色有些苦惱地這麼表示後，接著動作遲疑地摸摸我的頭。

「怎麼了嗎？」

「不是，妳不是連續三年獲選為最優秀者嗎？做得很好。因為執行護衛任務的時候，不便與妳攀談。」

他說回到艾倫菲斯特以後就沒有機會稱讚我了，所以要趁現在趕快行動。

「父親大人好像是第一次這樣稱讚我呢。」

「是嗎？……不過，父親大人今年一樣很興奮喔。要小心別再讓他把妳拋到半空中，或是把妳抱到無法呼吸。」

波尼法狄斯的心意固然令人高興，但情緒失控的他也可能害我沒命，所以必須小心防範。今年要是也能一起牽手走回房間就好了，希望可以順利實行。

在大家回來之前，為了方便卡斯泰德擔任護衛，我便待在多功能交誼廳裡，坐在靠近暖爐的椅子上閱讀《斐妮思緹娜傳》第二集。闔下來看書後，我才發現自己最近真的都沒有時間看書。由此可知這陣子確實很忙。

「羅潔梅茵，妳回來了嗎？」

剛回到宿舍，韋菲利特便神色慌張地衝進交誼廳。跟著進來的還有其他學生，但不見畢業生們的蹤影。這是因為接下來有慶祝畢業的餐會。

「韋菲利特哥哥大人，怎麼了嗎？」

「漢娜蘿蕾大人說她想帶著戴肯弗爾格的書與藍斯特勞德大人的畫作，來我們的茶會室拜訪，好趕在妳回領前交給妳。另外她還說了想向妳借新書，不知道妳什麼時候有空？」

《斐妮思緹娜傳》第二集我已經看完了，要借給漢娜蘿蕾並沒有問題。反而是戴肯弗爾格要出借的神話逸聞更讓我期待。

「雖然我覺得越快越好，但訂在明天還是太趕了吧？那就訂在後天吧。由我送出奧多南茲回覆漢娜蘿蕾大人吧。」

「嗯，交給妳了。」

接著我再麻煩布倫希爾德與戴肯弗爾格溝通協調，並允許繆芮拉閱讀《斐妮思緹娜傳》第二集。領地對抗戰與畢業儀式結束後，大家似乎都放鬆下來。先前那種忙碌奔波的氣氛早已消失，如今到處彌漫著「今年的貴族院也結束了」的氛圍。

「奧伯吩咐，請領主候補生各帶一名侍從，前往會議室集合。」

齊爾維斯特的侍從前來傳話後，我便帶著黎希達一起前往會議室。會議室裡似乎是由騎士團的成員擔任護衛，護衛騎士們被禁止入內。想必是要詢問我與艾格蘭緹娜的談話內容吧。

芙蘿洛翠亞並未出現在這裡。似乎是身體不適，留在房裡休息。等韋菲利特、我與夏綠蒂都到齊了，齊爾維斯特才開口。

「首先，由於羅潔梅茵未能出席畢業儀式，我先說明剛才的情況。畢業儀式上，中央神殿的神殿長宣稱奉獻舞時浮現的魔法陣是用來選出下任君騰，因而引得現場眾人議論紛紛。」

他說中央神殿的人表示，雖然他們曾在資料室裡看過魔法陣的相關資料，但從不曉得魔法陣實際會在哪裡出現，又會在舉行何種儀式時浮出，所以現在發現魔法陣真的存在後，全都大受感動。

然而，一聽到跳奉獻舞時醜態百出的蒂緹琳朵最有資格成為下任君騰，聽說貴族們的雙眼立刻盈滿懷疑。畢竟大家本就不太相信與重視神殿所說的話，會有這種反應也無可厚非吧。

「神殿的人還說，相信再過不久，梅斯緹歐若拉便會將古得里斯海得授予真正的君騰。羅潔梅茵，關於那個魔法陣斐迪南怎麼說？那種丫頭怎麼可能是下任君騰。」

齊爾維斯特也用傻眼的語氣咕噥，詢問斐迪南說了些什麼。

「斐迪南大人說了，那個魔法陣是用來選出下任君騰的候補人選。但蒂緹琳朵大人甚至沒能讓魔法陣發動，連候補人選的資格也沒有。」

「是嘛，那我稍微放心了。不過，那個魔法陣真是用來選出君騰嗎……」

接著我再轉述了自己與艾格蘭緹娜的談話。也說了斐迪南的忠心再次受到質疑，以及我幫忙解開誤會後，不知為何卻挨了斐迪南的罵。

「稍微得到了王族的諒解嗎……那真是太好了。」

「另外，我們也討論到了與庫拉森博克的共同研究。我已經回覆說，只要他們願意做好所有準備，只讓我們負責派出神殿長參加儀式的話，那就沒有問題。」

我不忘補充艾格蘭緹娜也提醒我們，應該好好進行交涉。齊爾維斯特露出了凝重表情，點點頭說：「真是寶貴的忠告。」

翌日，齊爾維斯特帶著身體狀況不太好的芙蘿洛翠亞，很快就返回了艾倫菲斯特。我則與菲里妮他們一起查看他領學生提供的情報和故事原稿，進行分類、決定該支付的金額，剩餘時間再用來看書。

「那我們去舉行加護儀式了。」

先前參加過奉獻儀式的畢業生們，都能重新舉行一次加護儀式，因此畢業生們相偕去了大禮堂。

結果重新舉行後又取得了加護的，果然大多是見習騎士。因為為了得到祝福，他們舉行了好幾次儀式做練習。萊歐諾蕾與亞歷克斯都再取得了英勇之神安格利夫與疾風女神休泰菲黎茲的加護。

「我也再取得了洛古蘇梅爾的加護喔。」

莉瑟蕾塔向我報告道。她說看到我總是治癒大家，於是也想取得加護，便經常向辛苦訓練的見習騎士們施展治癒。莉瑟蕾塔在見習騎士間會這麼受歡迎，說不定就是因為這個緣故。

……啊，當然不只是這樣而已。莉瑟蕾塔的五官還清秀標致，身為侍從做事細心周到，甚至非常擅長刺繡與裁縫。女孩子該有的技能都很優秀！

我好像該向莉瑟蕾塔看齊一下——這個念頭一瞬間閃過腦海。不過，我完全沒打算減少自己的閱讀時間。比起增加女人味，看書當然還是更重要。

再隔天，便是與漢娜蘿蕾互借書籍的日子。備好了《斐妮思緹娜傳》第二集，我在茶會室裡等著她到來。門外響起鈴聲後，漢娜蘿蕾走了進來。

「羅潔梅茵大人，謝謝您在忙著準備回去的時候還願意抽出時間。我實在太好奇《斐妮思緹娜傳》第二集的內容了。」

「我也很好奇戴肯弗爾格要借我的書籍，很高興能有時間再與漢娜蘿蕾大人說幾句話呢。」

漢娜蘿蕾在約定時間抵達。我們還在互道寒暄時，只見見習文官們也帶著書本與畫作魚貫入內。除了兩本厚書，藍斯特勞德的畫作還不少。

「哎呀，一次要借我兩本嗎……？」

「因為羅潔梅茵大人之前借了我好幾本書，順便也想藉此聊表歉意……我已經向母親大人徵得許可了。兩本都是與神話有關的書。」

……齊格琳德大人真是大好人！

雙方的見習文官收下了彼此要借的書籍後，我請漢娜蘿蕾坐下來。先吃了口優格慕斯塔以示安全，再喝一口茶，茶會便開始了。

「這些都是哥哥大人在貴族院畫的圖，任憑艾倫菲斯特處置。」

我接過見習文官們遞來的圖畫，很快翻看。光是迪塔故事的插圖，就多到讓人難以抉擇。既然韋菲利特喜歡藍斯特勞德的圖畫，羅德里希又是作者，到時候再請他們兩人來挑選吧。

「畫得真的很出色呢。」

但一開始還是迪塔故事的插圖，不知為何突然變成了我在跳奉獻舞的圖畫。而且不光在羊皮紙上，植物紙上也畫了大量素描。快速翻看時紙上的人物像在旋轉一樣，感覺可以做成動畫。

「這張是上了顏色的作品。」

將捲起的偌大紙張攤平一看，又是我跳著奉獻舞的圖畫。畫中的人手臂上揚，袖子因此翻飛飄動，裙襬則因舞者轉圈的動作而鼓起；飛揚的髮絲帶著夜空般的色澤，身上不計其數的魔石則閃爍著變幻莫測的虹彩。雖然這無庸置疑是在畫我，但判若兩人到了我很想問一句：「這是誰？」近侍們一看見紙上的作品，全都張大雙眼，有些倉皇失措。

「……那個，漢娜蘿蕾大人，這是在畫我練舞時的樣子吧？當時的我在藍斯特勞德大人眼中是這個樣子嗎？」

我膽顫心驚地向漢娜蘿蕾發問。如果她告訴我，只是發光的魔石比較罕見而已，其實模特兒另有其人，這我反倒相信。

「聽說您跳舞時身上魔石發光的樣子非常美麗，哥哥大人甚至迫不及待地想畫下來呢。我當時因為太專心練舞，沒有注意到，實在太可惜了。」

漢娜蘿蕾說我們離開以後，在場眾人都在討論我跳舞時因為被耀眼絢麗的光芒包圍，看起來既夢幻又莊嚴，結果自己卻完全無法加入。

「我居然就這麼錯過了，真的非常可惜。」

「這樣啊。」我隨口應道，把畫重新捲起來。我一點也不覺得畫上的人是自己，而且一想到這是藍斯特勞德畫的，就讓人有些難為情。

……再加上我總覺得，這幅畫最好封印起來。

「該不會奉獻舞是藍斯特勞德大人喜歡的題材吧？」

「可能唷。因為哥哥大人也畫過艾格蘭緹娜大人跳舞時的樣子，說不定奉獻舞是他喜歡的題材呢。」

聽了漢娜蘿蕾的回答，我有些安下心來。畫我都可以畫得這麼漂亮了，想必以艾格蘭緹娜為模特兒的畫作更是驚為天人。

「有機會真想看看他為艾格蘭緹娜大人畫的奉獻舞圖呢。請幫我轉告藍斯特勞德大人，謝謝他把我畫得這麼漂亮。」

「好的，一定。」漢娜蘿蕾笑容滿面地回道。

「說到奉獻舞，今年的奉獻舞還真是一團混亂。畢竟光之女神居然當場暈倒，跳黑暗之神的藍斯特勞德大人想必也嚇了一大跳吧？」

「是呀，他大吃一驚呢。哥哥大人說他沒想到蒂緹琳朵大人竟然會往自己倒過來……」

面對頭髮披散開來的成年女性，據說藍斯特勞德非常無措，不知道該怎麼應對才好。因為成年女性一般只有在床鋪上才會放下頭髮，能夠看到的只有丈夫與侍從。然而，蒂緹琳朵不僅在眾目睽睽下披頭散髮，還失去意識暈倒在地。也是因為這樣，她這次的失態以成年女性來說簡直難以置信。藍斯特勞德雖想扶她起身，但畢竟國王指定的未婚夫也在場，讓他很煩惱到底該不該幫忙。

「羅潔梅茵大人，您曉得當時舞臺上浮現的魔法陣嗎？中央神殿的神殿長宣稱，那個魔法陣是用來選出下任君騰……」

「那個地下書庫裡似乎有詳細的資料。漢娜蘿蕾大人應該可以趁著領主會議的時候進行調查吧？想必王族也需要這些資料。」

我完全沒有提及王族曾來問話，以及自己聽過斐迪南的回答，只是告訴她可以進行調查。漢娜蘿蕾點點頭說：「看來領主會議那陣子會很忙呢。」

「對了，漢娜蘿蕾大人。戴肯弗爾格那邊與藍斯特勞德大人還好嗎？領地對抗戰那時候，您好像因為主動投降而備受指責，所以我一直很擔心。」

「我沒事。倒是哥哥大人畫的圖很多都被沒收了，他為此十分沮喪呢。騎士們在母親大人訓斥過後，也變得非常安靜，我反而過得比平常要輕鬆自在。」

漢娜蘿蕾帶著苦笑回道。雖然可能有些誇大，但聽到漢娜蘿蕾並沒有過得如履薄冰，那我就放心了。

「我現在非常期待回領以後，閱讀《斐妮思緹娜傳》第二集呢。第一集的結尾，斷在飽受欺凌的斐妮思緹娜終於遇見王子，慢慢地走向幸福吧？感覺終於可以在這一集裡看見她幸福快樂的模樣，我真是太開心了。」

望著漢娜蘿蕾期待第二集的笑容，我有些良心不安。

……漢娜蘿蕾大人，對不起。其實在這一集，一度得到幸福的斐妮思緹娜居然被迫與王子分開，還要奉國王之命與其他男人成婚，然後就「下集待續」！

不過，我絕不會透露劇情。漢娜蘿蕾都要看書了，當然是讓她自己體會。

「貴族院戀愛故事集我看得非常開心，所以也很期待《斐妮思緹娜傳》的續集呢。話說回來，羅潔梅茵大人喜歡怎樣的男士呢？以前夏綠蒂大人說過，她十分欣賞不屈不撓、一再挑戰的男士，但我從沒聽您說過喜歡怎樣的男士呢。」

……上一次聊到這種話題，已經是麗乃那時候了吧。真是有些懷念。

這種時候要是老實回答「我對男人沒興趣」，那就算被女性社交圈排擠也是自作自受。這類話題的重點，就在於共鳴與分享秘密。

「羅潔梅茵大人說過，韋菲利特大人是父母為您指定的未婚夫吧？那您心中是否有仰慕的對象，或是理想中的男士呢？」

……呵，麗乃那時候我也曾為了促進友誼，虛構出自己單戀的對象呢。這點小事不算什麼。

以前大家曾懷疑我是不是在與家住隔壁的青梅竹馬交往，也曾遭到青梅竹馬的女朋友白眼和逼問。每當這種時候，就輪到我幻想中的單戀對象出場了。

遇到這種情況，虛構的單戀對象最好找個在場眾人都不認識的人。萬一找的對象有人認識，容易引起不必要的誤會、傳出奇怪的謠言；但如果又完全是憑空想像出來的人物，別人問起「他是誰？好像見見他喔」時，自己也會不知該如何回答。總之最後只要補一句「但對方完全沒把我視為可能的對象呢」，這樣就完美了。

……那我想想，該找誰才好呢？

包括正豎耳傾聽的近侍們在內，最好找個幾乎沒人認識的人。在貴族院裡會有交集的人也不行。

……嗯～必須排除認識的貴族，那把路茲與法藍適度融合一下應該可以吧？

「雖然我的未婚夫是韋菲利特哥哥大人，但其實我心裡有非常重視的人喔。漢娜蘿蕾大人，您可不能告訴其他人。」

我壓低音量回答後，漢娜蘿蕾微微瞠目。

「您、您有嗎？」

「是的。有個人從小……在我還沒受洗前就一直支持我，與我並肩一起努力。每次我沮喪和受挫的時候，他都會鼓勵我。呃、雖然現在我們已經無法輕易見到面了，但與他的約定仍是我心靈的依靠……這是我們之間的秘密唷？」

聽完我的坦白，漢娜蘿蕾點頭如搗蒜。

「那漢娜蘿蕾大人欣賞怎樣的男士呢？」

「我、我嗎？這個……我欣賞個性與哥哥大人截然相反的男士。因為，哥哥大人總是不認真聽我說話。」

說話的同時，漢娜蘿蕾稍稍環顧四周，再把食指抵在嘴唇上：「也請不要告訴哥哥大人唷。」只見周遭近侍們的眼神都變得非常溫暖，我完全可以明白他們的心情。

如此這般，我活用麗乃那時候的經驗，順利完成了與女性友人共享秘密這個任務，還借到了兩本戴肯弗爾格的書。

……我今天的表現簡直完美嘛？

就這樣結束了在貴族院的社交活動後，我動身返回艾倫菲斯特。

終章

畢業儀式結束後，學生們開始從貴族院返回領地，這點不管在哪個領地都一樣。在亞倫斯伯罕舍，行李同樣不間斷地被搬進轉移廳裡。

「蒂緹琳朵大人，準備已經就緒。請您移步回領吧。」

見習侍從瑪蒂娜呼喚自己的主人。然而蒂緹琳朵一聽，卻看著多功能交誼廳不滿地皺起眉頭。

「我今年可是畢業生，也想和法緹亞一樣在貴族院待到最後呀。更何況我還沒能出席畢業儀式呢。」

蒂緹琳朵先前因為魔力枯竭，醒來時已是奉獻舞儀式的兩天後。她一睜眼醒來，立刻大發雷霆：「羅潔梅茵大人居然騙我，害我在跳重要的奉獻舞時出糗！」瑪蒂娜想起那時候，近侍們為了讓蒂緹琳朵恢復好心情，全紛紛轉告中央神殿長說過的話：「他說您最有資格成為下任君騰唷。」「蒂緹琳朵大人好厲害。」

畢業生確實有權利在貴族院待到最後一天。只是蒂緹琳朵如此任性妄為，她若留下來，其他畢業生都得看她的臉色，年級不同的近侍們也無法返回領地。再者現在奧伯已經亡故，蒂緹琳朵回領後還有許多該做的事情。但比起這些正當理由，其實最主要是如今畢業儀式都結束了，近侍們很怕蒂緹琳朵又在貴族院惹出麻煩。

……因為主人蒂緹琳朵大人若是闖禍，也會影響到侍從的成績。

瑪蒂娜與其他近侍互相使著眼色，思考該如何討好蒂緹琳朵。被說「想和法緹亞一樣」的那名見習文官向前一步。

「蒂緹琳朵大人，我也明白您依依不捨的心情。但您若不走，一年級生也會捨不得離開貴族院吧。若不嫌棄，還請您回到領地迎接他們。」

「一想到蒂緹琳朵大人正在等著，大家肯定歸心似箭。」

瑪蒂娜順著法緹亞的話奉承主人。蒂緹琳朵一派勉為其難接受似的得意微笑，終於起身移動。

「好吧。要是仰慕我的一年級生們遲遲不肯離開，那可就麻煩了呢。這也沒有辦法。傅萊芮默老師，接下來的事情就交給妳了。」

近侍們互相以眼神示意，一路上小心著別讓其他事情引走蒂緹琳朵的注意力，然後目送她與首席侍從一同踏進轉移陣。

「最重要的工作總算結束了。」

終於成功在預定時間將蒂緹琳朵送回領地後，瑪蒂娜長長吁了口氣。回領以後，會有已經成年的近侍們負責迎接吧。在整理好自己的行李、返回領地之前，是學生近侍們短暫的休息時光。

「法緹亞，妳與蒂緹琳朵大人同年吧。至少這幾天先好好休息。妳不是還有事情要與未婚夫討論嗎？」

「瑪蒂娜今年五年級，明年可以在貴族院平靜安穩地度過吧。真是有點羨慕妳。」

「但法緹亞擔任近侍的時間並不長，又已經訂婚了，明年春天就會嫁往他領吧？我才羨慕妳呢。」

瑪蒂娜剛受洗完，父親便指示她「加入喬琪娜大人的派系」，因此一直到了現在始終沒有什麼機會能放鬆歇息。加上身為下任奧伯的蒂緹琳朵十分喜愛她，恐怕也很難以結婚為由離開領地。

「父親大人還說，他會在領內幫我尋找結婚對象。他似乎認為身為領主一族旁系，輔佐奧伯就是我們的使命。」

「對喔，瑪蒂娜的父親原是領主一族呢。在亞倫斯伯罕，奧伯一旦換人，其他下任領主的候補人選都會被降為上級貴族吧。但是，在孛克史德克並不是這樣。要是生在其他領地，瑪蒂娜說不定就是領主候補生了。真可惜。」

如法緹亞所說，瑪蒂娜也曾想像過，倘若自己並不是要服侍他人的上級貴族，而是能夠擁有近侍的領主一族。但是，她馬上就自己否決了這個可能性。

「並不可惜喔。因為我母親是法雷培爾塔克出身。我若是領主一族，說不定政變時就被處刑了。」

政變後進行肅清時，許多落敗領地的領主一族皆被處死，這是眾所皆知的事實。當時法雷培爾塔克的領主夫婦與下任領主夫婦皆被處刑，並由原本不太過問領內事務的第三夫人之子奉命成為奧伯。亞倫斯伯罕則是孛克史德克出身的第二夫人被處死，她的兩個兒子雖在領主的求情下保住一命，但也都被降為上級貴族。

「由於政變後進行肅清的關係，我記得當時亞倫斯伯罕的男性領主候補生，只剩下喬琪娜大人的公子渥夫勒姆大人吧？我是在那位大人過世之後、蒂緹琳朵大人確定成為下任奧伯的候補人選時成為近侍，所以詳細情況並不清楚。」

法緹亞是如今亞倫斯伯罕正負責管理的、舊孛克史德克的上級貴族。由於那段時間情勢一直在劇烈變動，也不曉得自領的未來會是如何，所以她並不了解亞倫斯伯罕當時的情況。再者對於主人親哥哥的死亡，她也不方便探問太多吧。

瑪蒂娜回想當時的情形。肅清過後，喬琪娜以渥夫勒姆為中心人物，開始組成與第一夫人敵對的勢力。為了吸收第二夫人留下的派系，她讓自己的女兒亞絲娣德嫁給降為上級貴族的第二夫人之子布拉修斯，還提議兩人若有了孩子，會納為自己的養子使其成為領主一族。

「……在我受洗那時候，喬琪娜大人還沒有什麼權力喔。因為她的原屬領地是政變時保持中立的艾倫菲斯特，後盾並不強大，所以雖說渥夫勒姆大人是唯一的男性領主候補生，但旁人都不怎麼看好他能成為下任領主。從第一夫人想找來孫子當養子這點也能看出，當時領內的派系完全是壁壘分明。」

「在這種情況下居然推薦妳當蒂緹琳朵大人的近侍嗎？這決定還真有勇氣。」

法緹亞一臉吃驚。但是，這並不是有勇氣的決定，而是貴族慣有的安排。

「呵呵……父親大人並不是把我推薦給奧伯來當蒂緹琳朵大人的近侍，而是命令我加入喬琪娜大人的派系喔。他還把自己的其他孩子也送去第一夫人的派系當近侍呢。而我與姊姊大人之所以能加入喬琪娜大人的派系，是因為母親大人來自法雷培爾塔克。」

當初瑪蒂娜會加入喬琪娜的派系，有以下幾個理由：首先喬琪娜的親妹妹嫁往了法雷培爾塔克，丈夫還是奧伯；比起獲勝領地出身的第一夫人，要加入喬琪娜的派系相對容易；再來是先加入的姊姊奧蕾麗亞一直無法提供太多有用情報；最後，是瑪蒂娜的年紀正好適合當渥夫勒姆的第二夫人或蒂緹琳朵的近侍。

「老實說，要是姊姊大人能多用點心就好了……雖說姊姊大人就是因為不擅長與他人接觸、蒐集情報，才會選擇當騎士。」

「奧蕾麗亞大人總是板著臉孔，而且沉默寡言吧？我聽說她與艾倫菲斯特騎士團長的公子結婚了，不知道過得還好嗎？」

奧蕾麗亞天生有副不太和悅的長相，眼神又兇惡，乍看下非常適合當騎士。但是，其實她的個性畏縮又膽怯，看起來常常像是刻意與人保持距離，然後從遠處怒目而視，總被父親唸說「一點也不招人疼」。

原本單憑母親是落敗領地出身這一點就很容易被人針對，偏偏外貌與個性又讓奧蕾麗亞更是吃虧。於是瑪蒂娜把姊姊當成反面教材，努力表現得活潑開朗。多半是努力有了回報，父親、喬琪娜與蒂緹琳朵都相當喜歡她。

「喬琪娜大人吸收了第二夫人的派系以後，大家才開始心想，今後會由渥夫勒姆大人成為下任奧伯，帶領亞倫斯伯罕前進吧。但就在這個時候，渥夫勒姆大人忽然意外身亡。」

想當然耳，這對亞倫斯伯罕造成極大的衝擊。因為領內的領主候補生，就只剩下蒂緹琳朵一人。已嫁往他領或嫁給自領上級貴族的人，不可能變回領主一族。但若由教育不足的蒂緹琳朵成為下任領主，又讓人憂心忡忡。

「所以萊蒂希雅大人就是在那時候，從多雷凡赫被接過來的吧？這件事我也記得。眼看權力又要回到第一夫人手中，身邊的人都十分激動，說我們必須支持會關心舊孛克史德克的喬琪娜大人。」

然而，第一夫人將萊蒂希雅收為養女以後，就突然變得身體虛弱，不久便去世了。也因為這樣，喬琪娜成了亞倫斯伯罕的第一夫人。

「喬琪娜大人不僅十分關心孛克史德克，眼看兩對戀人就要被領地間的問題拆散，還幫助他們能夠有情人終成眷屬吧？所以也是為了支持喬琪娜大人，我才會來服侍蒂緹琳朵大人。」

法緹亞說完，瑪蒂娜淡淡微笑道：「這樣子呀。」在亞倫斯伯罕，人人皆知她的姊姊奧蕾麗亞與中級貴族貝緹娜險些因為領地間的問題而結不了婚，幸虧喬琪娜極力促成，這件事已然成了一樁美談。但很多人不知道的是，她們其實是被送去艾倫菲斯特蒐集情報。

……姊姊大人明明嫁給了騎士團長的兒子，卻與貝緹娜大人不同，完全沒有幫上忙呢。

教人傷腦筋的是，奧蕾麗亞一次也沒有把情報送回來過，更沒有與喬琪娜指定的貴族往來，徹底被困在艾倫菲斯特內動彈不得。為了蒂緹琳朵的訂婚儀式拜訪艾倫菲斯特時，她甚至拒絕了瑪蒂娜的會面要求。瑪蒂娜無法判斷那是姊姊自己的意思，還是騎士團長或領主的指示。她也試著寫了信，但奧蕾麗亞卻只在回信上寫些無關緊要的內容，比如

「大家都對我很好」。

……姊姊大人究竟在想什麼呢？怎麼不管到了哪裡都這麼沒用。

瑪蒂娜因為受到蒂緹琳朵喜愛，奉命得待在她身邊，在貴族院也很難出去蒐集他領的情報。因此，她本來很期待奧蕾麗亞能取得與艾倫菲斯特有關的情報，怎料現實並不如人意。

「瑪蒂娜，妳為什麼想侍奉蒂緹琳朵大人呢？依然是父親的命令嗎？」

「不是父親大人，而是喬琪娜大人提拔了我。」

舉行了洗禮儀式後，瑪蒂娜照著父親的指示加入喬琪娜的派系，一邊笑容可掬地接近眾人，一邊蒐集情報。似乎是欣賞這樣的她，喬琪娜說著：「老實又努力的孩子真可愛呢。妳就成為侍從吧。」並拔擢她成為蒂緹琳朵的見習侍從。

……但其實為了能當喬琪娜大人或渥夫勒姆大人的近侍，我本來想當文官。

瑪蒂娜沒有說出自己真正的希望，笑容滿面地應了下來。因為她認為這才是聰明的處世之道。當天，便敲定了她要在喬琪娜介紹的貴族底下進行實習。

向父親報告喬琪娜親自提拔了自己一事後，他還誇獎瑪蒂娜居然可以深入派系核心。然而，瑪蒂娜開始侍從的實習以後，父親馬上察覺到了這不過是喬琪娜的安排，好防止情報外流，也讓他們不好向外人抱怨。發覺女兒能提供的情報變得非常有限，父親惱怒不已；再加上喬琪娜總與蒂緹琳朵保持適當距離，女兒卻成了她的見習侍從，這也讓父親抱怨連連，至今仍在私底下常說：「這來自艾倫菲斯特的該死加麥瓦連。」

「我認為喬琪娜大人在政治上擁有非常出色的手腕。可是在教育上，真希望她能對蒂緹琳朵大人嚴格一點呢。」
瑪蒂娜同意了法緹亞混著嘆息說出的這番話，但也為喬琪娜緩頰。
「喬琪娜大人的其他孩子……亞絲娣德大人與渥夫勒姆大人都是十分正常的領主候補生呢。應該是蒂緹琳朵大人太特別了吧。」
瑪蒂娜這些近侍的使命，就是要設法別讓蒂緹琳朵在他領貴族面前出醜。他們一方面要假意奉承她這個主人，一方面又要盡可能別讓她在畢業前惹出麻煩。坦白說，這比蒐集情報還要困難。
「……蒂緹琳朵大人明明從小看著喬琪娜大人長大，為什麼做事可以那麼不經大腦呢？真是不可思議。」
「能遲鈍到那種地步，從某方面來說也是一種幸福吧。」
無論近侍多麼小心留意，常常仍是阻止不了蒂緹琳朵。每年她一定都會做些不必要的舉動。尤其讓人頭痛的，就是在侍從無法及時阻止的茶會等社交場合上，她總是一再失言。
「今年甚至直到最後一天，蒂緹琳朵大人還是徹底出了洋相呢。當下我只覺得眼前一片漆黑，明明身處在畢業儀式上，卻一點也開心不起來。」
居然在跳奉獻舞時暈倒，簡直可說是前所未聞的失態。用午餐時，近侍們誰也沒有力氣開口說話，餐廳內悄然無聲。
不僅如此，就在準備要出席下午畢業儀式的時候，王族竟捎來了奧多南茲召見未婚夫斐迪南，表示想詢問蒂緹琳朵的情況。任誰都能想見這明顯是要責問一番。

「幸好有中央神殿那群人，幫我們減輕了點負擔。」

但情況一到下午的畢業儀式就變了。因為中央神殿的神殿長聲稱，奉獻舞舞臺上浮現的魔法陣是用來選出下任君騰，而最有資格成為下任君騰的人是蒂緹琳朵。

自此之後，領內的人只要一提起畢業儀式，聊的都是奉獻舞時浮現的魔法陣與下任君騰。畢竟總不能討論自領的領主候補生，居然在跳奉獻舞時做出了無法挽回的失態之舉。相比之下，參加了畢業儀式的領內貴族們，還比較能接受蒂緹琳朵有可能是下任君騰的候補人選，她所浮現的魔法陣就連王族也無法使其發光。儘管畢業儀式期間與王族談過話的斐迪南回來後，便報告說：「蒂緹琳朵大人未能讓魔法陣發動，難以說是下任君騰的候補人選。」大家也是充耳不聞。

「雖然斐迪南大人說了，蒂緹琳朵大人稱不上是下任君騰的候補人選，但這對我們來說根本無關緊要。可以免受王族的斥責，還能稍微掩蓋掉蒂緹琳朵大人的失態，這些事情才是最重要的吧。」

「是呀，重點在於別在貴族院惹出麻煩。在沒有他領貴族看著的亞倫斯伯罕內，不管出了什麼事情都有辦法掩蓋。而且，今後將是身為未婚夫的斐迪南大人，必須負責監督與輔佐蒂緹琳朵大人吧。我們可以卸下重擔了。」

瑪蒂娜與法緹亞同時輕笑起來。無論如何，蒂緹琳朵總算畢業了。這對她們來說是最值得高興的事。

瑪蒂娜從貴族院回到領地的幾天後，喬琪娜傳喚蒂緹琳朵前往她的離宮。

「母親大人說了，要與成為下任君騰候補的我討論以後的事情。」

「哎呀，我們待在貴族院的這段時間，喬琪娜大人已經搬遷完畢了嗎？我還以為直到蒂緹琳朵大人為基礎魔法染好魔力之前，她會先住在領主的居住區域呢。」

聽到喬琪娜比預期要快搬離領主的居住區域，瑪蒂娜十分驚訝。奧伯是在秋末離開人世，緊接著蒂緹琳朵因為要去貴族院，還未能向基礎灌注魔力。也因為這個緣故，蒂緹琳朵仍住在領主候補生用的別館裡。

……所以現在本館裡頭沒有半個領主一族囉。這樣沒問題嗎？

「妳們都退下吧。」

奉喬琪娜之命退下後，瑪蒂娜等人往近侍專用的等候室移動。半路上，她們與幾名貴族擦身而過。離宮這裡明顯多了一些從未見過的貴族。

「是喬琪娜大人新納的近侍嗎？」

「有位男士的左手是義手魔導具呢。也許是喬琪娜大人又納了舊孛克史德克領的貴族為近侍吧。」

「剛才從我這邊只看得見披風，但居然有人會戴義手，還真是少見呢。想必是受了非常嚴重的傷，來不及治癒吧？」

騎士的工作便是戰鬥，其中也有一些人會戴義手或義足魔導具。但是，方才經過的那名男性看來像是文官。文官一般很少身陷險境，導致日後必須穿戴義手魔導具。只不過在舊孛克史德克，確實有人曾在政變時投身激烈的戰場，或被後來的肅清波及也不奇怪。

「但也不必非得將需要穿戴義手的人納為近侍吧……」

「哎呀，妳對喬琪娜大人的做法有何不滿嗎？」

「不是的。我只是想到等一下可能發生的情況便心煩意亂，才想思考其他事情來轉移注意力。」

瑪蒂娜吐露內心的不安後，眾人互相對望，露出苦笑。為免蒂緹琳朵在貴族院惹出麻煩，一直以來有許多事情都並未讓她知曉。但是，事到如今不能再瞞下去了。相信此刻喬琪娜正把蒂緹琳朵該知道的事情都告訴她。

包括她的奧伯之位只是暫代、與斐迪南舉行完星結儀式後就要奉王命收萊蒂希雅為養女等等，一旦蒂緹琳朵知道了這些事情，瑪蒂娜已能預見她的心情肯定極度惡劣。通常最容易被遷怒的就是侍從了。因此瑪蒂娜不由得感到煩悶。

「話說回來，蒂緹琳朵大人很高興地說自己是下任君騰吧？如今情況與之前不同，她還會順從地擔任暫代奧伯嗎？」

「可是，亞倫斯伯罕不能沒有下任奧伯，蒂緹琳朵大人也並未擁有古得里斯海得，不可能成為下任君騰吧。」

只是因為這樣好打發，她們才極力吹捧，但在場沒有半個人認為蒂緹琳朵真的能夠成為下任君騰。她們反而更擔心自領的未來。

「現在的亞倫斯伯罕只有蒂緹琳朵大人與萊蒂希雅大人兩位領主候補生，真是教人頭疼呢。」

「等蒂緹琳朵大人與斐迪南大人成婚了，好像也會將蓓妮蒂塔大人收為養女喔。到時候領主候補生的人數就會變多了。」

蓓妮蒂塔是前第二夫人之子布拉修斯與喬琪娜的長女亞絲娣德所生的女兒。現在雖是上級貴族，但父母原先都是領主一族。大家普遍認為她的魔力量應該足以成為領主候補生。瑪蒂娜聽說，等到蓓妮蒂塔要舉行洗禮儀式時，預計會由蒂緹琳朵與斐迪南以父母的身分負責主持。

「原本蓓妮蒂塔大人會由奧伯與喬琪娜大人收為養女，成為領主一族呢。只是現在奧伯去世了。」

「而且為了穩固我們的派系，也必須要有萊蒂希雅大人以外的領主候補生……比起既是艾倫菲斯特出身又生母不詳的斐迪南大人與蒂緹琳朵大人所生的孩子，蓓妮蒂塔大人還讓人比較放心。魔力量與資質應該都沒問題吧。」

蒂緹琳朵曾說，她感知不到斐迪南的魔力。喬琪娜與現任奧伯·艾倫菲斯特和從亞倫斯伯罕嫁過去的嘉柏耶麗皆有血緣關係，魔力量似乎都不少，但斐迪南卻是排名原在底部徘徊的艾倫菲斯特領主一族。倘若蒂緹琳朵與瑪蒂娜都感知不到他的魔力，代表他的魔力量就連在上級貴族中也相當低吧。

瑪蒂娜等人這樣揣測後，咯咯笑了起來。未前往貴族院的成年近侍「哎呀」地掩著嘴角，一臉訝異。

「但斐迪南大人出乎預料的能幹且優秀唷。文官們曾開心地說，原本一直堆積著的公務處理掉了許多呢。」

「哎呀，是嗎？」

「不過當然，工作上的能力與魔力量還是另當別論吧。」

「希望兩位大人可以快點舉行星結儀式，增加魔力供給的人數呢。現在各地的基貝好像都在咬牙苦撐。」

閒聊了好一會兒後，呼叫的鈴聲響起，近侍們立即起身。終於知道了一直以來都瞞著自己的消息，蒂緹琳朵究竟會發多大的火呢？瑪蒂娜戰戰兢兢地望著喬琪娜的房間。然而與預想中不同，蒂緹琳朵走出來時臉上帶著心滿意足的笑容，喬琪娜也面帶微笑。顯然剛才的談話讓兩人都很滿意。

「母親大人，那我就此失陪了。」

「嗯，妳好好加油。」

回到蒂緹琳朵的房間後，近侍們馬上受到召集。因為必須了解蒂緹琳朵與喬琪娜談了些什麼、她今後打算怎麼行動，否則近侍們也不曉得往後該如何行事。

「蒂緹琳朵大人，您與喬琪娜大人談了些什麼呢？」

「中央神殿長的那番發言應該也討論過了吧？」

蒂緹琳朵喝了口茶後，「呵呵」地發出輕笑，深綠色雙眼亮起得意光彩。緊接著她環顧近侍，挺起胸膛宣布：

「我要找到古得里斯海得，以下任君騰為目標。大家也要幫忙唷。」

「……喬琪娜大人允許了您這麼做嗎？」

瑪蒂娜睜圓雙眼，不由得脫口說出疑問。但蒂緹琳朵可是在與母親談過話後，自信滿滿地如此宣告，肯定是得到了許可吧。儘管如此，聽到蒂緹琳朵要以下任君騰為目標，一時間還是讓人無法相信。看著一臉困惑的近侍們，蒂緹琳朵微笑點頭。

「當然，母親大人支持我的決定唷。她還要我好好努力，實現自己的心願。還說即便乍看下遙不可及，但只要用盡一切辦法，也有可能實現。」

難以想像喬琪娜會說出如此不切實際的話來。要以下任君騰為目標是無所謂，那領地該怎麼辦呢？瑪蒂娜與其他近侍不安對望，眾人臉上都寫滿懷疑。

「但若是如此，要由誰成為奧伯・亞倫斯伯罕呢？現在能夠成為奧伯的領主候補生只有蒂緹琳朵大人一個人……」

「是呀。所以我只有一年的時間，能以下任君騰為目標。如果不能在一年之內找到古得里斯海得，我就會當下任奧伯。」

奧伯的死訊都是在領主會議上報告，因此端看奧伯的死亡時間，有時下任領主會來不及將基礎魔法徹底染上自己的魔力。再者蒂緹琳朵被囑咐過，在貴族院時絕不能透露奧伯已經亡故一事。只要他領的人不曉得奧伯確切的死亡時間，要延遲一年再讓蒂緹琳朵就任為領主不僅可行，也不會顯得不自然。

……喬琪娜大人是不是心想只要設下一年的期限，到時候就能讓蒂緹琳朵大人死心呢？

王族找了那麼多年都找不到，蒂緹琳朵不可能只花一年的時間就找到古得里斯海得。只要接下來這一年配合她尋找，之後她就會心甘情願地就任為領主。想到這裡，瑪蒂娜稍微安下心來。

……真不愧是喬琪娜大人。十分懂得如何操控蒂緹琳朵大人。

然而，瑪蒂娜才剛安下心來，便見蒂緹琳朵將食指抵在下巴上，微仰著頭做出深思狀。每當她在思考時做出這種動作，接下來說出口的幾乎都是會給旁人造成困擾的建議和命令。透過經驗了解到這一點的近侍們，全都渾身緊張。

「可以的話，我想趁著這一年緩衝的時間，讓輿論發展得對我們有利，放大應該要找到古得里斯海得、選出真正君騰的聲音……既然特羅克瓦爾大人未持有古得里斯海得，一旦我拿到了古得里斯海得，他就不得不讓出君騰之位吧？」

無法想像做事總是欠缺考慮的主人會說出這種話。這恐怕是母親提供的建言吧，瑪蒂娜猜想。看來喬琪娜真的想讓蒂緹琳朵成為下任君騰。

……明明亞倫斯伯罕現在正苦於魔力不足，她卻不是勸阻蒂緹琳朵大人，反而鼓勵她成為下任君騰嗎？

瑪蒂娜無法揣摩喬琪娜的真正意圖。她只覺得整個人都籠罩在不安當中，還不禁打了個哆嗦。

「我明白蒂緹琳朵大人決定以下任君騰為目標了。可是，那為亞倫斯伯罕的基礎灌注魔力一事該怎麼辦呢？」

「我本來提議，可以由母親大人暫代奧伯之位，等一年的期限到了，要是我沒有找到古得里斯海得，再由我為基礎染上魔力。只可惜母親大人說她不想成為奧伯．亞倫斯伯罕，拒絕了我的提議。真是遺憾呢。」

蒂緹琳朵咳聲嘆氣，但喬琪娜會拒絕也是正常的。也許因為她是自己的母親，蒂緹琳朵才沒有意識到吧。但明明已有一名已經成年的領主候補生在，即便只是暫代，也沒有半個貴族會贊成讓艾倫菲斯特出身的喬琪娜成為奧伯．亞倫斯伯罕吧。

「沒辦法，為免基礎完全染上我的魔力，我決定從供給室提供魔力。另外也打算找萊蒂希雅一起幫忙。」

「萊蒂希雅大人尚未進入貴族院就讀，您就要讓她供給魔力嗎？」

蒂緹琳朵的發言讓眾人吃驚瞠目。這對年幼的萊蒂希雅來說，肯定會造成太大的負擔。

「哎呀？我聽說在艾倫菲斯特，受洗完的領主候補生都會練習如何供給魔力喔。相信那孩子一定沒問題吧。」

蒂緹琳朵看向萊蒂希雅房間所在的方向，表情冷酷至極。先前她還總說：「下任奧伯是我嘛。」一點也不把萊蒂希雅放在眼裡，如今的表情卻是判若兩人。看著她充滿敵意的側臉，瑪蒂娜背脊一陣發寒。

「因為就連國王與父親大人，都希望萊蒂希雅能成為下任奧伯嘛。這點小事她應該辦得到吧？聽說國王真正指定的下任奧伯．亞倫斯伯罕是萊蒂希雅，還下令要我暫代奧伯之位呢。真是教人不快到了極點。」

……啊啊，果然這件事也告訴她了嗎？

直到方才，蒂緹琳朵還眉飛色舞地一味討論著要如何成為下任君騰。但果然不出原先所料，她在得知自己不過是暫代的奧伯後，心情十分惡劣。

蒂緹琳朵原本是第三夫人的第三個孩子，又是女性，因此從小到大父母幾乎不怎麼管教她。即便到了現在，父親也是希望她能在萊蒂希雅繼任之前、母親則希望她能在蓓妮蒂塔繼任之前，暫代奧伯之位。所以，姑且不論蒂緹琳朵的能力是否配得上那個位置，但她會比起奧伯，更執著於地位更高的君騰之位，瑪蒂娜也不是不能理解。

「光靠我們供給魔力，還無法為亞倫斯伯罕提供足夠的魔力，因此我會讓斐迪南大人去神殿舉行儀式。」

「您要讓奧伯未來的配偶前往神殿嗎?!」

「是呀。因為艾倫菲斯特也會在神殿舉行儀式，今年他們更證明了那些儀式確實具有效果吧？」

今年在貴族院舉行過奉獻儀式以後，確實王族也認可了儀式具有效果。儘管亞倫斯伯罕內不會有貴族想去神殿，但以前都待在神殿的斐迪南多半不會感到抗拒吧。瑪蒂娜微微點頭。

「可是，蒂緹琳朵大人不介意嗎？明明您曾說過，不想與待過神殿的不潔領主候補生結為連理……」

想當初訂下這樁婚事的時候，蒂緹琳朵還曾歇斯底里地大鬧一場，讓近侍們心力交瘁。因為竟然要在無法違抗的王命下，與來自下位領地、還曾經進過神殿的領主一族成婚，主人鎮日怨天尤人，她們只能拚命安撫。

但是，隨著見到斐迪南本人，與他近距離接觸過，也經由旁人得知他在就讀貴族院時成績優異、還是最優秀者後，蒂緹琳朵總算比較樂觀看待這樁婚事。再加上斐迪南曾帶著溫柔的笑臉發誓：「我會為了蒂緹琳朵大人竭盡所能。」也滿足了她的虛榮心吧。當時的訂婚儀式，瑪蒂娜也覺得自己像在看著故事裡的場景。

……不管內在如何，只要身分與容貌夠好，就能得到男士的珍惜重視。我領悟到了如此重要的道理。

「哎呀，一旦我成為下任君騰，就能取消現在的王命，不必與斐迪南大人結婚了吧？斐迪南大人哪有資格當君騰的配偶呢，大家也這麼覺得吧？我只是因為萬一現在就解除婚約了，屆時若沒能當上君騰會很麻煩，才暫時繼續維持這樁婚約。」

蒂緹琳朵呵呵地笑起來。看來她已打好如意算盤，讓斐迪南進入自己避之唯恐不及的神殿，命他提供魔力、利用到極限以後，一等自己的心願實現就與他解除婚約。這番發言不僅荒謬，也自私自利到了極點。但蒂緹琳朵平常就是這樣，從不考慮以後的事情，想到什麼就脫口而出。了解她個性的瑪蒂娜等近侍們，一點也沒有想要勸說的念頭。她們只想到了未來會有多麼麻煩。

……反正蒂緹琳朵大人肯定找不到古得里斯海得，最後還是得與自己送去神殿的斐迪南大人結婚吧。真不知屆時她又會如何大吵大鬧。

「為了解除婚約，我一定要想辦法在一年之內取得古得里斯海得。當然，我想要古得里斯海得不光是為了解除婚約，也為亞倫斯伯罕設想過了唷。」

蒂緹琳朵說完，揚唇微笑。

「我若當上君騰，便會下令讓降為上級貴族的布拉修斯大人變回領主一族，再由姊姊大人或布拉修斯大人成為奧伯．亞倫斯伯罕。」

「如果真能這樣的話，亞倫斯伯罕的未來就不用擔心了呢。」

若能讓被降為上級貴族的兩人變回領主一族，現在這種得把領地未來託付給蒂緹琳朵的不安，想必就會消失吧。

……前提是辦得到的話。

蒂緹琳朵因近侍們的回應而心情大好後，開始列舉一旦自己成為君騰，就會下達哪些命令。

「還有，我會把母親大人想要的東西獻給她，並為自己找來配得上下任君騰的夫婿。我即便當上君騰，也不打算像特羅克瓦爾大人那樣進行肅清，也會給予現在的王族基本的尊重唷。就讓席格斯瓦德王子或亞納索塔瓊斯王子當我的夫婿吧。能從阿道芬妮大人和艾格蘭緹娜大人手中把他們搶過來，真是太愉快了。」

蒂緹琳朵勾起嘴角笑道。雖然根本是她自己惱羞成怒，但對於曾在貴族院的茶會上受到斥責與挖苦，她似乎至今仍懷恨在心。

……反正蒂緹琳朵大人不可能找到古得里斯海得，她愛怎麼幻想就隨她去吧。

「蒂緹琳朵大人，您說得簡單，但若將王子納為自己的夫婿，恐怕會影響人民對您的觀感。尤其亞納索塔瓊斯王子與艾格蘭緹娜大人還是在一番熱戀之後，捨棄了王位結為連理……」

法緹亞開口提醒後，蒂緹琳朵不悅蹙眉。察覺她的心情開始變得惡劣，瑪蒂娜立刻轉移話題。

「比起這件事情，到時候斐迪南大人會不會拒絕解除婚約呢？一旦蒂緹琳朵大人成為君騰，他應該不會願意解除婚約，回到下位領地的神殿去吧……」

「這妳們不必擔心。為了讓斐迪南大人聽我的話，我打算讓他向我獻名。」

聽見蒂緹琳朵極其輕易地說出「要讓他獻名」這種話，眾人吃驚得雙眼圓睜。但蒂緹琳朵毫無所覺，一臉得意地繼續說道：

「畢竟他在艾倫菲斯特這樣的下位領地裡還進過神殿，如果真心愛我，想必會願意獻名吧。解除婚約以後，等他回到了艾倫菲斯特，可不能讓他洩露有關亞倫斯伯罕的任何消息，所以無論如何得讓他獻名不可。母親大人也是這麼說的。」

……但再怎麼要求獻名，斐迪南大人也不可能答應吧……

「我想要求斐迪南大人向我獻名。妳們幫忙安排吧。」

但是，實現主人的要求是近侍的職責所在。為了實現蒂緹琳朵的心願，瑪蒂娜馬上著手安排。

「斐迪南大人，你深愛著我吧？那請向我獻上你的名字吧。」

還在處理公務的斐迪南接到傳喚，隨即趕到瑪蒂娜整理好的會議室。面對蒂緹琳朵突如其來的要求，他顯得十分驚訝。這也是當然的吧。突然有人一開口就要求自己獻名，相信沒有人能一口答應。

……斐迪南大人多半不會獻名，但他會怎麼拒絕蒂緹琳朵大人的要求呢？

不只瑪蒂娜，所有近侍都興味盎然地在旁觀望。因為主人能宣洩怒火的出口多一個是一個，她們侍從也能輕鬆一些。

「把我的名字獻給蒂緹琳朵大人？妳是指互相獻名嗎？經妳這麼一說，確實有則故事曾提到過，真心相愛的兩人會向彼此獻名。」

斐迪南思索了片刻後，如此輕聲說道。他似乎以為蒂緹琳朵是被愛情故事影響了。在貴族院的茶會上，瑪蒂娜也曾聽說艾倫菲斯特的書裡收錄著這樣的故事。

但一聽到「互相獻名」，蒂緹琳朵便不快地皺起臉龐。她當然不是因為受愛情故事影響，而是基於更自私且任性的理由想要斐迪南獻名。

「為什麼我得向斐迪南大人獻名呢？更何況是我把你從艾倫菲斯特的神殿裡救出來，你應該要感謝我，主動向我獻名才對吧？」

望著說話時一臉認真的蒂緹琳朵，斐迪南依然面帶溫柔淺笑，緩緩搖了搖頭。

「儘管我也想實現妳的心願，但很遺憾，我的名字現在並不在我手邊。」

……意思是他已經向其他人獻名了嗎？

斐迪南的回答太過出人意表，使得現場一片譁然。

「你把名字獻給了我這個未婚妻以外的人嗎?!」

蒂緹琳朵憤怒得脹紅了臉，揚聲大喊。斐迪南看著她，忽然輕笑一聲。臉上雖然在笑，但那雙淡金色的眸子裡卻半點笑意也沒有，整個人散發出冷冽氣息。

「截至目前為止，為了能夠控制我的行動，有兩位女性都想要我的名字。一位是妳，另一位是薇羅妮卡大人……兩位的關係雖是外祖孫女，但還真是相像至極。」

為了控制行動就想要別人的名字，這種事情實在非同尋常。斐迪南其實是在強烈諷刺這一點，蒂緹琳朵卻絲毫沒有察覺。

「你說外祖母大人嗎?!」

她此刻唯一在意的，似乎就只有未婚夫的名字已被素未謀面的外祖母奪走。但不光是她，瑪蒂娜、法緹亞與在場的所有人，都以為斐迪南的名字被薇羅妮卡奪走了，完全沒有意識到自己的思考已被「想要名字」這句話誤導。

「你快想辦法拿回來！」

想要名字卻遭到拒絕，蒂緹琳朵氣得齜牙咧嘴，惡狠狠地瞪著斐迪南。後者只是面帶難色地微微垂下眉尾。

「如今我已是公務的主要負責人，無法輕易回到艾倫菲斯特去。蒂緹琳朵大人能夠一聲令下就讓我返鄉嗎？」

萬一他回去以後，說出亞倫斯伯罕的內部情況就糟了。正因如此，喬琪娜才要蒂緹琳朵讓斐迪南獻名，控制他的行動，不可能為了取回獻名石就讓他回去。加上先前斐迪南曾在領地對抗戰當天回到艾倫菲斯特舍的茶會室過夜，已經交接了公務的貴族們本就非常反對，更不可能同意他返鄉吧。再者蒂緹琳朵尚未正式成為奧伯，還沒有足夠的權力能壓制他們。

「居然無法實現我的心願，斐迪南大人果真是迎來了春天的埃維里貝呢。」

蒂緹琳朵當著面罵斐迪南無用。然而，斐迪南仍是面帶笑容，平靜接受道：「實在非常抱歉。」看在瑪蒂娜她們眼裡，他的態度就像是連同蒂緹琳朵的辱罵也包含在內，已然接受自己身處的一切。

兩人間難以修復的裂痕，只是變得越來越深。

領地對抗戰上的決心

「蕊兒拉娣大人，聽說您得到了眷屬神的加護。參加過奉獻儀式的三年級生當中，只有您一個人另外取得了眷屬神的加護呢。恭喜您。」

「哪裡。這次我得到了萌芽女神布璐安法的加護，希望畢業之前藉由認真祈禱，能再取得其他眷屬神的加護。」

今年直到最終測驗之前，我一直向萌芽女神布璐安法與結緣女神黎蓓思可赫菲獻上祈禱，最終成功得到了布璐安法的加護。由於畢業儀式後還能舉行一次儀式，希望屆時能再取得黎蓓思可赫菲的加護。

值得高興的是，我向繆芮拉大人報告了這些事情，為艾倫菲斯特與戴肯弗爾格的共同研究提供了協助後，她便將最新的貴族院戀愛故事集借給我。

……這簡直可說是布璐安法的指引！

我找了藉口對姊姊大人說：「這是為了協助艾倫菲斯特的共同研究。」馬上開始閱讀借來的貴族院戀愛故事集。由於在學生所進行的研究當中，艾倫菲斯特竟能取得王族的協助，他們的風評一下子變好許多。奧伯下過指示，現在最好多表現出願意合作的姿態，所以我正全面地為共同研究提供協助。

如同繆芮拉大人之前告訴過我的，最新的貴族院戀愛故事集裡，有個場景是在時之女神會惡作劇的涼亭裡，黑暗之神以袖子與披風將光之女神隱藏起來，真是讓人看得臉紅心跳。要是也有人對我這麼做，我說不定會害羞得轉身逃走吧。

「繆芮拉大人，我因為太好奇展示的內容，第一個就跑來艾倫菲斯特參觀了。」

到了領地對抗戰當天，我最先前往的就是艾倫菲斯特的成果發表區。其實原本預計要與奧伯・約瑟巴蘭納一起過來向奧伯・艾倫菲斯特問好，為我得到了眷屬神的加護一事致謝，順便讓兩領奧伯能有機會交流。

然而，領地對抗戰才剛開始，便見一群披著藍色披風的人快步往艾倫菲斯特移動。想也知道約瑟巴蘭納即便過去了，也只會被晾在一邊。「可能快中午的時候再看看情況吧。」觀察過前往艾倫菲斯特的訪客都披著何種顏色的披風後，姊姊大人也有些消沉地這麼表示。隨後，她要我以上級見習文官的身分，去參觀各領發表的研究成果。

「蕊兒拉娣大人，早安。請您慢慢參觀吧。這邊的內容與戴肯弗爾格相同，這邊與奉獻儀式有關的部分則是艾倫菲斯特自己發表的研究成果。奉獻儀式時曾提供過協助的領地與參加者都列在這裡了。」

……我的名字居然與王族放在了一起嗎?!

看到艾倫菲斯特使用了「圖表」這種新技術固然讓我驚訝，但我更吃驚的是，自己的名字竟與王族列在一起。恐怕沒有半個人想得到，自己的名字竟能與王族擺在一起吧。這種榮幸多半就連約瑟巴蘭納的領主候補生也不曾有過。

「您不需要這麼驚訝吧……羅潔梅茵大人不是早就說過，會把協助者列成一份名單嗎？」

繆芮拉大人「呵呵」地發出輕笑，緊接著忽然低叫一聲。發覺她的目光集中在某個地方上，我也不由自主回過頭。只見亞倫斯伯罕的蒂緹琳朵大人與一名披著艾倫菲斯特披風的男士正好走進會場。那位男士容貌俊美，很像是去年表揚儀式上打倒了突然出現的鞀拿斯巴法隆的那個人。

「披著艾倫菲斯特的披風、與蒂緹琳朵大人一起走進來的那位男士是誰呢？我曾經見過他，但不曉得他的名字。」

「他是奧伯．艾倫菲斯特的異母弟弟斐迪南大人，也是羅潔梅茵大人的監護人，曾負責指導在神殿長大的羅潔梅茵大人。與蒂緹琳朵大人訂婚以後，便在秋季尾聲前往了亞倫斯伯罕。」

我現在的身分無法出席領主會議過後的報告會。雖不曉得詳細緣由，但我記得姊姊大人說過，亞倫斯伯罕的蒂緹琳朵大人的這樁婚事是由國王所指定。我回想這些事情的同時，漫不經心地望著斐迪南大人。

蒂緹琳朵大人開始向戴肯弗爾格一行人問好後，斐迪南大人便走向艾倫菲斯特一行人問好。羅潔梅茵大人雙眼燦亮地站了起來。

「啊?!」

「哎呀！」

緊接著，只見斐迪南大人的大掌幾乎包覆住羅潔梅茵大人整個臉頰，她的面頰很快泛起紅暈。羅潔梅茵大人以雙手捂住變紅的臉頰後，抬起泛著淚光的雙眼凝視斐迪南大人。

……就在此時此刻，我無疑感受到了布璐安法的降臨。

明明已與自己訂婚的對象都在旁邊，兩人卻還像那樣觸碰彼此，肯定是因為皆有著深埋於心的愛慕之意吧。

「繆芮拉大人，那是……」

「想必是羅潔梅茵大人說了些什麼，被斐迪南大人捏了臉頰吧。」

「菲里妮大人?!」

沒想到出聲回答我的不是繆芮拉大人，而是菲里妮大人。她以極其溫暖的目光注視著羅潔梅茵大人，輕笑著說：

「因為在神殿經常可以看見這種畫面唷。接下來斐迪南大人肯定要說教了吧……雖然在這種場合下可能有困難。」

「這樣呀。」我點頭回應菲里妮大人，卻與繆芮拉大人對看一眼。繆芮拉大人的綠色雙眼也在閃閃發亮。

「對了，蕊兒拉娣大人。請您務必去參觀我們與亞倫斯伯罕的共同研究。相信您一定會喜歡。」

繆芮拉大人邊說邊以眼神向我示意，邁步往亞倫斯伯罕的方向移動。「請問是什麼內容呢？」我一邊應和著，一邊與她並肩行走。

「我們在亞倫斯伯罕那裡展示了錄音魔導具。為了讓大家一眼便能看出羅潔梅茵大人也參與了研究，我們將魔導具與蘇彌魯布偶組裝在一起。魔導具收錄的，可是我從貴族院戀愛故事集裡精挑細選出來的情話唷。」

……請等一下！魔導具錄了從戀愛故事集裡選出的情話嗎?!

瞬間我的心跳飛快。居然藉著在領地對抗戰上展示的魔導具播放情話，真不愧是艾倫菲斯特。其他領地絕對想不到這種主意吧。

「當初錄音時，是請了羅潔梅茵大人的男性近侍幫忙。魔導具裡錄了好幾則情話，請您一定要聽到最後喔。」

……不知道到底錄了哪些情話呢？

繆芮拉大人因為是羅潔梅茵大人的近侍，不能離開成果發表區太久，把重要的資訊告訴我後很快就回去了。我邊開心地想像著會有哪些情話，邊大略參觀了下位領地發表的成果，然後前往目的地亞倫斯伯罕的會場。

……就是那個蘇彌魯布偶吧。

在整齊排開的眾多魔導具當中，有個小巧端坐的蘇彌魯布偶份外突出，非常引人注目。我只看一眼就找到了。

「這個是斐迪南大人來到亞倫斯伯罕以後，與他的弟子雷蒙特一起發表的研究。還請慢慢參觀。」

傅萊芮默老師這樣招呼著前來參觀的訪客。明明是與艾倫菲斯特的共同研究，她卻說得彷彿這是亞倫斯伯罕獨力完成的結果。不過，其實這種情形並不少見。

領地對抗戰的地點是在橢圓形的訓練場內。在決定各領的位置時，都是從最能清楚看到比賽場地的地方開始依序安排，所以排名第一的庫拉森博克與排名第二的戴肯弗爾格會隔著比賽場地相對。從入口看進來，奇數與偶數排名的領地便大致剛好地落在左右兩邊。但有的時候若有領地不適合排在一起，便會與對面的領地互相調換，讓原本相鄰的領地錯開。

以今年的場地為例，原本排名第七的高斯博第與排名第三的多雷凡赫相鄰，排名第九的庫什內瑞特與排名第五的哈夫倫崔相鄰，但因為彼此都有盜取研究成果的爭議，便把他們的位置排開，今年變成了約瑟巴蘭納在哈夫倫崔隔壁。

……與大領地一起進行研究時，常常功勞都會被搶走呢。

「傅萊芮默老師，這項研究是我們與艾倫……」

「雷蒙特，這位客人希望你說明一下能節省多少魔力喔。」

不知是中級還是下級貴族，名為雷蒙特的見習文官似乎想要反駁傅萊芮默老師，卻慘遭無視。

「……如果能像這樣盡量減少魔力的消耗，在目前到處都魔力不足的情況下，我想這會是十分重要的研究。」

聚集前來的客人不停向見習文官們發問，一邊認真地察看研究內容。我側眼看著大家，拿起蘇彌魯魔導具，然後照著繆芮拉大人教過的觸碰魔石、灌注魔力。

「我的眷屬啊，就讓冰雪覆蓋一切，盡我之能將蓋朵莉希隱藏，讓她遠離芙琉朵蕾妮吧。」

……好棒喔！

這段話在形容只能趁著冬季期間在貴族院相會的戀人們，有多麼珍惜可以相見的短暫時光，我卻產生了有人在對自己這麼說的錯覺。

「這是什麼？」

「聽說是從貴族院戀愛故事集裡精挑細選出來的情話喔。像這樣聽著男士朗讀情話，跟看書相比又有種截然不同的樂趣呢。」

我按住臉頰，免得自己不小心露出傻笑，同時繼續灌注魔力。要佯裝若無其事，站在原地聽著溫柔的男聲唸出精選情話，真是讓人有些難為情。

……啊啊，好想現在就與繆芮拉大人一起熱烈討論！

聽見可愛的蘇彌魯布偶中傳出情話，似乎也有不少女性湧起了興趣。在我不斷聽著情話的時候，周遭聚集的女性越來越多。

「無論是想沉浸在各種情話裡的女性，還是想要藉由動人情話來追求心愛女性的男士，貴族院戀愛故事集都能滿足各位的需求。艾倫菲斯特將從夏天開始販賣貴族院戀愛故事集。與此同時，讓人手心冒汗的迪塔故事，還有騎士故事集與戴肯弗爾格的史書也將開始販售。敬請拭目以待。」

最後，布偶中傳來的不再是男士的嗓音，而是羅潔梅茵大人還帶點稚氣的尖細話聲，並且宣傳了艾倫菲斯特的書籍。大家聽完皆瞪圓雙眼。

「這裡面竟然錄了情話與書籍的宣傳嗎？艾倫菲斯特想到的使用方式都很有意思呢。」

「我現在也想看看故事裡有這種情話的艾倫菲斯特書籍了。」

一名女性咯咯笑著說完，周遭的客人紛表贊同，我聽了也在心裡直點頭。我也迫不及待地想看艾倫菲斯特推出的各種書籍。但是，約瑟巴蘭納要與艾倫菲斯特能有貿易往來，恐怕還是許久之後的事情吧。

……果然還是該想想辦法，看能不能與艾倫菲斯特的上級貴族成婚。

近來我藉著艾倫菲斯特的共同研究取得了眷屬神的加護，因此許多人都曉得我的名字與長相。要是錯過現在這個機會，很快會有其他人也取得加護吧。

……再問問繆芮拉大人吧。

感興趣的人似乎變多了，不少人都湊過來想摸摸蘇彌魯布偶，或是仔細端詳另外未放在布偶裡的錄音魔導具。

「天呀！」

傅萊芮默老師忽然橫眉豎目，轉身消失在了人群裡。由於蘇彌魯布偶只在亞倫斯伯罕進行展示，本來我還擔心艾倫菲斯特的研究成果會不會就這樣被搶走，但現在看來是不用擔心了。

聽完所有的情話，我心滿意足地往隔壁的戴肯弗爾格前進。我很好奇與艾倫菲斯特進行共同研究的戴肯弗爾格，究竟發表了怎樣的成果。

就在這時，半空中倏地飛過一隻白色奧多南茲，我不自覺地以目光追逐起來。此時戴肯弗爾格、亞倫斯伯罕與艾倫菲斯特的代表們正坐在一起談話，那隻白鳥似乎是在一行人當中降落。

緊接著，傅萊芮默老師的怒聲咆哮冷不防響起。由於隔了一段距離，我聽不清楚具體說了什麼，只知道聲音非常尖銳刺耳。代表音量極大，恐怕在場的所有人聽了都會忍不住蹙眉吧。

……發生什麼事了嗎？

我凝神注視時，發現披著淡紫色披風的一整群人忽然開始移動。可能是蒂緹琳朵大人突然有急事吧。未婚夫斐迪南大人也站起來。隨後，他露出非常溫柔的微笑，動作輕柔地觸碰羅潔梅茵大人的頭髮。

……啊啊，萌芽女神布璐安法呀！

我非常肯定自己得到了布璐安法的加護。因為就在這個瞬間，布璐安法想必正在我的眼前跳舞吧。

「繆芮拉大人，我有重要的事情跟您說，方便打擾一下嗎？」

我走向聚在一起的艾倫菲斯特見習文官，再請繆芮拉大人移動到人比較少的地方。因為極度興奮的我非常需要找人傾訴。而現在能馬上與我一起熱烈討論的，也就只有繆芮拉大人了。

「您看到了嗎？」

「傅萊芮默老師的奧多南茲才剛把大家的目光都吸引過去，我怎麼可能錯過呢。」

不必說明看到了什麼，繆芮拉大人一下子便意會過來。她那雙綠色眼睛灼灼發亮，先左右環顧了一圈後，再壓低音量悄悄告訴我。

「聽說在神殿長大的羅潔梅茵大人，一直以來能夠撒嬌的都只有曾是她監護人的斐迪南大人唷。羅潔梅茵大人想必是未曾察覺布璐安法的到來，便一直在依賴引導之神艾爾瓦克列廉的長槍吧。」

「哎呀。所以是在等著花之女神耶芙勒露梅到來時，洛芬露便越變越大，直到收穫女神馮思艾琳達與離別女神尤葛萊莎跳起舞後，她才開始有所察覺的吧。」

面對冰雪之神休諾亞斯德的攻擊，羅潔梅茵大人那一頭彷彿得到了黑暗之神祝福的長髮，肯定被風吹得凌亂飛起，也因雪花而冰冷濕透了吧。光是想像那幅畫面，就讓人難過得想掉淚，胸口也喘不過氣來。

「根據其他近侍所說，羅潔梅茵大人與斐迪南大人之間的感情並非男女之情。但是，蕊兒拉娣大人，您是否還是感受到了結緣女神黎蓓思可赫菲的絲線，就連奧多南茲也張開翅膀，整顆心都在顫抖著呢？」

「繆芮拉大人，我完全明白您的心情！因為我也感受到了布璐安法的降臨。」

愛怎麼幻想是個人的自由嘛──繆芮拉大人微笑說完，我百分之百贊同。甚至可以的話，真想看到描寫羅潔梅茵大人苦澀初戀的故事。

「艾蘭朵拉大人不以羅潔梅茵大人為主角寫篇戀愛故事嗎？」

「聽說那位大人不會拿還在就讀的學生當參考人物喔。」

那真是太可惜了。如果不在繆芮拉大人或菲里妮大人還在學的時候寫成故事，等我可以看到那本書，都不知道是幾年後的事了。

「蕊兒拉娣大人，既然您這麼想看，不如試著自己動筆吧？正好您不了解我們領內與宿舍內部的真實情況，很多事情可以全憑想像。而且虛構成分越多，越難推敲出主角是參考哪位真實人物。還有可能在您就讀期間，就能把故事印成書籍呢。一旦印成書籍，也能把書送給您作為報酬。」

這個提議太讓人心動了。因為到時候我可以要求提供新書，而不是給我寫稿的報酬。這樣一來，就不用等到約瑟巴蘭納能與艾倫菲斯特進行貿易的那一天了。

「您、您的提議非常吸引人，但我是上級貴族，只有需要賺錢的中級與下級貴族才會做這種事。父親大人與母親大人要是知道了，會狠狠罵我一頓的。」

「哎呀？蕊兒拉娣大人，您看得那麼開心的貴族院戀愛故事集，原先都是身分為上級貴族的領內婦人在帶頭編寫的唷。雖然我們現在都是在蒐集他領的故事。」

我的內心動搖起來。她說在艾倫菲斯特，為了推動新事業，上級貴族都會帶頭寫書。

「我好像該認真考慮嫁往艾倫菲斯特了呢。」

「……等到了春天，大家都沒有那麼忙碌的時候，我再幫您問問主人吧？雖然要找到適合蕊兒拉娣大人的上級貴族可能有些困難。」

繆芮拉大人說她沒辦法幫我介紹結婚對象，但可以幫我問問主人。感覺自己未來的道路正往艾倫菲斯特開展。

「如果不是為了賺錢，那我也許可以試著寫寫看。」

「收到書稿一定要支付合理的報酬，這是我們的原則喔。蕊兒拉娣大人，您似乎並不想收到報酬，那只要把您獲得的稿酬或版稅捐給宿舍當作經費，或是借給經濟狀況不佳的下級貴族，這樣就不會挨罵了吧？」

我睜大眼睛，從沒想過還可以這樣子使用金錢。繆芮拉大人看向艾倫菲斯特的奧伯等人所在的方向。

「對於失去雙親、生活困苦的學生，羅潔梅茵大人會把錢借給他們支付學費。還說等畢業之後再還給她就好了。」

繆芮拉大人的言語與神情中，有著再明確不過的敬意。與自己同年的羅潔梅茵大人究竟做了多少事情呢？該怎麼說，實在難以想像她和自己一樣是人類。

……這麼說來，記得艾格蘭緹娜大人也曾說過，羅潔梅茵大人就好像梅斯緹歐若拉一樣……

想起艾格蘭緹娜大人在奉獻儀式上說過的話，我忽然想到可以將羅潔梅茵大人苦澀的初戀，寫成女神的戀愛故事。只要寫成女神的戀愛故事，相信不會有人發現這其實是參考了實際存在的人物吧。

「……繆芮拉大人，我決定試著寫篇梅斯緹歐若拉的悲傷戀愛故事。」

「蕊兒拉娣大人，那我拭目以待。屆時請一定要讓艾倫菲斯特買下來喔。」

然而，世事總是難料。沒想到在我寫好的故事印成書籍時，大家早就因為奉獻儀式上的那一句玩笑話，從此認定「羅潔梅茵大人等於梅斯緹歐若拉」。

女兒的想法與覺悟

「那我們也失陪了。畢竟已經叨擾了很長一段時間。」

亞納索塔瓊斯王子離去後，我也起身向艾倫菲斯特告辭，與漢娜蘿蕾以及近侍們一同離開。沒想到竟在艾倫菲斯特的會場停留了這麼久時間。必須盡快返回戴肯弗爾格的會場才行。

……不過，這還真教人頭痛。

前來拜訪時，我本是想讓藍斯特勞德與羅潔梅茵大人、漢娜蘿蕾則與韋菲利特大人能順利結為連理，並為艾倫菲斯特提供益處。然而，實際開始談話以後，卻發現彼此的認知有著極大出入。

令人頭疼的，不光是與艾倫菲斯特的談話結果。亞倫斯伯罕的蒂緹琳朵大人來了以後，當場示範了艾倫菲斯特口中所謂大領地的一貫作風。此外，我也發覺海斯赫崔與斐迪南大人之間有了隔閡，最好要找個時間問清楚。隨後，更被迫加入艾倫菲斯特與王族的談話，得知有種危險的植物名為圖魯克；艾倫菲斯特甚至暗示，可能已經有人在中央騎士團內使用。

……但他領貴族說的話不可盡信……

貴族所說的話，不能不抱懷疑地完全相信。尤其這次正是因為擁有的情報互有出入，才導致了如此教人頭痛的結果。即便想要查證，但又該從哪裡著手，才能查到與這種稀有植物有關的資料呢？

……王族還特意使用了防止竊聽魔導具，代表這件事不能隨便透露吧。

身為戴肯弗爾格的第一夫人，該考慮的事情多不勝數。但是，比起確認圖魯克這種植物是否存在及其危險性，現在也只能先解決手邊的問題。

……現在先處理漢娜蘿蕾這件事吧。

「適才我們得到了王族提供的情報，必須馬上與其他領主一族分享並進行討論。稍後的午餐我希望只有領主一族在場，能幫忙整理一下茶會室嗎？」

走路的同時，我指示一名侍從前去整理茶會室。方才談話時王族還使用了防止竊聽的魔導具，因此就算請近侍們幫忙準備場地，讓領主一族能私下交換情報，相信他們也不會感到奇怪吧。雖然事實上我是為了不讓人看見自己訓斥領主一族的模樣，但這種事情只要不說出來，便不會有人知曉。

關於艾倫菲斯特的要求與女兒的將來，必須盡快與丈夫奧伯．戴肯弗爾格以及兒子藍斯特勞德一同商議。

……但是在這之前，我必須先了解這孩子的真實想法……

「漢娜蘿蕾，我想稍微歸納方才與王族的談話。畢竟這次沒有文官幫忙做紀錄。」

我將防止竊聽的魔導具遞給女兒。有了這個藉口，近侍也不會因為我們不讓他們聽見談話內容，便產生不信任感。漢娜蘿蕾似乎也全然沒有懷疑，馬上接過魔導具。

「接下來的談話只能持續到走回會場為止，所以沒有時間慢慢說了。但是，我想趁著此時藍斯特勞德不在，先了解妳的想法。因為現在看來，先前送回領地的那些報告書，全都刻意寫得對藍斯特勞德有利。」

漢娜蘿蕾頓時露出了既高興卻也不想被質問的複雜表情，點一點頭。與她方才在艾倫菲斯特那裡伶牙俐齒的模樣可說是大相逕庭。表面上我刻意表現得從容自若，一邊看著中小領地的見習文官所展示的成果，一邊向她問道：

「首先，為何洛飛會分不清這次是求娶迪塔還是搶婚迪塔？」

求娶與搶婚截然不同。在男女雙方都想要結婚，卻得不到父母的同意時才會比求娶迪塔；強行想要迎娶不願嫁給自己的對象時，則會比搶婚迪塔。這次是因為洛飛在報告時說過是求娶迪塔，也從貴族院送來了可以證明此事的契約書，所以我們一直以為藍斯特勞德與羅潔梅茵大人是互相喜歡。

「明明他領的領主候補生已在徵得國王的許可後訂下婚約，卻還在貴族院強行要求對方比搶婚迪塔。倘若知道實情，洛飛不可能允許的吧。看著彼此互相喜歡、想要結為連理的戀人，他是不是自以為提供了解決辦法呢？」

再說了，賭上終身大事的迪塔本該是親族間私下進行的比賽，不該在貴族院裡舉行。想來是藍斯特勞德為了不讓領地的大人有機會插手，於是強行推動此事，促使雙方非比不可吧。

「妳為什麼不幫洛飛解開誤會？」

只要當初漢娜蘿蕾曾向領地捎來信息，告知洛飛的誤會以及藍斯特勞德的不受控，我們也能察覺有異而向兒子提出質疑吧。至少與艾倫菲斯特交涉時，不會以羅潔梅茵大人想嫁來戴肯弗爾格為前提。

「……因為我也不知道洛飛老師誤會了。與迪塔有關的所有準備工作，哥哥大人都盡可能不讓我參與……」

漢娜蘿蕾小小聲地說，她甚至直到迪塔結束之前，都沒發現藍斯特勞德一直在佯裝自己喜歡羅潔梅茵大人。還是在中央的騎士跑來搗亂，亞納索塔瓊斯王子趕來逮捕他們以後，她才經由現場的對話得知：原來在場所有人都以為這是一場「求娶迪塔」。

……那孩子實在是……

「也就是說，是藍斯特勞德刻意不向洛飛與他人說明清楚，還仗著領地的排名採取了強硬手段吧。」

竟將本該尋求協助的妹妹排除在外，他到底在做什麼？還擅自把漢娜蘿蕾的終身大事當成比迪塔的賭注，事事不讓她參與，未免也太不尊重自己的同胞手足。

「從契約書一事，也看得出藍斯特勞德一心只想確保迪塔能順利進行，其他事情全都草率帶過。」

「說到這個，為什麼艾倫菲斯特會不覺得那是契約書呢？」

聽見漢娜蘿蕾納悶的低喃，我輕輕嘆了口氣。在戴肯弗爾格出生長大的人，即便看到那種契約書也不會有任何疑惑吧。

「迪塔的契約書在戴肯弗爾格雖然常見，但他領可沒有這種契約書喔。」

尤其求娶迪塔通常只是親族間私下進行的比賽。大多時候只會使用木板，寫好條件、雙方代表簽名以後，便算是一份契約書，沒有所謂正式的流程。事後起爭執時，只要請人擔任第三方確認條件即可。

「但在與他領交涉時，這麼做是行不通的。儘管一般而言只要雙方都同意了就沒問題，但現在其中一方甚至沒有意識到這是契約書，完全是我們的說明不夠充分。」

也不知道藍斯特勞德這麼做，是因為求娶迪塔並沒有正式的流程可參考，還是因為他早就打定主意要逼著艾倫菲斯特遵循戴肯弗爾格的做法，抑或是有其他原因……總之必須向他問清楚。

「可是，那其他領地是怎麼申請預算的呢？」

「關於這點，我也不清楚他領的內部情況。」

我是戴肯弗爾格出身的第一夫人。原本若有他領的女性嫁過來，便會退為第二夫人。然而，就在丈夫考慮迎娶第一夫人的那段時間，政變發生了。前任領主不希望丈夫在迎娶了第一夫人後被徹底捲入政變當中，於是禁止他與他領聯姻，直到新國王繼位為止。後來政變結束，特羅克瓦爾大人未持有古得里斯海得便登上王位。要在沒有古得里斯海得的情況下統治尤根施密特，這樣真的沒問題嗎？我們決定靜觀其變，轉眼便到了現在。

「我們還是先來思考自領的問題吧。妳都沒有阻止過藍斯特勞德嗎？」

「即便我很早就發現雙方對契約書的認知存有差異、洛飛老師有所誤解，肯定還是阻止不了哥哥大人吧。因為他不僅在茶會上斥責了我，回到宿舍以後，大家也都興高采烈地開始準備迪塔。我再怎麼抗議，也沒有人會聽我說話……」

她說就連自己的見習護衛騎士們也說：「漢娜蘿蕾大人，請您放心吧。我們一定會贏。」雖然這實在教人頭痛，但連我也想像得到戴肯弗爾格舍內的氣氛會有多麼異常熱烈。

「確實寡不敵眾，妳就算想要阻止也是無能為力吧。因為一聽到要比迪塔，城堡內的情況同樣讓人想搖頭嘆氣。」

一聽說在貴族院，將賭上羅潔梅茵大人與漢娜蘿蕾的終身大事比場迪塔，整個城堡幾乎陷入瘋狂。看著那些坐立難安、恨不得衝去貴族院參加迪塔的騎士們，我只覺得滿心不耐。末了，我只好提議可以在他領騎士面前實際舉行儀式，再把丈夫與騎士們全趕到訓練場去。想起這些事情，我不禁嘆一口氣，然後定睛注視漢娜蘿蕾。

「漢娜蘿蕾，但不光是藍斯特勞德，我對妳也懷有不信任感。妳也有事瞞著我們，或是刻意含糊帶過吧？」

「……咦？」

「妳是在什麼時候，產生了想要嫁往艾倫菲斯特的念頭？」

我輕睨了漢娜蘿蕾一眼。只見她往後回頭，看向艾倫菲斯特會場所在的方向後，默默垂下雙眼。儘管嘴唇在微微顫抖，但她並沒有開口回話。

「接到藍斯特勞德與柯朵拉的報告，得知迪塔比賽輸了的時候，我才聽說原來妳其實想嫁往艾倫菲斯特。至今一直是故意隱瞞自己的愛慕之心，利用了這個機會讓自己能與意中人在一起。」

我便是因此判定，只是周遭的人不知道，但其實藍斯特勞德與羅潔梅茵大人、韋菲利特大人與漢娜蘿蕾是互相喜歡，也才會比這場迪塔。當然，確實也是因為洛飛說過這是一場「求娶迪塔」，影響了我的判斷。

「今早提到要與艾倫菲斯特談話的時候，妳也只是低著頭、面帶模稜兩可的微笑，並未否認報告上的內容。」

當時我還以為女兒那樣的反應，是因為她讓自領與兄長輸了這場迪塔，為此感到歉疚。然而這樣一來，便與羅潔梅茵大人方才說的話語有矛盾。羅潔梅茵大人說了，她本就打算若艾倫菲斯特獲勝，會協助漢娜蘿蕾嫁給她想嫁的對象。儘管當時兩人使用了防止竊聽的魔導具，是在私底下定了這樣的條件，但並不是以漢娜蘿蕾會嫁往艾倫菲斯特為前提。

「該不會在羅潔梅茵大人提出那樣的條件、決定要比迪塔時，妳都還沒有想要嫁往艾倫菲斯特的念頭吧？那妳究竟是從何時開始對韋菲利特大人抱有好感，不惜讓自領落敗也要嫁過去？」

漢娜蘿蕾與剛才交涉的時候判若兩人，低垂著頭小聲回答。

「……是在迪塔比賽上，韋菲利特大人向我伸出手來的……時候。」

「妳說什麼？」

「看到韋菲利特大人那麼擔心我的安危，我忽然想跟他一起走……到艾倫菲斯特去。」

對於漢娜蘿蕾居然是在這麼一瞬間改變心意，我不禁感到暈眩。真不敢相信她竟是在比迪塔的途中對敵人萌生愛意，自願離開陣地。

……居然沒有仔細思考，僅憑一時衝動就斷送自己的未來……做出這種失態之舉，簡直可以說不配再當領主一族。

比求娶迪塔時，是以想嫁給男方的女方作為寶物；比搶婚迪塔時，則是以不想嫁給男方的女方作為寶物。兩者在制訂戰略時，會是完全不一樣的方針。然而，漢娜蘿蕾竟在比賽途中徹底推翻了原有的前提。

「也就是說，妳與韋菲利特大人並不是兩情相悅吧？」

「是的……只不過，既然韋菲利特大人願意在契約書上簽名，我想至少他不討厭我，也能夠接受這樁婚事吧。」

的確，在談妥後寫有條件的契約書上，有著韋菲利特大人自稱是下任領主的簽名。對於大領地的女性領主候補生要嫁過去，艾倫菲斯特不會感到排斥吧。

……韋菲利特大人怎麼會做出這樣的事情呢。

即便是藍斯特勞德要求，但契約書上明明寫著自己並不想要的條件，他還自稱是「下任領主」並署名，真教人不敢置信。這也太不負責任了。

「既然如此，妳剛才為何要阻止我與羅潔梅茵大人進行交涉？她答應過妳，會讓妳能與心儀的對象成婚吧？那妳大可把自己的心意告訴她，再根據先前的約定提出請求，相信羅潔梅茵大人定會設法實現妳的心願。」

為了貫徹自己的主張，羅潔梅茵大人可是毫不膽怯地接下了比迪塔的要求。既然先前有過約定，相信她會想方設法讓漢娜蘿蕾能嫁過去吧。

「再說了，韋菲利特大人對妳應該也是有些好感，才會在比迪塔的時候向妳伸出手吧。那麼端看如何交涉，本有機會談到雙方都能滿意的結果。對於向妳伸出手來的韋菲利特大人，也該追究他以下任領主的名義署名——」

「母親大人，請您別再說了！」

漢娜蘿蕾忽然語氣強硬地打斷。

「我剛才也說過了，我不想再給艾倫菲斯特造成更多困擾。戴肯弗爾格已經為艾倫菲斯特與羅潔梅茵大人帶來太多麻煩了。」

「經妳這麼一說，剛才海斯赫崔也說過，先前對於斐迪南大人與艾倫菲斯特，是他太多管閒事了呢。」

之後要再問問海斯赫崔，這話是什麼意思……我正思索著這件事時，只見漢娜蘿蕾搖了搖頭。

「不只是海斯赫崔這件事。每次向母親大人報告，有很多細節都被省略了。雖然父親大人與哥哥大人總說，這次的事情已經結束了，既然沒對艾倫菲斯特造成任何損失，多說無益……」

隨後，漢娜蘿蕾開始講述戴肯弗爾格與艾倫菲斯特至今的孽緣。包括因為我並不在場，報告時都被省略了的事實在內。

「艾倫菲斯特與戴肯弗爾格會牽扯不清，是從我一年級的時候開始。羅潔梅茵大人成為圖書館魔導具的主人後，聽說哥哥大人便帶著他領的學生，以大領地的出身威脅羅潔梅茵大人，命她讓出主人的位置。當時我雖然不在現場，但聽到柯朵拉來報告此事時，我清楚記得自己嚇得腦筋一片空白。」

我知道當時因為王族遺物的關係，戴肯弗爾格與艾倫菲斯特比了一場迪塔。但原來根本是藍斯特勞德的蠻橫之舉導致了這場迪塔，卻幾乎被略過不提。

「……發生了這種事情，羅潔梅茵大人竟然還願意與妳當朋友呢。」

「到了二年級，換成是父親大人給他們造成困擾。」

漢娜蘿蕾向我描述了完整的經過。領地對抗戰上，奧伯．戴肯弗爾格拿著翻譯好的史書刻意找碴，要求比場迪塔。由於最終海斯赫崔落敗，艾倫菲斯特也沒有任何損失，因此報告時並未詳述來龍去脈。難怪後來在領主會議上，為史書的出版一事進行交涉時，艾倫菲斯特會態度強硬地提出對自己有利的條件，原來全是因為丈夫先前就是如此強勢。

……報告時對自己不利的事情就含糊帶過，這種壞毛病是血緣的關係嗎？

「這次要求比迪塔的則是哥哥大人。他在茶會上故意口出惡言，羞辱韋菲利特大人，還挑釁地說艾倫菲斯特不配擁有羅潔梅茵大人，更威脅會向奧伯．艾倫菲斯特施壓，逼著他們答應比迪塔。」

就漢娜蘿蕾所看到的，藍斯特勞德只是列出了羅潔梅茵大人嫁來戴肯弗爾格的好處，並想迎娶她為第一夫人；從未以言語示愛，也沒有贈送過魔石。

「再加上不知道為什麼，洛飛老師一直誤以為羅潔梅茵大人與艾倫菲斯特很喜歡迪塔。但是就我所知，他們從來都不想比迪塔，反而每次都在想辦法回絕。今天聽完他們的主張，我想對羅潔梅茵大人來說，比迪塔不過是一種用來拒絕戴肯弗爾格的要求、再反過來要求我們的手段。至少，絕不像哥哥大人他們那樣覺得很神聖吧。」

聽完以上這些，感覺在艾倫菲斯特眼裡，戴肯弗爾格簡直是跋扈至極的領地。完全可以理解為何方才羅潔梅茵大人會說出「敗者請閉上嘴巴」這種話。

「我們已經給他們造成太多困擾了。而且，我也不想要勉強嫁過去後，卻被降為上級貴族，變成年紀輕輕便香消玉殞的大領地領主候補生。」

畢竟艾倫菲斯特現在的表現還不足以與大領地往來，漢娜蘿蕾若是嫁過去，只會讓人非常擔心。倘若是在一般的情況下，漢娜蘿蕾願意死心、聯姻一事就此作罷，我反而會如釋重負吧。

……但是現在……

與艾倫菲斯特進行了共同研究以後，如今迪塔在眾人心中已然有著神聖不可侵犯的地位；而當時漢娜蘿蕾並不是被敵人帶出陣地，而是為了自己的利益主動離開。這樣的行為，等同背棄了與自己並肩作戰至今的騎士們。

……啊，但對艾倫菲斯特來說這種行為並不算背叛呢。

想起羅潔梅茵大人並未責怪漢娜蘿蕾，反倒認為護衛騎士們失職，我輕輕搖頭。明明騎士們正為自己奮戰，她居然認為出於恐懼握住敵人的手、離開陣地也是很正常的事情，我著實無法理解。

舉例來說，這就像是比迪塔時藍斯特勞德闖進風盾以後，護衛騎士才剛被彈出去，羅潔梅茵大人便高興地握住他的手離開陣地一樣。倘若至今從未對藍斯特勞德表現出愛慕之意的羅潔梅茵大人突然做出這種舉動，艾倫菲斯特真的不會認為這是種背叛嗎？而為了保護主人而變出武器，卻被彈到風盾外的護衛騎士，真的會被追究責任，質問她為何要留下羅潔梅茵大人一人嗎？

……雙方的思維從根本上就全然迥異吧。

「方才妳已明白宣告，輸了便嫁往艾倫菲斯特當第二夫人一事就此作罷。既然艾倫菲斯特都能接受寶物在遇到危險時可以離開陣地，那麼即便妳會衝動行事，他們應該也能接納吧。但是，這在戴肯弗爾格是不可能的。」

「……是。」

不想再給艾倫菲斯特造成更多困擾，漢娜蘿蕾的這個想法本身並沒有任何過錯。尤其她又清楚知道，一直以來艾倫菲斯特因為戴肯弗爾格的關係有多麼煩惱，會不想再給他們添麻煩也是人之常情吧。

但是，「不嫁」這個選擇對戴肯弗爾格與漢娜蘿蕾來說，都是最糟的結果。我反而希望她能嫁過去後，再想其他辦法彌補艾倫菲斯特。

「話說出口前，妳明白自己的發言會造成多大的影響嗎？」

「……我想自己明白。」

女兒低垂著頭。從我的角度，只能看見她的頭頂，但也注意到了她胸前緊握著防止竊聽魔導具的手在微微顫抖。

「比迪塔時，妳自願握住了敵人韋菲利特大人伸來的手，主動走出陣地。正是因為妳的背叛，戴肯弗爾格才會落敗。」

「……是。」

「這次會幾乎沒有人責怪妳，是因為領地依然有利可圖。畢竟這場迪塔無論輸贏，我們都能與艾倫菲斯特建立起姻親關係。」

由於從始至終藍斯特勞德都沒有好好了解妹妹，再加上旁人皆以為這是漢娜蘿蕾的謀劃、想與心上人結為連理，也因為幾年後她便會嫁過去，進而為領地帶來利益；以上種種因素疊加，便幾乎無人追究她的背叛之舉。至於完全不了解妹妹的藍斯特勞德，已因情報蒐集得不夠充分而遭到斥責，也要負起秘寶被摧毀的責任。原本整件事會就此劃下句點。

「然而如今妳卻主動宣告，不會嫁往艾倫菲斯特。那妳當初究竟為何要讓自領落敗？那麼做有何意義？可想而知眾人一定會責問妳。」

看在領內的貴族們眼裡，只會覺得她不僅害得藍斯特勞德徒勞無功，還放棄了自己想要的姻緣與戴肯弗爾格本來可得的利益吧。此次落敗，不但人人皆說是漢娜蘿蕾的精心策劃，還以魔導具拍下了整個比賽過程。如今已不能竄改事實，謊稱漢娜蘿蕾其實是被敵人趕出陣地。

明明是藍斯特勞德將搶婚迪塔偽裝成求娶迪塔，但一旦主動離開陣地的漢娜蘿蕾拒絕嫁往艾倫菲斯特、棄領地的利益於不顧，最終將由她負起全責。因為對領內的貴族們來說，重要的是自領能得到的好處，過程與對他領的顧慮無關緊要。

「從今往後，周遭人們會嚴厲譴責妳背叛自領的行為吧。但是，這是妳自己的選擇所導致的結果。妳要做好覺悟。」

「……是。」

看著小臉低垂，但也決定接受一切的女兒，我忍不住嘆氣。

「真不知妳是太過善良，還是習慣自己吃虧就好……一切真是不如人意。」

「母親大人？」

如果可以，我也想為漢娜蘿蕾盡快找到其他對象，藉由提供新的益處，減少領內的譴責聲浪；也想告訴女兒，現在再怎麼難熬，忍幾年也就過去了。

……但是，對於愛慕之心甚至強烈到了不惜背叛自領的女兒來說，這些建言或許都太過殘酷。

雖不曉得漢娜蘿蕾究竟有多少自覺，但她在讓自領落敗的那個當下，確實是做好了要嫁往艾倫菲斯特的覺悟。方才卻被當面拒絕，內心深處不可能不受傷。

「身為戴肯弗爾格的第一夫人，我必須站出來反對並譴責妳的行為與決心。但是作為妳的母親，同時我也無比擔心妳的未來。」

漢娜蘿蕾驚訝地仰頭看來。接著她眨了眨紅色雙眼，像在慢慢消化我所說的話。

「母親大人，我並不後悔自己說出口的話。只不過……是啊，從今往後，我的近侍們將會感到無地自容吧。希望有朝一日，我能有機會挽回自己的名譽。」

看著沉痛地下定決心的漢娜蘿蕾，我的心口忽然湧起熊熊怒火。不是因為一時衝動就做出傻事的女兒，而是對於導致了現在這種局面的兒子。

「我明白妳的想法與覺悟了。那麼稍後用午餐時，我再來仔細聽聽藍斯特勞德的說法吧。只要他有所隱瞞或省略，妳便要立即指正。」

「我、我嗎？」

「不然還有其他人嗎？」

漢娜蘿蕾霎時倒吸口氣，看向身邊的人想要求助。但由於我們握著防止竊聽的魔導具，聽不見對話內容的近侍們只是微偏過頭。

「對了對了。關於去年在領地對抗戰上發生的事情，我也得向奧伯問個清楚。因為這次艾倫菲斯特與羅潔梅茵大人的主張會如此強硬，很顯然是受了他的影響呢。」

當初就是因為大領地的奧伯拿著羅潔梅茵大人翻譯好的史書，威脅對方要比迪塔，後來才會答應艾倫菲斯特開的所有條件。想想不光藍斯特勞德，就連奧伯也是一樣的作風，難怪羅潔梅茵大人與艾倫菲斯特會以為只要贏了，不管說什麼對方都得答應。這些前因後果竟然都沒告訴我，看來也得好好訓斥丈夫。

「呵呵呵呵……」

「那、那個，母親大人，請不要告訴父親大人與哥哥大人是我告的密。」

看著一臉惶惶不安、眼眶還泛起淚水的女兒，我微微側過臉龐。

「做了虧心事的人並不是妳吧。妳應該展現出戴肯弗爾格女性該有的樣子，抬頭挺胸、處變不驚。」

適才與艾倫菲斯特交涉時，女兒可是剛描述過「戴肯弗爾格女性」該有的樣子。我投以微笑後，漢娜蘿蕾猛地垮下腦袋瓜。

「……要成為理想中的戴肯弗爾格女性，對我來說還太難了。」

不信任感與加芬納

今天一整天的行程非常緊湊，先是領地對抗戰，再來有表揚儀式，晚上則要與叔父大人共進晚餐，可以說無比充實。用完餐後，還見識了叔父大人非常人能做到的調合。他從原料的準備開始就下達瑣碎的指示，還一口氣施展了三道縮短時間的魔法陣。到了第七鐘，我總算可以回到房間。接下來等沐浴完畢，便準備上床歇息。

「你們都下去吧。奧斯華德留下來就好。」

沐浴完後，我立刻讓還是學生的近侍們退下。因為他們還得回房準備就寢。

「韋菲利特大人，看見羅潔梅茵大人與斐迪南大人那般親暱的舉止，不知您作何感想？」

聽見首席侍從奧斯華德這麼問，我歪了歪頭。由於直到剛才為止，我都在茶會室與叔父大人他們共進晚餐，所以我知道他指的是叔父大人為羅潔梅茵檢查身體狀況時的舉動。察覺他是在兩人獨處時才提出這個問題，我想了一下回答：

「對於他們光看臉色就能知道彼此的身體狀況，這點讓我很驚訝。因為我完全沒發現叔父大人的臉色不好，也沒注意到羅潔梅茵有些發燒。」

此外，我從沒想過羅潔梅茵在尤列汾藥水裡躺了兩年後可能有後遺症。因為從她醒來到現在少說也過了兩年，我還以為她早就徹底康復。然而，叔父大人卻說：「妳還在仰賴那些輔助魔導具吧？」

「……看見兩位感情這麼好，您應該還有其他想法吧？畢竟羅潔梅茵大人出聲呼喊斐迪南大人的時候，您看來相當驚訝。」

「嗯，因為不光是對父親大人與母親大人，就連對我們也一樣，我從沒見過叔父大人有那種態度和表情。」

長久以來在我眼裡，叔父大人總是不苟言笑，我頭一次看到他臉部的線條放鬆下來。羅潔梅茵也是，我第一次看到她像是完全安下心來地撒嬌。以前在宿舍裡，首次看到她輕鬆自在地與親哥哥柯尼留斯互動時，我也同樣感到吃驚。

「……真的只有這樣而已嗎？」

「看來也沒必要瞞你……其實當下我在心想，祖母大人還在的那時候，我也像羅潔梅茵一樣有人可以撒嬌。所以羅潔梅茵後來出聲喊我的時候，我一時間不知道該怎麼回答。畢竟他們兩人都討厭祖母大人。」

聽說祖母薇羅妮卡對兩人都做了非常過分的事情。這點我很清楚。可是對我來說，祖母大人依然是最重要的家人，我也還是十分敬愛她。而且祖母大人還在的那時候，不會對我施加任何限制，也不會要求我完成作業，每天的生活逍遙又自在。當然，我也知道身為領主候補生，不能成天過著那樣的生活。可是，我仍是不由自主地懷念那段時光，被永遠也不會改變的溺愛包圍。

「請等一下。韋菲利特大人，那您對於兩人親密的接觸沒有任何感覺嗎？」

從奧斯華德的聲音和表情，看得出來我說的這些不是他預想中的答案，但我根本不曉得他想要我回答什麼。心裡有些煩躁起來。

「我已經說過很多遍自己很驚訝了吧。而且那並不是親密的接觸，只是在檢查而已。叔父大人是羅潔梅茵的主治醫師。明明你至今從沒說過什麼，現在為何突然這麼問我？」

「但如今斐迪南大人已前往亞倫斯伯罕，不再是羅潔梅茵大人的主治醫師。因此，他的行為可說是越線了吧。既然彼此都有婚約在身，便不該有如此親暱的舉動。現在韋菲利特大人也能感知到魔力了，請您要多加留意。」

魔力感知發生在十歲到十五歲之間，是第二性徵的表徵之一。藉此便能感知到與自己魔力量相近的人，也就是能感應到適合結婚的對象，留下子嗣。

我是今年冬天來到貴族院以後，發現自己能感知到魔力。雖然最近已經開始習慣，但起先感知到旁人的魔力時，我總是渾身不太自在。由於可以感應出對方的魔力量與自己是否相近，所以每次感知到魔力，我老是忍不住東張西望。

「可是，羅潔梅茵還感知不到魔力吧？要我怎麼在意一個完全感知不到魔力的對象嘛……」

一般不會把感知不到魔力的人視為對象。因為魔力量若相差過多便不容易懷上孩子，大多並不建議與感知不到魔力的人結婚，況且也會本能地將對方排除在適合的人選外。像羅潔梅茵與夏綠蒂都是還感知不到魔力的小孩子，要我把她視為結婚對象，未免太強人所難了。

「其實，既然是還感知不到魔力的孩子，原本我並不需要對兩人的互動有如此大的反應。但是，羅潔梅茵大人今年已經三年級了，再者有婚約在身吧？她應該要懂得自重，避免與異性接觸。最主要是她多少也該理解到，斐迪南大人已不再是她的監護人，也不再是主治醫師。」

「可是……」

通常得等到有感知能力後，看待事物的方式才會產生巨大改變。因為一旦感知得到魔力，很自然就能分辨對方是否為適合對象，因此面對還感知不到魔力的小孩子，很少有人會去指責他們的行為。再怎麼要求現在的羅潔梅茵要懂得與異性保持距離，她恐怕也無法理解。事實上，我也完全不覺得叔父大人與羅潔梅茵太過親密。

「即便很難有真實感，羅潔梅茵大人也該擁有身為未婚妻的自覺。否則的話，今後又會有他領為了得到艾倫菲斯特的新流行與印刷技術，而向羅潔梅茵大人求婚，害得身為未婚夫的您疲於奔命。」

一聽奧斯華德提起這件事，我馬上想起了藍斯特勞德大人說過的那些話，以及亞納索塔瓊斯王子的斥責與忠告，心情忽然變差。偏偏奧斯華德又連珠砲似的接著說：

「就我個人來看，羅潔梅茵大人應該要多顧及韋菲利特大人，別再做出會讓他領認為她更適合成為下任領主的舉動。他們這些話不知會讓韋菲利特大人感到多麼難堪……明明是未婚妻，她卻絲毫沒有將您放在眼裡。」

奧斯華德滔滔不絕地指出羅潔梅茵哪裡做得不恰當。比如在君騰也參加了的共同研究上，她只顧著自己發號施令，不讓身為下任奧伯的我有表現機會；在為藍斯特勞德大人的插圖進行交涉時，也毫不理會我的意見，自己握有主導權；而表揚儀式上，艾倫菲斯特與戴肯弗爾格的共同研究需要派代表時，應該讓我去接受表揚。

「可是，明明是羅潔梅茵更了解印刷業，與戴肯弗爾格的共同研究也是她帶頭開始的，怎麼可以是我去出鋒頭。」

我開口反駁。因為表揚儀式上，羅潔梅茵本來想把功勞讓給我，是我自己拒絕說：

「這樣好像我搶了妹妹的功勞一樣，我才不要。」羅潔梅茵是很厲害，但我從來不想搶她的功勞。我想靠自己做出成績。

「韋菲利特大人，您的身分是下任領主，本來就是領地代表。更何況，羅潔梅茵大人並不是要與您爭奪下任領主之位的競爭對手，而是本該最支持您的未婚妻。既然她不願讓出功勞，會被人判定她有意成為下任領主也是無可厚非。為了推崇韋菲利特大人，身為同母妹妹的夏綠蒂大人與未婚妻羅潔梅茵大人，都應該將功勞獻給您。」

奧斯華德這番話，彷彿在指責我拒絕羅潔梅茵的提議「做得不對」，讓我心裡很不痛快。照他的意思，好像我若沒有妹妹們把功勞讓給我，自己就什麼也做不到一樣。原本藍斯特勞德大人與亞納索塔瓊斯王子那些話就已經傷了我的自尊心，現在更遭到奧斯華德狠狠打擊。

……明明是我的首席侍從，別再說這些話惹我不高興！

「韋菲利特大人，對於羅潔梅茵大人是領主的養女，坦白說這讓我十分不安。說不定她會因為這次的肅清，對下任領主之位產生渴望。至少萊瑟岡古的貴族們會想要得到吧。您是不是該考慮向奧伯提議，讓羅潔梅茵大人仍是您的未婚妻，但解除收養關係，讓她變回上級貴族？」

「事到如今怎麼可能解除收養關係。再說了，羅潔梅茵不會成為下任領主。」

先前拜訪萊瑟岡古的時候，羅潔梅茵就曾親口向基貝們表明，自己無意成為奧伯。她對藍斯特勞德大人也是這麼說的。她本人都已經這麼聲明了，沒有必要非得終止收養關係、讓她不再是領主一族吧。

「而且羅潔梅茵身體虛弱，不可能勝任奧伯。父親大人也……」

「但我聽說藉由斐迪南大人提供的藥水，她的身體狀況已有改善。再者時間一久，周遭情況與人心都有可能會變。」

「你這麼說有什麼根據嗎？」

由於奧斯華德太過針對地不斷懷疑羅潔梅茵，我忍不住瞪著他問。

「正是這次的肅清。肅清過後，許多支持奧伯與韋菲利特大人的貴族都被逮捕了。我聽說就連罪行非常輕微的人也被問罪。現在這樣的結果，我不認為真是奧伯想要看到的。恐怕是迫於萊瑟岡古貴族的壓力……」

聽到奧斯華德不只羅潔梅茵，也開始批評父親大人，我不禁大為光火。為了排除潛伏在領內的危險貴族，這次的肅清是勢在必行。

……明明你也知道父親大人在下這個決定時有多麼苦惱！

我忽然對奧斯華德產生了強烈的反抗心理，再也按捺不住想要反駁他。但是同時我也知道，不管自己說了什麼，都會被首席侍從的他巧妙帶過，所以完全不曉得該怎麼開口才能如實傳達自己的煩躁與怒火。

「夠了，我不想再聽你說話。我要睡了！」

隔天便是成年禮與畢業儀式。上午的成年禮上，舞臺竟然浮現了奇怪的魔法陣，中午用餐時羅潔梅茵就收到了王族找她過去的奧多南茲。緊接著下午的畢業儀式上，中央神殿的神殿長更拋出震撼性發言：「蒂緹琳朵大人是下任君騰的候補人選。」這天的畢業儀式，以前所未有的混亂場面劃下句點。

「韋菲利特大人，這些是給您的邀請函。請問您打算如何回覆？」

「畢業儀式都結束了，還有人寄來邀請函嗎？」

現在別說根本不是社交週，就連畢業儀式都已經結束，只剩返回領地。居然在這種時候寄來邀請函，實在不太尋常。伊西多手上的邀請函每個看來都很可疑。

「這封邀請函來自比迪塔時曾跑來擾亂的中小領地，似乎是想請您幫忙說情。這封邀請函來自多雷凡赫的奧爾特溫大人，想邀您下加芬納棋。」

那些中小領地因為是受到中央騎士團挑唆，君騰並未嚴懲。但是，他們似乎徹底得罪了視迪塔為極其神聖活動的大領地戴肯弗爾格。聽說領地對抗戰時，他們已經去找戴肯弗爾格道過歉，卻三言兩語就被打發。所以才想來找艾倫菲斯特，請我們幫忙說情吧。

「嗯，因為領地對抗戰時我們的訪客很多吧。被戴肯弗爾格拒絕以後，又找不到機會與父親大人說話，所以希望能在領主會議前見面談談嗎……」

但是，此刻父親大人已經不在宿舍。由於母親大人身體不適，畢業儀式一結束，他們馬上就回領地了。大概也是因為這樣，邀請函才會寄給我這個下任領主，但這不是我能決定的事情。

「如今父親大人不在，這件事我無法與他們討論。這封邀請函就回絕吧。那奧爾特溫又是為什麼突然約我下加芬納棋？」

邀請函上寫著：「今年因為忙於共同研究，我們都沒什麼時間投入社交活動。最後再與我較量一次吧。」這樣的邀請非常吸引人。我興致高昂地看著奧爾特溫的邀請函時，奧斯華德在旁邊眉頭一皺。

「韋菲利特大人，您要接受邀請嗎？突然在這種時候發出邀請，背後必有什麼意圖。感覺只會惹來麻煩……」

「平常不是你總說，不可以拒絕上位領地的邀請嗎？而且羅潔梅茵也會和漢娜蘿蕾大人舉辦茶會，那我跟奧爾特溫下盤加芬納棋也沒什麼吧。」

似乎是領地對抗戰時說好的，戴肯弗爾格因為想要交付插圖，並且互借書籍，羅潔梅茵已經安排好要舉辦茶會。父親大人也答應了。也就是說，這段時間並不禁止我們有社交活動。現在父親大人不在，我不能與人討論會影響到領地間關係的大事，但與朋友下盤加芬納棋應該沒關係吧。

「可是，韋菲利特大人……」

「我已經說了我要去。」

那晚過後，我與奧斯華德就處得不是很融洽。可能是我不喜歡他講話時說教意味太濃，讓人很難坦然接受；也可能是他太過度保護了，反而讓我覺得受到侮辱，總之就是產生了奇妙的反抗心理。結果直到今天，我還是忍不住事事和他唱反調。明知自己這樣就像個任性的小孩子，心裡也會後悔，但又消除不了想要反抗的心情。

「奧斯華德，韋菲利特大人也需要時間轉換一下心情吧。畢竟回領以後，他的處境將十分艱辛。請至少允許他與朋友下盤加芬納棋吧。」

這時出面打圓場的，是已經向我獻名的見習文官巴托特。聞言，奧斯華德一臉無奈地點頭讓步。由於一和他面對面，我就按捺不住強烈想要反抗的心情，所以巴托特能幫忙調解讓我鬆了口氣。對於有人在獻出名字後，會捨身奉獻服侍自己，我感到非常可靠。近侍中最關心我的人，肯定就是巴托特了。

羅潔梅茵與漢娜蘿蕾大人舉辦茶會的當天，我也前往了多雷凡赫的茶會室。

「韋菲利特，歡迎你來。臨時發出邀請，感謝你還願意赴約。」

「因為今年沒什麼時間能下加芬納棋，其實我也覺得可惜。」

我稍微端詳出來迎接的奧爾特溫。感覺得出他的魔力量與自己有點距離，矇矇矓矓的不太清晰。代表魔力量有差距。從領地排名與成績來看，他的魔力肯定比我多吧。我一方面受到刺激，提醒自己一定要努力壓縮魔力，好追上奧爾特溫；一方面也感到自豪，覺得自己竟然能感知到大領地多雷凡赫領主候補生的魔力。

「這邊請。」

在招呼下落座後，接著交換加芬納棋，檢查彼此的棋子裡有無殘留魔力，以及是否動了手腳。確認沒有問題後便歸還棋子，然後開始擺放。

奧爾特溫一邊擺放棋子，一邊指示侍從準備飲品。隨後，他發動了指定範圍的防止竊聽魔導具，在隔開近侍們的情況下，下起加芬納棋。

「韋菲利特，現在你也能感知到魔力了，是不是該製作訂婚魔石了？羅潔梅茵大人還沒佩戴你送的魔石吧？」

「訂婚魔石？……嗯，是啊。等羅潔梅茵也感知得到了我就會做。」

我冒起冷汗，急忙掩飾說道。我也知道一般該準備魔石送給未婚妻。可是，大概是因為訂婚時我們年紀還太小，身邊也沒有人提醒過我，因此我從沒想過自己該準備魔石送給羅潔梅茵。

「哦，所以那個髮飾是暫時的替代品吧？奉獻舞課上還發出非常美麗的光芒……」

「咦？……嗯、嗯，算是吧。」

在我眼裡那不過是叔父大人給的護身符，直到這時我才知道，原來旁人都以為那個虹色魔石髮飾是訂婚魔石的替代品。全身忽然冒出不快的汗水。這不就代表著，我非做不可的訂婚魔石得比那個護身符還高級才行嗎？

……給我等一下。我的魔石會被拿來與叔父大人的護身符做比較嗎？

想起髮飾上的全屬性虹色魔石，以及刻在上頭的守護魔法陣，我打了個冷顫。接著我慢慢摸向手腕上的護身符。這個也是叔父大人做的。原本只要戴著它，我就會感到非常安心，現在卻突然覺得無比沉重。我忽然興起了想要摘下護身符，也叫羅潔梅茵拿掉所有護身符的衝動，這時腦海中閃過了奧斯華德充滿說教意味的話聲。

「斐迪南大人已不再是她的監護人，也不再是主治醫師。現在韋菲利特大人也能感知到魔力了，請您要多加留意。」

……原來是這樣。這才是我該留意的事情嗎？

當時看到叔父大人的表情那麼溫柔、羅潔梅茵也向他撒嬌，我只是十分驚訝，然後想起自己向祖母大人撒嬌的那段時光，沉浸在回憶裡——但其實我的反應不該是這樣。也不應該在旁邊悠悠哉哉地看著，還心想「偶爾見面時讓羅潔梅茵撒個嬌也沒關係吧」。

「韋菲利特，那羅潔梅茵大人怎麼說？」

奧爾特溫的聲音讓我恍然回到現實。現在正在下加芬納棋，不可以分心。我急忙移動槍棋。

「羅潔梅茵怎麼了嗎？」

「畢業儀式當天，王族不是找了羅潔梅茵大人問話嗎？」

這個回答太過出人意表，我輕吸了口氣，皺起眉頭。接到艾格蘭緹娜大人捎來的奧多南茲後，羅潔梅茵確實去了離宮。可是，這件事被叮囑過不能告訴任何人，我們艾倫菲斯特的領主一族對外也都宣稱，羅潔梅茵是和往年一樣身體不適。

「你怎麼會知……啊，是阿道芬妮大人嗎？」

阿道芬妮大人是奧爾特溫的姊姊，今年以王族未婚妻的身分出席了領地對抗戰與畢業儀式。大概是午餐時間中央神殿說出驚人之語時，以及艾格蘭緹娜大人表示她會向羅潔梅茵確認時，阿道芬妮大人都在現場吧。

「沒錯。但畢業儀式結束後姊姊大人便被送回宿舍，沒能聽到後來的報告。」

……所以，這才是奧爾特溫邀我下加芬納棋的真正目的嗎？

突然在這種時候發出邀請，背後必有什麼意圖——想起奧斯華德的警告，我輕嘆口氣，開始感到後悔並自我反省。早知道應該聽奧斯華德的話。

「聽說詳細情況會在領主會議上發表……」

「到那時候就來不及了。領主會議的報告是在星結儀式之後。倘若蒂緹琳朵大人會成為下任君騰，現在的王族很可能遭到排除。要是真的發展到那一步，嫁給了席格斯瓦德王子的姊姊大人該怎麼辦？趁著現在尚未成婚，還能想些對策。」

聽到奧爾特溫說，再過不久就要嫁給王族的阿道芬妮大人地位非常不穩固，我不禁大為動搖。他話語間對親人的擔憂讓人非常不忍心。

「既然是王族的緊急傳喚，領主或是身為未婚夫的你應該會一同出席，況且這是與王族有關的重要消息，無論如何結果都會向你報告。你是羅潔梅茵大人的未婚夫，也是艾倫菲斯特的下任領主吧？」

……和羅潔梅茵一起出席的，是叔父大人。

既不是身為領主的父親大人，也不是下任領主兼未婚夫的我。一起被叫去的，是去了他領的叔父大人。對此所有人都很放心，我也覺得只要交給叔父大人，就可以不用擔心了。可是仔細想想，居然交給已經前往他領的人，這不是很奇怪嗎？

……是我們……不對，是父親大人的判斷太奇怪了嗎？還是奧爾特溫才奇怪？

一時間不知道該相信什麼才好，我的喉嚨微微顫動。感覺到自己冒出不快的冷汗，我只是瞪著加芬納的棋子瞧，不曉得該怎麼回答。

見我默不作聲，奧爾特溫微皺起眉，淡褐色的雙眸定定凝視我，像要挖掘真相。

「……她不會與你分享情報嗎？我聽說你們之前還與戴肯弗爾格比了迪塔，後來贏得勝利，該不會羅潔梅茵大人其實是想去戴肯弗爾格吧？既然被你給阻止了，那她確實不會與你分享如此重要的情報吧……」

這大概也是阿道芬妮大人提供的消息吧。關於兩領比的迪塔以及中途有人擾亂，奧爾特溫知道的並不完整，只是其中一小部分而已。所以聽到奧爾特溫隨意揣測，我抬眼瞪向他。

「羅潔梅茵一直都想留在艾倫菲斯特。是我守住了羅潔梅茵。」

「那如果是這樣，她卻不願意分享情報的話，代表羅潔梅茵大人正利用自己未婚妻的身分，試圖將你排除，自己當上下任領主嗎？」

奧爾特溫竟然說出了和奧斯華德一樣的疑慮，我倒吸口氣。所以看在他領的人眼裡，也覺得羅潔梅茵有意成為下任領主嗎？

「還是說，其實羅潔梅茵大人是下任領主，你是下任領主的未婚夫？」

「才不是！羅潔梅茵不僅身體虛弱，也不是親生孩子而是養女，並不適合成為下任領主。」

藍斯特勞德大人說過的「羅潔梅茵更適合成為下任領主」這句話不停在腦海裡打轉，我極力否認。奧爾特溫訝異地眨眨眼睛，往旁歪頭。

「通常反而是養子或養女更適合成為下任領主吧？因為就是看上他們的實力，奧伯才會將其收為養子女。難道在艾倫菲斯特不是這樣嗎？」

我再次倒抽口氣。在多雷凡赫，奧伯將優秀的人才收為養子女似乎已是家常便飯。他說他們唯一看重的就是實力，所以即便是養子或養女成為下任領主也不稀奇。每當這種時候，那些養子女的老家與親族也會傾力支持。不僅父親大人說過，他是為了讓羅潔梅茵推動的印刷業成為領地新事業才收她為養女，萊瑟岡古的貴族們也在背後大力支持她。

「她若無意成為領主，我不認為她會以最優秀者為目標。因為艾倫菲斯特的領主候補生要贏過上位領地，連續三年都獲選為最優秀者，需要付出不小的努力吧。」

不但有萊瑟岡古貴族們的支持，還連續三年獲得最優秀表彰。而且，叔父大人也只要求羅潔梅茵必須成為最優秀者，對於身為領主親生孩子的我卻從未有過要求。這些事到底意味著什麼？

……也就是說，其實沒有任何人希望我成為下任領主嗎？

直到這時候，奧斯華德的忠告才狠狠刺在心上。

「既然她不願讓出功勞，會被人判定她有意成為下任領主也是無可厚非。為了推崇韋菲利特大人，身為同母妹妹的夏綠蒂大人與未婚妻羅潔梅茵大人，都應該將功勞獻給您。」

藍斯特勞德大人與奧爾特溫都懷疑羅潔梅茵才是下任領主，是因為她的所作所為並不應該嗎？

……既然奧爾特溫也是一樣的想法，代表奧斯華德的疑慮與警告是對的。

奧爾特溫是大領地多雷凡赫的領主候補生，我不認為他說的話會有錯。至少應該比父親大人與羅潔梅茵要正確。這也表示，我之前不應該反駁和感到不高興，反而該認真傾聽奧斯華德的意見。雖說忠言逆耳，但他的每一句話都是在為我著想。先前心裡對奧斯華德懷有的不耐，逐漸轉變成了對羅潔梅茵的不信任。

……羅潔梅茵明明是未婚妻，對我應該更捨身奉獻才對。還有，也應該要懂得與叔父大人保持距離。

回到宿舍以後，我必須向奧斯華德道歉，再與他好好談談。然後請他告訴我羅潔梅茵哪裡做得不夠好，以及我該注意哪些事情。

「奧爾特溫，多虧你的關係，讓我察覺到了非常重要的事情。」

「韋菲利特？」

奧爾特溫滿臉納悶，我接著稍稍壓低音量。

「為了聊表謝意，我就透露一點吧。由於禁止告訴任何人，不能把我知道的都告訴你。但是，我聽說蒂緹琳朵大人不可能成為下任君騰。」

我不能透露有關魔法陣的事情，但只要知道蒂緹琳朵大人不會成為下任君騰，就不用擔心阿道芬妮大人要嫁給王族了吧。奧爾特溫如釋重負地綻開笑容，移動棋子。

「韋菲利特，謝謝你。這下子我可以安心地送姊姊大人出嫁。」

也許是放下心來後就鬆懈了，奧爾特溫出現了小小的失誤。沒有錯過這個機會的我，在貴族院的最後一次加芬納對戰上取得勝利。

後記

大家好久不見了，我是香月美夜。

非常感謝各位購買本作，《小書痴的下剋上：為了成為圖書管理員不擇手段！【第五部】女神的化身Ⅲ》。

序章是馬提亞斯視角。與戴肯弗爾格比完迪塔後，只有聞過圖魯克香氣的他發現了一項驚人事實。明明想要討論這件事情，不知怎地卻演變成了布倫希爾德與萊歐諾蕾等萊瑟岡古的貴族們開始吐露不滿……（笑）。派系不同所導致的看法不同，以及她們絕不在主人面前顯現出來的真實情緒，希望大家看得開心。

本篇從羅潔梅茵醒來開始。開頭與近侍們的互動其實是全新內容。只有女孩子們湊在一起吵吵鬧鬧，這種場景特別可愛，寫的人也非常開心。領地對抗戰的準備工作結束後，就是領地對抗戰。今年羅潔梅茵與齊爾維斯特一起接待各領訪客，當晚則與來到茶會室留宿的斐迪南有久違的交流。儘管十分短暫，羅潔梅茵依然度過了快樂的時光。隔天是成年禮與畢業儀式。可說是這集第二主角的蒂緹琳朵華麗登場，跳起閃亮亮的奉獻舞。最後因她而浮現的魔法陣，究竟又會帶來多大的影響……

終章是蒂緹琳朵的見習侍從瑪蒂娜視角。描寫了在亞倫斯伯罕的貴族眼中，如今領地正處在怎樣的情況。由於亞倫斯伯罕內還有舊孛克史德克的貴族，心思各異的眾人，忠誠度也各有不同。

領地對抗戰時，羅潔梅茵為了接待訪客始終抽不開身，因此在她的視角很難感受到學生們眼中領地對抗戰的模樣。為此，我將蕊兒拉娣視角的短篇放在這一集。希望讀者們能跟著蕊兒拉娣，有參觀到領地對抗戰的感覺。

這集的全新番外短篇，由戴肯弗爾格的第一夫人齊格琳德與韋菲利特擔任主角。

齊格琳德視角的短篇中，寫到了領地對抗戰時，這對母女在走回自領會場的一路上有過怎樣的對話。內容包括戴肯弗爾格與艾倫菲斯特在常識上的差異、藍斯特勞德的報告與艾倫菲斯特的主張間存有的分歧，以及漢娜蘿蕾的真實想法與覺悟。

韋菲利特視角的短篇，發生在與斐迪南用過晚餐以後、回到艾倫菲斯特之前。自從薇羅妮卡失勢，首席侍從奧斯華德稱得上是帶著韋菲利特長大的親人。雖然對奧斯華德萌生了反抗心理，但下加芬納棋時與友人奧爾特溫交換了情報以後，卻轉變成了對羅潔梅茵的不滿。這樣的轉變會為兩人今後的關係帶來什麼影響呢？

本集請椎名老師設計的新角色只有齊格琳德。外表看來就精明幹練，而且面對容易失控的男性，也有能夠訓斥他們的膽量。那麼身為戴肯弗爾格的女性，齊格琳德實際上到底有多強呢？她能一邊說著「真受不了我這個兒子」，一邊變出光帶把藍斯特勞德綑起來。

雖然新角色只有一個人，但有好幾名女性在本集當中成年，比如莉瑟蕾塔、萊歐諾蕾與蒂緹琳朵，所以也請椎名老師為她們設計了新髮型。尤其蒂緹琳朵跳奉獻舞時的髮型只會出現這麼一次，居然也要麻煩老師……該怎麼說，我內心對椎名老師只有滿滿的感謝。

此外，從秋天到冬天將有許多相關書籍發行，在此通知大家。

●十月一日：第二部漫畫第四集、To Junior文庫第五集。
第二部漫畫第四集的內容，是到路茲離家出走以及家庭會議的召開。To Junior文庫第五集的收錄範圍為【第一部III】前半。好懷念喔。

●十一月十日：Fanbook 5。
Fanbook 5收錄了動畫所有的片尾明信片彩圖。一如既往，全新短篇與Q＆A的內容超級豐富（僅在To Books官網上販售）。

●十一月十四日：官方漫畫選集第六集。
官方漫畫選集竟然這麼快就出到第六集了。這次也有許多優秀的漫畫家參與作畫，將「小書痴」的世界描繪得更加精采。

●十二月十日：【第五部IV】。
這集封面的主題，是領地對抗戰＆與斐迪南共進的晚餐。齊爾維斯特與斐迪南也都登上了封面。個人覺得拿著藏青色蘇彌魯布偶的羅潔梅茵超級可愛。完全可以理解莉瑟蕾塔為何那麼起勁。
彩色拉頁的主題則是閃亮亮奉獻舞與舞臺上浮現的魔法陣。敬請欣賞蒂緹琳朵驚人的髮型。
由衷感謝椎名優老師。
最後，要向購買本書的各位讀者獻上最高等級的謝意。
第五部第四集預計十二月發行。期待屆時再相會。

二〇二〇年七月　香月美夜

每回都出場的
卷末漫畫
輕鬆悠閒的家族日常
作畫 椎名優
彼此都有婚約在身的兩人，只能將不容於世的這份愛意埋藏心底。
呀啊啊啊啊啊♡
我感受到了布璐安法的降臨♡
現實
好痛喔—
斐迪南大人，歡迎回來。
搖搖
噠噠噠
數月不見的小狗
好了，請快點稱讚我吧！
稱讚我稱讚我稱讚
讚我稱讚我稱讚
哈哈
搖搖
我得到了最優秀表彰喔。
就連共同研究也得到了表揚喔。
轉來
轉去
拍
嗅嗚！

在旁邊也不行

我的眷屬啊，就讓冰雪覆蓋一切，
盡我之能將蓋朵莉希隱藏，
讓她遠離芙琉朵蕾妮吧。
？
馬提亞斯，你怎麼了？
還是不行！我絕對做不到！
逃跑
噠噠噠噠噠噠

疑惑

羅潔梅茵大人。
跪下
若不是您當初設法拯救我們，
我也沒有機會成為優秀者。
將這份榮耀與感謝獻給我的主人。
嗚呀——為什麼是這種感謝方式?!
明明無法當眾錄下情話，現在這樣卻沒關係嗎？馬提亞斯原來是天生的高手嗎？
我、我知道了，你快點上臺吧。
是。
馬提亞斯的難解之謎

關於小書痴，我還想要知道更多更多！
不可能這麼豐富的官方公式集第五彈！

小書痴的下剋上

FANBOOK⑤

香月美夜 原作　**椎名優** 繪

不斷升級的《小書痴的下剋上》官方公式集第五集！特別收錄各集封面、海報的彩圖和草稿、主要角色的設定資料集、動畫角色卡、電視動畫第一季＆第二季片尾卡片圖集、廣播劇4配音觀摩報告，以及香月美夜老師的番外篇小說、鈴華、波野涼、椎名優等三位老師的漫畫作品。香月老師的精采Q&A的篇幅是歷來最多，讀者們最想知道的問題都有了解答！

打破歷史與派系築起的高牆，
為艾倫菲斯特開創新的未來！

小書痴的下剋上

第五部　女神的化身IV

香月美夜 原作　**椎名優** 繪

從貴族院返回艾倫菲斯特以後，等待羅潔梅茵一行人的是領主一族的分崩離析。隨著冬季的肅清行動結束，萊瑟岡古的貴族在領地內獨大，使得眾人心中湧起不信任感。但羅潔梅茵依然繼續前進，比如慶春宴、久違的神殿觀摩、與平民區商人的會面，最後更來到緊閉的國境門前，知曉了波瀾壯闊的故事……

【2022年8月出版】

國家圖書館出版品預行編目資料

小書痴的下剋上：為了成為圖書管理員不擇手段!. 第五部，女神的化身. III/ 香月美夜著；許金玉譯. -- 初版. -- 臺北市：皇冠文化出版有限公司，2022.06　面；　公分. --（皇冠叢書；第5029種）(mild；43) 譯自：本好きの下剋上：司書になるためには手段を選んでいられません. 第五部，女神の化身. III ISBN 978-957-33-3887-1(平裝) 861.57　　111006403

皇冠叢書第5029種
mild 43

小書痴的下剋上

爲了成爲圖書管理員不擇手段！

第五部 女神的化身Ⅲ

本好きの下剋上
司書になるためには
手段を選んでいられません
第五部 女神の化身Ⅲ

Honzuki no Gekokujyo Shisho ni narutameni ha shudan wo erande iraremasen Dai-gobu megami no keshin 3
Copyright © MIYA KAZUKI"2020-21"
Chinese translation rights in complex characters arranged with TO BOOKS, Inc.
Complex Chinese Characters © 2022 by Crown Publishing Company, Ltd.

作　　者—香月美夜
譯　　者—許金玉
發 行 人—平雲
出版發行—皇冠文化出版有限公司
台北市敦化北路120巷50號
電話◎02-27168888
郵撥帳號◎15261516號
皇冠出版社（香港）有限公司
香港銅鑼灣道180號百樂商業中心
19字樓1903室
電話◎2529-1778　傳真◎2527-0904
總 編 輯—許婷婷
責任編輯—陳怡蓁
美術設計—嚴昱琳
行銷企劃—蕭采芹
著作完成日期—2020年
初版一刷日期—2022年6月
初版二刷日期—2022年7月
法律顧問—王惠光律師
有著作權 · 翻印必究
如有破損或裝訂錯誤，請寄回本社更換
讀者服務傳真專線◎02-27150507
電腦編號◎562043
ISBN◎978-957-33-3887-1
Printed in Taiwan
本書定價◎新台幣320元/港幣107元

•「小書痴的下剋上」粉絲專頁：www.facebook.com/booklove.crown
•「小書痴的下剋上」中文官網：www.crown.com.tw/booklove
• 皇冠讀樂網：www.crown.com.tw
• 皇冠 Facebook：www.facebook.com/crownbook
• 皇冠 Instagram：www.instagram.com/crownbook1954
• 小王子的編輯夢：crownbook.pixnet.net/blog